LES EAUX SAUVAGES

KURT & ELLIE JOHNSON

LES EAUX SAUVAGES

ROMAN

Traduit de l'anglais (États-Unis)
par Brigitte Hébert

ÉDITIONS DU SEUIL
57, rue Gaston-Tessier, Paris XIXe

Titre original : *The Barrens*
Arcade Publishing, an imprint of Skyhorse Publishing Inc., New York

ISBN 978-2-02-151518-3

www.seuil.com

Pour Stephanie, épouse et mère

PREMIÈRE PARTIE

La conteuse

1

Un monticule précaire de pierres en équilibre, à hauteur de poitrine, un cairn, indiquait le portage jusqu'au Thelon Canyon. Alors que je tirais le canot sur le rivage, je vis un bout de papier dépasser entre deux cairns, comme la prédiction de fortune d'un biscuit ouvert. Je soulevai une pierre pour l'extraire. La feuille de papier était mince, jaunie et cassante, avec un message délavé écrit au crayon. Il indiquait : « Ce portage de 1 200 rods[1] est trop nul. » Signé « Schuyler, camp Kawishiwi, 7/11/18 ». Près de deux années plus tôt. Je le montrai à Holly qui sourit. Elle connaissait Schuyler. Ils avaient participé ensemble aux excursions en canoë du camp Kawishiwi lorsqu'ils étaient lycéens, quatre ans auparavant. Elle me dit que les petits mots étaient un rituel de l'arrière-pays, un héritage du commerce des fourrures. Ces bouts de papier étaient une manière, pour les trappeurs solitaires, de communiquer entre eux, chacun laissant un message à l'autre, indiquant ainsi sa dernière localisation.

1. Un rod : cinq mètres.

Holly me dit qu'il nous faudrait la journée entière pour faire le portage de six kilomètres, avec nos quatre sacs de randonnée. Elle tira sur la visière de ma casquette, sourit et déposa un petit baiser sur mes lèvres. Elle dit : « C'est à ton tour de porter le canoë. » Cela faisait douze jours que nous étions en route, Holly tenait le compte.

Le canoë pouvait attendre. Lors du premier voyage, nous avions transporté nos sacs personnels, plus légers, contenant nos vêtements, la tente, les sacs de couchage et le barda. Ces sacs, connus sous le nom de P-packs, étaient attachés à nos gilets de sauvetage. J'attrapai ma pagaie et je suivis Holly sur les lacets du sentier escarpé.

Le portage nous menait vers l'intérieur des terres, loin de la rivière, jusqu'au point culminant d'une falaise qui s'étendait dans toutes les directions, un sommet qui ressemblait à un vaste plateau de grès. Holly marchait devant en suivant les cairns, juste assez espacés pour que, de l'un, on voit le suivant. J'entendis l'eau vive avant de la voir, l'eau qui s'écrasait sur les rochers. De la brume montait d'une crevasse. Nous l'enjambâmes, puis regardâmes le fond du canyon. Il y avait une chute d'eau de plusieurs mètres et des remous turbulents qui auraient écrasé, submergé notre canoë si nous n'avions pas choisi le portage.

Holly sortit son smartphone pour prendre une photo. Elle me demanda de me tenir au bord de la falaise, avec la pagaie en travers de la taille comme un fusil de chasse. Elle me demanda aussi de dégager mon visage, de lever le menton et de sourire. Je ramenai mes deux rideaux de cheveux derrière les oreilles, puis fixai l'iPhone. Elle dit encore : « Allez, souris, Lee ! » Je souris du mieux que je pus, lèvres fermées sur mes dents qui n'ont jamais été redressées. Holly prit la photo, puis me rejoignit. Elle tint le portable à bout de bras, au-dessus de sa tête, pour faire un selfie avec l'eau et les rapides en arrière-plan. Ensuite, elle recula un pied pour prendre la pose, son talon touchant le bord. Je vis que c'était dangereux et, pendant une fraction de seconde, j'eus envie de crier – *fais attention* ou *éloigne-toi du bord* – mais c'était trop tard, trop lent. J'aurais pu dire quelque chose, je ne le fis pas. Le grès céda sous son pied. Le téléphone tomba, son corps bascula dans le vide, se cabra. Je hurlai « Holly ! » et courus vers elle, mais elle était déjà trop loin, je ne pus l'empêcher de tomber. Je vis son visage une fraction de seconde – les yeux et la bouche grands ouverts, aucun son, aucun cri. De la surprise, voilà ce que c'était. Juste de la surprise avant de sombrer dans l'abîme. Très vite, elle fut au-delà de la crevasse, disparaissant dans la brume. Je courus au bord du précipice, m'agenouillai et baissai les yeux. Avec espoir.

Les parois du canyon étaient abruptes, une chute de trois étages jusqu'à l'eau vive en contrebas. Je vis le rouge de son gilet de sauvetage et le vert olive du P-pack à une longueur de bras. Holly s'éloignait dans les rapides ; je regardai sa tête sortir pour respirer et ses mains chercher à atteindre tout ce qui pouvait fournir une ancre dans le courant. Je laissai tomber mon sac puis courus le long de la corniche, je la suivis à travers le labyrinthe de rochers. Son paquetage dérivait plus vite, plus loin. Je gardai les yeux sur Holly. Je pensais que si je perdais le contact visuel une seule seconde, elle disparaîtrait. J'avais besoin d'être près du bord pour la voir, l'aider ; je luttais contre l'impulsion de sauter par-dessus pour aller la secourir, mais je ne voyais que des rochers déchiquetés dans l'eau vive qui cascadait, aucune mare où j'aurais pu atterrir en sécurité. Inutile de se foutre en l'air aussi. Il y avait encore de l'espoir, elle remontait toujours à la surface pour respirer. Puis Holly bascula contre un rocher d'un mètre de haut. Son corps fut pris dans le ressac ; je la vis pousser dans et sous la chute d'eau, dehors, de nouveau dedans, culbutant encore et encore, coincée dans le flot sans fin de ce trou. Le P-pack tomba avec elle, puis s'ouvrit, éparpillant les vêtements.

Je reculai et je perdis le contact visuel avec Holly coincée dans le trou. Je voulais être là quand son corps serait recraché et poussé plus loin dans le canyon. Je courus en suivant les cairns. La gorge s'élargit, les murs de la falaise devinrent moins abrupts. Je cherchais un sentier redescendant vers la rivière. Je vis un ravin, puis dévalai le lit de rochers – un éboulis. Alors qu'il s'agrandissait, je continuai à quatre pattes pour trouver des prises. Je glissais, dérapais sur les cailloux tranchants qui raclaient mes cuisses. J'atterris sur une corniche et, durant un instant, je pensai que j'allais mourir, que mon cauchemar se terminerait de cette façon. Puis, je heurtai la paroi, dégringolai la tête la première dans la pente, chutai encore ; mon front cogna contre un rocher. Je continuai de tomber, glissai face contre terre jusqu'à ce que je m'arrête au fond du ravin.

Je voyais maintenant la sortie de la gorge, l'eau affluait vers moi. Des vêtements flottaient. Je pataugeai dans le tourbillon et j'aperçus une culotte, c'était la mienne, les culottes que je mettais. Je réalisai que Holly portait mon P-pack et que j'avais le sien. Le sac flottait vers moi, déchiré, presque vide. À l'intérieur, mon duvet le maintenait à flot. Je ne voyais toujours pas Holly. Alors que j'attendais, mes jambes s'engourdissaient dans l'eau glaciale, mais mon visage était brûlant de transpiration. Je tremblais de peur, de panique. J'attendais et le temps s'éternisait. Je me forçai à respirer.

Je vis le rouge du gilet de sauvetage de Holly. Je vis ses épaules et des mèches de cheveux étalées derrière sa tête. Elle flottait au-delà du tourbillon, je courus vers le rivage, la suivis alors qu'elle dérivait en aval, puis lentement, elle s'arrêta. Je pataugeais, titubais, mes cuisses luttaient contre le courant, mes pieds prenaient appui sur le fond rocailleux. Je dérapai sur un rocher, chutai dans l'eau glaciale ; je continuai d'avancer jusqu'à ce que je sois près de Holly, ensuite je passai une main dans l'emmanchure de son gilet pour la retourner. Son visage était couvert de lacérations sanglantes comme des marques de griffes. Elle ne respirait pas. Mes lèvres rencontrèrent les siennes pour lui insuffler de l'air, mes doigts pincèrent son nez. Je continuai de souffler en tirant son corps vers l'eau moins profonde. Je pris une grande inspiration pour nous deux, un pas, une inspiration. Son corps mou s'affaissait dans le gilet. Je la tirai sur le rivage, toujours en soufflant pour elle, pour moi. Du sang coulait de mon front sur son visage, fusionnait avec son sang, tourbillonnait dans le courant comme des volutes de fumée. Je pensais que je la perdais, qu'elle était en train de mourir, qu'elle m'abandonnait dans les Barrens.

Je sentis son corps trembler, convulser. Elle recracha de l'eau. Puis elle inspira.

2

Deux semaines plus tôt, nous avions acheté le canoë à Yellowknife, une ville minière reculée du Canada, à 1 450 kilomètres au nord d'Edmonton.

Je connaissais Holly depuis six mois, nous étudiions à la même université, Brown. Je l'avais rencontrée dans un café de College Hill, où j'avais l'habitude de faire mes devoirs. Ce jour-là, je portais le contraire des vêtements d'une jolie fille – une chemise en flanelle, un jean et des bottes, mes cheveux étaient rassemblés en un chignon négligé. Elle s'assit simplement à côté de moi et dit : « Tu fais quoi ? » Je répondis que je faisais mes devoirs, une réponse banale, sans esprit. Ensuite, c'était sans doute son idée de tactique de drague, elle me dit ce que *nous* devrions faire – « On devrait prendre un café ensemble, on devrait aller à ce spectacle la semaine prochaine. » Je fréquentais Holly depuis plusieurs mois avant qu'elle ne me dise que nous devrions faire cette excursion en canoë sur la Thelon River, près du cercle polaire. Elle y était déjà allée et voulait vraiment y retourner. J'avais pensé : *Putain, pourquoi pas ?* Je n'avais pas de programme pour mes vacances d'été – pas de retour à la maison, pas de maison où retourner. Je pouvais soit voyager avec Holly, soit travailler dans un restaurant à Providence. Je répondis d'accord. Rétrospectivement, je pense que j'étais la seule personne qu'elle avait réussi à convaincre de l'accompagner à la Thelon.

Nous avions trouvé l'annonce du canoë sur Craigslist, téléphoné au gars qui le vendait, parcouru près d'un kilomètre à pied jusqu'à l'adresse reçue par texto. Sa maison ressemblait à la plupart de celles de Yellowknife : un mobil-home, avec une baie vitrée donnant sur une route de gravier, une cheminée en acier, une camionnette garée devant. Mais la sienne sortait du lot à cause de la clôture grillagée surmontée de barbelés qui entouraient sa propriété. À l'intérieur de la clôture, il y avait un assortiment de trucs – une motoneige, une demi-motoneige, du vieux bois, deux niches pour chien vides, un camping-car bricolé, une pile de bois de chauffage aussi haute que moi et ce canoë rouge, posé à l'envers sur le dessus, pour garder le bois au sec, supposai-je. C'était le canoë que nous voulions. Nous en avions besoin pour pagayer sur les sept cents kilomètres de la Thelon River, à travers la toundra arctique, jusqu'à Baker Lake.

Holly aida notre vendeur à soulever et reposer le canoë dans l'allée. Le gars avait la quarantaine. Ses cheveux longs pendaient sous un bonnet tricoté. Ses joues barbues n'avaient probablement pas été rasées depuis une semaine. Avec quelques centimètres de moins, il aurait pu passer pour le frère cadet de mon père, Jake le Serpent. Même chemise élimée remontée aux coudes, mêmes bottes à embouts d'acier qui semblaient deux tailles trop grandes pour lui. Jake aurait aimé ce type vivant en bordure de nulle part.

– Le canoë a une histoire, nous dit le gars.

Je me tenais derrière Holly, elle se chargerait de la négociation parce qu'elle avait l'argent.

Il poursuivit :

– Ce canoë est un Royalex Mad River Quest de quatre mètres cinquante. Je travaillais dans un dépôt près de Fort Smith, on a embauché ce vieux bonhomme une année, il était venu d'Angleterre pour vivre dans les Territoires. Il s'appelait John quelque chose, mais on l'appelait Jack, à cause de Jack London, l'écrivain. Plusieurs étés de suite, Jack avait fait du canoë seul dans les Barrens, un vrai moine. Le Mad River Quest était son canoë, et à force, il a vu toutes les grandes rivières – la Thelon, la Hanbury, la Burntside, la Back, la Lockhart, la Coppermine et d'autres rivières qui n'ont pas de nom. Jack a été embauché comme guide des régions sauvages. Ce gars-là était une sorte d'écureuil. Il faisait très attention à ce qu'il mangeait. Je me souviens qu'il apportait toujours un sac de caribou séché mélangé à des fruits secs, des noix, ce genre de trucs. Il disait qu'il n'y avait pas mieux pour entretenir la vie. Il était comme un chien qui ne mange que de la nourriture pour chien. Il ne se lavait pas souvent, les touristes se plaignaient de son odeur. Mais ce n'était pas un de ces baratineurs d'histoires à dormir debout sur les ours ou les loups. Il s'y connaissait en oiseaux, en plantes comestibles, il savait comment font les Inuits. Jack est resté une saison, après il est reparti pagayer sur les rivières arctiques, tout seul, en vivant au jour le jour.

« Un an plus tard en septembre, lorsque la neige a commencé à tomber et que l'hiver est revenu s'installer, il ne s'est pas présenté à Fort Smith. Quand on a pensé à partir à sa recherche, les lacs et les rivières gelaient déjà. Les gendarmes ont survolé des zones pour repérer des feux de camp, mais ils n'ont rien vu. En août de l'année suivante, pendant une de mes excursions, je suis tombé sur le canoë et ce qui restait de

Jack London. J'ai pensé qu'il avait essayé de descendre les Muskox Rapids sur la Coppermine et qu'il avait dessalé. On a juste retrouvé des ossements et des lambeaux de vêtements sur le rivage. Son canoë était plus bas, au pied d'une chute d'eau qui aurait écrasé n'importe quel canoë en aluminium comme une canette de bière. Je l'ai sorti de l'eau et je l'ai gardé. Mes enfants ne s'intéressent pas à ce qui n'a pas de moteur, alors le canoë n'a plus jamais servi.

Holly se tenait là, une main sur la hanche. Elle portait un chapeau de cow-boy en paille, roulé sur les bords, pas vraiment un chapeau de cow-boy, plutôt un truc pour touriste au Mexique. Je pensais qu'elle avait l'air mignonne – elle était mignonne. Elle regarda le canoë en secouant la tête.

– C'est une histoire horrible. C'est le canoë d'un mort ? Vous voulez nous vendre le canoë d'un homme qui est mort dedans ?

– Vous n'avez pas capté. Jack London a pagayé dans ce canoë sur des milliers de kilomètres, tout seul, chaque saison pendant huit saisons. Il est peut-être mort dans les rapides, mais le canoë les a traversés et il a aussi traversé une putain de chute d'eau ! Il flotte toujours et je suis sûr qu'il est encore bon pour dix mille kilomètres. C'est un canoë testé et éprouvé. Y a pas plus résistant que ces coques Royalex.

Je ne disais rien. Jake et moi possédions un canoë, il avait servi sur la Platte River pour la pêche et la chasse au canard. Un canoë en aluminium, peint en brun camouflage, avec une poupe carrée à laquelle nous avions fixé un petit moteur deux chevaux. Nous avions pagayé un peu, c'était là toute l'étendue de mes connaissances en matière de canoë. Ce que je savais, c'est que les canoës étaient censés avoir des sièges, un à l'avant et un à l'arrière, or celui-ci n'avait ni l'un ni l'autre. Je ne dis rien, Holly s'en chargea.

– Il n'a pas de siège.

– Les vieux de la vieille, surtout les solitaires, aiment pagayer à genoux. Jack a retiré les bancs il y a longtemps. Vous vous habituerez. Ça vous aidera à avoir le dos droit, votre coup de pagaie sera meilleur et vous y verrez mieux. Celui de devant voit les rochers, je vous jure que pagayer à genoux est plus sûr. Honnêtement, vous n'en trouverez pas de meilleur dans tout Yellowknife, pas un Royalex en tout cas, pas à vendre, et pas pour quatre cents dollars.

Effectivement. Nous campions à l'extérieur de la ville depuis trois jours et avions demandé autour de nous, vérifié en ligne, consulté un catalogue de canoës neufs dont le premier prix était à plus de deux mille dollars, expédiés depuis Edmonton, avec une semaine de délai et des frais de transport supplémentaires. À la fin de l'été, nous ne retournerions pas à l'université avec l'embarcation, donc un canoë d'occasion dont on se débarrasserait ferait très bien l'affaire.

J'en avais assez de Yellowknife, j'avais envie de passer à autre chose. Des bouteilles de bière ou de whisky Fireball cassées jonchaient le terrain de camping qui servait aux garçons de la ville. Ils venaient chaque soir se défouler autour de feux de camp. Nous étions les seules femmes, certains mecs commençaient à se montrer audacieux, braillant au-dessus de notre tente pour nous faire sortir et rejoindre la fête. Cela devenait inconfortable, j'étais anxieuse rien qu'à l'idée de ce que je ferais si l'un d'eux touchait la fermeture éclair de notre tente – crier, hurler ou pire. Je voulais quitter cette décharge, j'espérais que Holly était en phase avec moi.

Elle inspecta le canoë, passa la main le long de la coque, vérifia chaque calage. Enfin, elle dit :

– C'est bon si vous nous donnez deux pagaies.

Le lendemain, nous chargeâmes les quatre sacs puis nous agenouillâmes à l'avant et à l'arrière du canoë ; il s'enfonça alors profondément dans l'eau. À l'évidence, notre embarcation de quatre mètres cinquante était courte, cinq mètres étant la norme. Ce qu'on appelait le franc-bord – la distance entre la ligne de flottaison à pleine charge et le bord supérieur du canoë – était d'environ dix centimètres. Un léger déplacement de poids ou des vagues sur un lac pouvaient le faire basculer.

3

En été, le soleil arctique ne se couche jamais entièrement. La nuit ne nous donnait jamais l'obscurité dont mon corps avait instinctivement besoin, je dormais mal. J'étais debout dès que les premiers rayons pointaient sous l'horizon, emplissant la tente d'une lueur rouge magnifiée par le rouge de la toile en nylon. Je sortais de mon sac de couchage, m'habillais et allais au bord de l'eau avec le seul gros livre que j'avais emporté pour le voyage. Au nord-est, le ciel, une aquarelle de rouges et d'orangés, s'étendait au-dessus des cimes d'épinettes rabougries et noires, reflétant le mauve pastel des stratus effilés qui flottaient. Somptueux. Un arrondi de soleil se levait, ses pâles rayons repoussaient lentement les couleurs de l'aube. Durant les heures qui suivaient, avant le réveil de Holly, je restais allongée sur le rivage, la tête au creux du coude, et je lisais par intermittence. Une ligne du roman de Barry Lopez, *Rêves arctiques*, m'est restée en tête : « Tout est lié par les histoires. C'est ce qui nous tient ensemble, les histoires et la compassion ». Quelque chose que Holly aurait dit.

Être si loin au nord était comme une évasion dans un autre monde, comme si tout ce qui se trouvait au sud existait dans un univers parallèle qui ne pouvait pas me toucher maintenant. Pourtant, je savais que ce n'était pas tant l'endroit que la distance. Nous avions parcouru plus de quatre mille kilomètres vers le nord-ouest avec l'Audi, depuis Providence, à travers le Canada, au-delà des Grands Lacs – trente heures de route sans arrêt, nous relayant au volant pendant que l'autre somnolait. Nous avions laissé la voiture de Holly à Winnipeg, embarqué à bord d'un vol de huit heures pour Yellowknife, avec escale à Edmonton. Holly et moi étions loin de nos maisons, de nos familles et de la vie universitaire. Nous avions pris un autre avion plus tard dans la matinée, un avion de brousse, pour nous enfoncer davantage dans les terres arides, là où commence la Thelon River et où s'arrête la civilisation. Je m'assoupissais de temps en temps, les pensées entraient et sortaient de mon esprit comme des vagues sur une plage.

Quand Holly rampa par l'ouverture de la tente, le soleil, qui avait déjà fait son chemin dans le sens des aiguilles d'une montre depuis le nord, était maintenant au-delà de la cime des arbres et flottait juste au-dessus de la structure d'une mine d'or abandonnée. D'après ce que nous avions entendu dire, la mine Giant avait eu une vie longue et douloureuse – neuf briseurs de grève tués dans un attentat à la bombe en 1992, puis abandonnée par ses propriétaires en 2004, elle laissait deux cent mille tonnes de déblais mortels de trioxyde d'arsenic. La pollution dérangeait Holly, cela gâchait son paradis. Holly posa la cafetière sur notre réchaud de camping et alluma le brûleur.

La plupart de nos fournitures étaient emballées, prêtes à partir dans quatre packs Duluth en toile usée vert olive. Deux pour la nourriture, pesant près de quarante kilos chacun, avec un maximum de denrées non périssables pour quarante jours.

Les deux autres, les P-packs, étaient plus légers, avec nos affaires personnelles, les tentes, des cordes, du ruban adhésif, une canne à pêche et son matériel, des bouteilles d'eau, une trousse de premiers secours, un outil multifonction Leatherman et six cartes topographiques balisées pour chaque tronçon de rivière. Un équipement acheté à Yellowknife par Holly. Notre voyage sur l'eau commencerait par une courte traversée de Grand Slave Lake jusqu'à Latham Island, où les avions de brousse, perchés sur leurs flotteurs fuselés, étaient amarrés.

Avant cela, Holly me donna une brève leçon de rame. Mes quelques connaissances glanées avec Jake sur la Platte n'étaient pas suffisantes. Holly me montra la bonne façon de s'installer dans le canoë, en marchant uniquement sur la ligne médiane afin qu'il ne se retourne pas.

– Si ça bascule, tu tombes, tu te mouilles, tu fais de l'hypothermie, tu peux mourir, dit-elle.

Un canoë a un pontet avant, un pontet arrière et un ou plusieurs pagayeurs. Comme technique de rame, il y a l'appel, le coup en J, le circulaire, le stop contre-courant, la reprise de courant, le bac, le gîte, le col de cygne, le débordé – j'ignorais qu'il existait différents coups de rame et qu'ils avaient des noms. Avant de partir, Holly me fit pratiquer chaque coup, agenouillée sur le bord du quai. Dans le canoë, nous portions des gilets de sauvetage ; dans l'une de ses poches en filet, Holly avait une PLB, une balise de localisation personnelle, pour appeler les secours canadiens en cas d'urgence. Elle pagayait à l'arrière, en poupe, et dirigeait le bateau, j'apprenais à pagayer en proue. Nous utilisions nos matelas de couchage, en mousse dense, pour amortir l'absence de siège sous les genoux. Holly se plaignit tout de suite que je ne pagayais pas assez fort. Elle disait : « Arrête de caresser les nénuphars. » J'aurais aimé répondre, *Va te faire foutre* ou *Qu'est-ce que je fous ici*, au lieu de cela je gardais le silence et pagayais plus fort. Le tranchant de ma pagaie faisait un petit tourbillon, un vortex, une chasse d'eau. Quand nous atteignîmes le quai des avions de brousse, je commençais à avoir des crampes dans les cuisses, mes genoux étaient engourdis, endormis.

Holly me conduisit jusqu'à un bâtiment à un étage, blanchi à la chaux, surmonté d'une vieille enseigne *Royal Crown Cola* avec *Waterdrome* écrit en dessous. Lorsque nous franchîmes le seuil, dix visages ou plus – des pilotes, supposai-je – se tournèrent dans notre direction. Ils nous fixèrent en silence comme des vaches dans un pâturage, nous les laissâmes bien regarder. J'étais un peu gênée. J'aurais pu dire ce qu'ils pensaient, ou du moins, je le croyais : *C'est un couple de lesbiennes*. Je remplissais les critères pour le rôle. J'étais grande, je portais les mêmes chemises que Jake, les mêmes pantalons. Lui et moi étions presque de la même taille, nous partagions à peu près tout. Mais je n'avais pas le même gabarit. Et j'avais les cheveux longs, pas de coupe mulet sur les côtés, ni de piercing au visage. J'aimais mon look et Holly l'aimait aussi. Elle appelait ça androgyne, comme si elle se fichait de ce que j'étais.

Holly brisa le silence :

– Est-ce que Knute est là ?

Ils se tournèrent tous en même temps pour regarder un homme en combinaison qui remplissait sa tasse avec une cafetière Bunn. Il était vieux, dans les soixante-dix ans, et portait une casquette noire avec *Vietnam Veteran* brodé dessus. La paire de lunettes épaisses aux verres noircis me rendit immédiatement nerveuse. Mais le gars était propre, avec des galons d'apparence officielle sur sa combinaison kaki. Il répondit :

– C'est moi, Knute.

Pendant que nous aidions à charger, Knute nous parla de son avion primé. Le Havilland Beaver était l'un des cinq seuls engins assemblés en 1967, sa dernière année de production, et le sien l'un des deux derniers en état de voler. Je voulus lui demander ce qui était arrivé aux trois autres, mais je me contentai d'écouter et de regarder. Le moteur, unique en son genre, fixé dans le nez, se composait d'une ruche de cylindres refroidis par air autour de l'hélice centrale à trois pales. L'avion pouvait embarquer six passagers, en plus de l'espace arrière pour le fret. Nous transportâmes nos sacs à bord, puis Knute nous aida à fixer le Royalex Mad River Quest sur l'un des flotteurs. Le canoë, qui voyagerait à mi-hauteur du fuselage, ne semblait pas à sa place dans ces lignes épurées d'aluminium riveté. J'avais de vagues notions d'aérodynamique, l'air circule au-dessus et au-dessous des ailes aux surfaces lisses, alors notre canoë avait tout d'une dangereuse bande rugueuse gênant le flux. Je ne voyais pas en quoi un canoë attaché à l'extérieur d'un avion était une bonne idée, en quoi tout cela était une bonne idée, mais j'étais certaine que Knute l'avait fait mille fois au cours de ses innombrables années de vol. En observant son visage de profil, je remarquai qu'il lui manquait un globe oculaire, et je me demandai comment un septuagénaire borgne avait pu obtenir une licence de pilote au Canada.

Nos quatre sacs Duluth étaient calés derrière les sièges. Holly s'installa devant avec Knute. Tous les deux portaient des écouteurs vert citron qui couvraient leurs oreilles, avec un micro au bout d'une tige pour parler. Je m'assis derrière Holly, sans écouteurs ; le bourdonnement sonore du moteur me transperçait le crâne. Nous quittâmes le quai en direction du nord, dans les vagues qui déferlaient en sens inverse. Knute poussa la manette des gaz, le moteur rugit, et en quelques secondes nous décollâmes puis survolâmes l'île. Je vis notre terrain de camping devenir de plus en plus petit ; je pensai qu'à chaque fois que nous avions décollé ou bifurqué sur une bretelle d'autoroute, chaque kilomètre roulé ou survolé, m'éloignait, me détachait, et que je pourrais contempler ma vie en arrière comme si c'était la vie d'une autre fille. Je voulais lâcher prise et raconter cette histoire.

Holly et moi ne nous connaissions pas tant que ça. Je n'avais jamais rencontré ses parents, elle n'avait jamais rencontré Jake. Elle en savait assez sur lui et sur l'endroit où j'avais grandi pour que je n'aie pas l'air d'avoir de secrets, pourtant c'était le cas. Et Holly ? Elle agissait avec méfiance, comme si elle avait honte, était gênée par son éducation, sa richesse. Mais c'était *son* bagage, je m'en fichais. Peut-être qu'avec tout le temps que nous aurions sur la rivière, sans école, télévision ou Internet – juste nous deux –, nous finirions par nous laisser aller.

Le ciel était sans nuages. Je vis autant d'eau que de terre, de l'eau dans des petits lacs, des étangs qui, à cette altitude, ressemblaient aux milliers de flaques d'eau dans les nids-de-poule de l'allée de terre de Jake, après une averse. Autour des lacs, des éruptions de roches dures et grises. Les rochers étaient marbrés de vert avec des lichens, des bosquets et des arbres grêles. Au loin, la terre ressemblait à un champ de maïs plat, sans autres caractéristiques que l'eau et la toundra. Elle semblait vraiment stérile, comme le nom de la région l'indiquait.

L'avion commença sa descente, je le sentis dans les oreilles. Il nous déposerait sur Lynx Lake, la source de la Thelon River. Nous avions prévu de passer le reste de juillet et les deux premières semaines d'août à pagayer jusqu'à Baker Lake, où la Thelon se termine.

Atterrir dans un petit avion avec flotteurs au lieu de roues me semblait impossible et effrayant, comme si nous risquions de heurter l'eau, culbuter et éclater en mille morceaux sanglants. Alors que Knute effectuait un premier passage à basse altitude au-dessus de Lynx Lake, Holly posa le doigt contre la fenêtre en plexiglas pour me montrer les eaux se dirigeant vers l'entrée étroite de la Thelon qui serpentait au loin. Sous l'eau peu profonde, le sable reflétait la lumière du soleil, transformant la rivière en un magnifique ruban vert vif. Nous volions plus bas et je distinguais à présent la crête blanche des vagues soufflées par le vent, et les récifs couleur gris poudre à canon. Je supposai que Knute était attentif à ce qui aurait pu briser le mince aluminium de nos flotteurs. Il relança les gaz, fit un large cercle, puis se mit en position pour son approche finale. Le moteur presque coupé, dans une quasi-absence de son à la fois effrayante et apaisante, j'imaginai l'instant où le pendu tombe, juste avant que la corde ne se tende et ne lui brise le cou. L'horrible analogie me sortit de ma peur, j'eus un sourire morbide. L'avion toucha l'eau et glissa en une éclaboussure silencieuse. J'étais toujours en vie.

Knute relança le moteur, se dirigea vers une plage à l'entrée de la rivière, puis coupa les gaz lorsque la tête des flotteurs toucha le sable. Holly descendit sur un flotteur, je lui passai les sacs, elle les transporta jusqu'au rivage. Knute détacha notre canoë, le mit à l'eau et nous rejoignit à terre.

Notre embarcation était déjà chargée des quatre sacs, nous étions prêtes à partir. Il demanda :

– Juste pour être sûr, vous êtes passées à la gendarmerie de Yellowstone pour enregistrer votre itinéraire ?

Holly le jaugea pour décider si elle devait répondre avec franchise. Je savais que nous n'étions jamais allées chez les Mounties. Finalement, elle lui dit :

– Non.

Le doigt de Knute grattait l'orbite vide sous ses lunettes.

– Je crois bien que ce serait une bonne idée. C'est même obligatoire.

Holly répondit :

– Ce bateau a déjà navigué.

Knute secoua la tête comme si nous ne nous comprenions pas. Je connaissais ce genre de gars : responsable, autoritaire, qui obéit aux règles. Jake ne l'aurait pas aimé. Il nous dit :

– Donnez-moi vos noms et coordonnées, je transmettrai par radio votre itinéraire de quarante jours jusqu'à Baker Lake. Après, vous irez vous signaler sur place, pour que les Mounties ne se lancent pas à votre recherche.

Holly croisa les bras sur sa poitrine.

– OK, ça marche.

Knute posa d'autres questions :

– Vous avez un téléphone satellite, une balise de localisation, un spray anti-ours ?

Knute savait qu'il poussait le bouchon, je le sentais, mais il faisait son devoir pour se couvrir au cas où il y aurait un pépin.

– Pas de téléphone satellite, mais j'ai une balise de détresse qui peut envoyer des messages. Et pas de spray anti-ours.

Holly était agacée, comme si Knute remettait en question son jugement, peut-être aussi son genre, prêt à lui sortir du *mademoiselle* ou *chérie*, mais je savais qu'il ne le ferait pas.

Il dit :

– Faut que vous sachiez qu'il y a deux ans, six garçons venus des États-Unis pour descendre la Dubawnt River plus au sud, ont eu droit à un grizzly. Il y a un mois, un gars qui était parti randonner seul hors de son campement, est aussi tombé sur un grizzly. Quand l'ours l'a chargé, le gamin n'a pas bougé comme il était censé faire, il lui a parlé calmement, comme à un chien : « Gentil, l'ours, tout doux. » L'ours a quand même attaqué, lui a labouré le visage et le dos à coups de griffes. Le gosse s'est roulé en boule et l'ours s'est amusé avec sa poupée de chiffon. Il a planté ses crocs dans sa cuisse, l'a frappé avec ses pattes larges comme des gants de base-ball. C'est la dernière chose dont le garçon se souvient avant de perdre connaissance. Par miracle, il s'est réveillé. Il a traîné sa jambe en lambeaux jusqu'au camp. Ses potes avaient un téléphone satellite pour appeler les secours, mais comme ils étaient dans un tronçon étroit de la rivière, je ne pouvais pas atterrir. Ils ont été obligés de pagayer une centaine de kilomètres jusqu'à un village autochtone où *j'ai pu* atterrir. Je l'ai transporté à l'hôpital le plus proche, c'est-à-dire à Baker Lake, à près de cent soixante kilomètres de là. J'ai sauvé plus d'une vie ici. Soyez prudentes. J'ai un répulsif anti-ours, prenez-le. Je ne voudrais pas que l'une ou l'autre finisse comme ce gamin, et que je sois obligé de revenir pour vous éviter l'amputation.

Holly accepta le répulsif.

– Merci.

Knute continua :

– Je suppose que vous savez dans quoi vous vous embarquez, il n'y a pas plus d'une dizaine de descentes de la Thelon par saison, la moitié par la Hanbury, à deux cents kilomètres en aval. Il n'y a pas de poste de secours, pas de ville, pas de village et très peu de chance que vous rencontriez un autre équipage. Vous êtes vraiment sûres de savoir où vous mettez les pieds ?

Holly ne répondit pas immédiatement. Elle le fixait. Ses cheveux ramenés sous son chapeau de cow-boy, celui que je trouvais mignon mais qui maintenant était stupide et lui donnait l'air d'une touriste. Comme si elle avait lu dans mes pensées, elle le retira et dit :

– Je l'ai déjà fait il y a trois ans. Et je ne passe pas ma vie bouclée à un siège de voiture, entourée d'airbags.

Il sourit.

– Moi non plus. Une centaine de pilotes déposent chaque année des touristes dans des endroits où ils ne devraient pas forcément aller. Parfois, les risques d'une escapade lointaine n'en valent pas la peine.

Holly dit :

– Parfois, votre numéro apparaît. Et parfois, vous perdez juste un œil.

Un commentaire à la fois sérieux et drôle. Je levai la tête pour voir la réaction de Knute. Il cligna de son bon œil, sourit et répéta :

– Parfois, vous perdez un œil.

J'avais compté sur Holly pour planifier tout le voyage, pour nous garder en sécurité mais maintenant je ressentais de l'appréhension. Holly savait-elle qu'il fallait déposer son itinéraire ? Pourquoi n'avions-nous pas acheté de gaz poivré contre les ours ni prévu de téléphone satellite ? Pourquoi le gars n'en avait-il pas parlé *avant* le décollage ? D'autres questions encore : étais-je capable de me prendre en charge, de compter sur moi-même en cas de besoin ?

Je savais que je pouvais être collante, anxieuse, dépendante, il semblait maintenant que je ne *puisse pas* prendre soin de moi. Holly avait dit un jour que j'avais des problèmes mère-fille. Ce n'était pas surprenant puisque j'ai grandi sans. Jake m'avait dit quand j'étais très jeune qu'elle était morte en couches, je découvris plus tard qu'elle s'était juste barrée après ma naissance, me laissant avec Jake le Serpent. J'avais grandi sans mère, ce qui, d'après une recherche Google, signifiait que j'étais émotionnellement impénétrable et prudente quant au choix des quelques amis que j'avais. Quand je me faisais une amie, je pouvais devenir collante, d'où le commentaire de Holly : « Je ne suis pas ta mère. » En toute honnêteté, je ne pense pas avoir jamais eu besoin d'une maman, et quand les choses se sont passées, *j'ai* pris soin de moi, j'ai compté sur moi-même. Je l'avais déjà fait avant.

Malgré toutes les histoires de grizzly et notre destination vers une contrée sauvage, isolée, sans le confort de la maison ni les soins médicaux, je me sentais plutôt chanceuse. L'alternative pour mon été était de travailler à Providence, alors que tous ceux que je connaissais, y compris Holly, partaient ailleurs. J'aurais été de corvée de vaisselle et de récurage de casseroles dans un restaurant. J'avais de la chance d'être ici, je n'avais pas particulièrement peur d'être dans une région sauvage. Si l'une de nous était blessée ou malade, ou même si nous l'étions toutes deux, je pourrais gérer. C'est ce que je pensais.

4

Nous campâmes sur une île au milieu de la rivière, un endroit qui, selon Holly, serait moins infesté d'insectes qu'ailleurs, mais qui l'était quand même. Depuis que nous avions mis le pied dans le nord du Canada, les mouches noires et les moustiques étaient omniprésents, impitoyables dans leur quête de sang chaud. Holly nous avait acheté des chemises anti-insectes – l'Original Bug Shirt, édition Elite – à Yellowknife. Pour parer aux attaques, nous pouvions fermer le filet facial cousu dans les capuchons rigides. Les mouches noires étaient les pires, elles s'insinuaient dans n'importe quel trou de vêtement jusqu'à la chair fraîche. Leurs morsures piquaient, et quand j'écrasais leur corps minuscule, un filet de sang coulait sur mes doigts. Leurs écorchures sur la peau laissaient de petites zébrures comme des boutons infectés. Le soir, dès que le ciel s'assombrissait, les moustiques remplaçaient les mouches noires. Ils épaississaient l'air comme de la fumée, couvraient le filet de telle façon que le monde semblait voilé de dentelle noire. Le seul répit était une forte brise. Si peu de gens venaient dans les Barrens, c'était à cause des insectes, avait dit Holly. Je le comprenais viscéralement.

Nous installâmes la tente en forme de dôme à une certaine distance de la tente anti-insectes où nous avions prévu de cuisiner. Parce que, selon Holly, si les ours venaient renifler, nous serions loin de leur chemin. Holly prépara du riz au curry sous la tente dédiée, et me montra ensuite comment laver la vaisselle sans produit en la frottant avec du sable puis en la rinçant dans la rivière. Son leitmotiv au camping était, *Ne pas laisser de trace derrière soi*. Je pensais que tout cela, ce soin à ne pas polluer la délicate toundra, était plutôt exagéré. J'étais habituée à la Platte River dans le Nebraska, remplie d'algues qui proliféraient à cause des nitrates rejetés par les exploitations agricoles. Ses berges se transformaient chaque printemps en un vide-grenier d'ordures jetées et rincées de frais.

L'île était dépourvue d'arbres, mais le long du rivage, nous avions trouvé du bois flotté, sec et brûlable. Holly alluma un feu sous la ligne de crue de la rivière, là où la plage s'arrête et où les lichens commencent. L'année suivante, toute trace de feu serait emportée par les inondations printanières. Il avait fait dans les quinze degrés toute la journée, mais maintenant que le soleil approchait de l'horizon, la température était plutôt autour de quatre. Je tendis les mains vers le feu pour les réchauffer.

Holly sortit sa guitare de sa housse, un instrument proche du ukulélé avec un manche plus long. Nous chantâmes quelques chansons. Ma préférée était *Wagon Wheel* par Old Crow Medicine Show. Holly aimait toutes celles composées par Dixie Chicks, il y avait aussi une chanson de Dylan, *Tangled up in Blue*, que Jake jouait encore et encore. Holly connaissait les accords et les paroles, elle m'apprit à chanter l'autre voix. Le vent qui s'était levé avait dispersé les moustiques. Je retirai ma chemise anti-insectes et sentis la chaleur du feu sur mon visage. Je me rapprochai de Holly. Pendant un moment, nous restâmes silencieuses, puis je tendis la main pour toucher la sienne. Nos mains étaient liées, elle posa mes doigts sur sa joue puis les embrassa un à un. J'aimai la façon inattendue dont elle le fit. Ce simple contact était comme un chocolat chaud réchauffant mes entrailles.

Elle raconta une histoire. Holly, étudiante en anglais, voulait devenir écrivaine, conteuse. Sa théorie était que les religions étaient des livres d'histoires, l'Histoire racontait des histoires, les chansons racontaient des histoires, les histoires se conformaient à un archétype semblable à une partition de notes de musique – ce qui sonnait tonal, émotionnel –, donc forger une histoire était aussi simple que l'endroit d'où l'on vient, le parcours que l'on a eu, ce qui s'est passé, ce qu'on a découvert. Holly voulait que sa vie se lise comme une collection d'histoires uniques, une aventure après l'autre.

J'y avais réfléchi. J'ignorais que vivre une vie d'histoires était une sorte de philosophie – comme le nihilisme, l'idéalisme ou le précieux anarchisme de Jake. Et je ne pensais pas avoir ma propre philosophie de vie personnelle. Ma motivation avait toujours été de franchir un obstacle à la fois – sortir du Nebraska, aller à l'université, trouver un emploi, être autonome. Commencer par partir puis penser à tout le reste le moment venu. Mais je sentais que ma vie devait être plus qu'un simple dépassement de soi, j'avais besoin d'une boussole existentielle. Ce que Holly soutenait avait du sens. On a besoin de créer des histoires tout au long de sa vie, un fil qui a son récit. Je me disais que sa philosophie avait besoin de *-isme*, d'un *contisme* peut-être. Holly aimait mon idée. Holly, la conteuse.

L'histoire qu'elle raconta parlait d'un enfant nommé Edgar Christian, dans les Barrens et la Thelon.

– En cent ans, cet endroit n'a pas changé, et même avant, presque personne ne pagayait dans les parties de la Thelon où nous allons. Pour les Européens blancs, cela restait un territoire inexploré. Mais dans les années 20, un certain John Hornby est venu ici avec deux jeunes de notre âge, Harold Adlard et Edgar Christian. Ils sont, tous les trois, morts dans les Barrens. L'histoire est connue parce que Edgar a laissé un journal qui détaille ce qui est arrivé.

« À cette époque, les expéditions d'exploration faisaient fureur en Grande-Bretagne. Robert Falcon Scott a atteint le pôle Sud et est mort sur le chemin du retour. Robert Peary est allé jusqu'au pôle Nord. Ces gars-là étaient comme des rock stars chez eux. Edgar a grandi en lisant leurs voyages. John Hornby est son riche cousin aîné, il avait déjà exploré les Barrens. Hornby avait passé un hiver près de Slave Lake avec un autre gars, ils sont presque morts de faim quand la viande a manqué. Un an plus tard en Angleterre, Hornby est devenu un explorateur légendaire avec son histoire. Edgar, qui vient de finir l'école, supplie ses parents de le laisser partir dans les Barrens avec John.

« Ce qu'Edgar et ses parents ignorent, c'est que Hornby est un homme singulier, et surtout pas aussi capable que ce qu'il prétend. Lui et l'autre gars sont presque morts de faim parce que Hornby était mauvais chasseur, il n'amassait pas assez de nourriture. Dans la cabane cet hiver-là, les deux ne s'adressent plus la parole pendant des mois. Dans une histoire que j'ai lue, l'autre gars a failli tuer Hornby parce qu'il refusait d'aller crotter dehors quand les températures étaient inférieures à zéro.

« Hornby et les deux jeunes sont arrivés à la Thelon en septembre, tard dans la saison. Ils ont rapidement construit une cabane dans une zone que nous traverserons dans deux semaines, Hornby Point. Il peut neiger n'importe quand dans ce secteur, nous aussi on verra sûrement de la neige avant la fin du voyage. C'est en septembre qu'elle commence à tomber, et à la mi-octobre, les rivières et les lacs gèlent. Les trois sont donc arrivés trop tard pour attraper la grande migration des caribous de la Thelon. Il leur fallait vingt caribous pour passer l'hiver ou un gros élan. Hornby n'a abattu que quelques caribous et n'a jamais trouvé d'élan. Comme ils n'avaient pas assez de réserves de viande, en janvier ils mouraient de faim.

« On verra la hutte, elle n'est pas beaucoup plus grande qu'un garage une place. Les trois hommes sont restés coincés là-dedans à cause des températures en dessous de zéro, et avec la nuit arctique qui s'installait, les journées raccourcissaient et il y avait peu de soleil. J'imagine comment c'était pour eux : dans des conditions pareilles, le noyau dur de toute relation s'amplifie, certaines personnes se rapprochent et s'aiment, d'autres explosent dans la violence, comme cette lutte pour savoir où déféquer. Toi et moi, on se rapprocherait. Oui, on se rapprocherait.

« En février, Hornby est mort, puis Harold Adlard. Edgar reste seul dans la cabane, il essaye de survivre avec les peaux et les os des petits animaux qu'ils avaient réussi à piéger. Il mange du cuir bouilli. Il creuse la neige pour retrouver les entrailles gelées des poissons qu'ils avaient pêchés et nettoyés l'automne précédent.

« Edgar meurt lentement de faim. En avril, la neige commence à fondre. Il écrit qu'un cygne blanc, un siffleur, a volé au-dessus de sa tête vers les aires de reproduction. Il sait que le printemps est là. Le journal s'interrompt pendant le mois de mai, puis il y a une phrase écrite le 1er juin. Une seule ligne : "Plus faible que jamais, mon cœur s'emballe, le soleil brille." Je m'en souviens très bien.

« Avant de mourir, Edgar écrit une dernière lettre à son père. Il la place dans le journal, puis le journal dans le poêle pour le protéger des bestioles. Il laisse également un billet : "À celui qui trouve ceci, regarde dans le poêle."

« Deux étés plus tard, des sauveteurs sont envoyés à leur recherche. Ils localisent la cabane, les corps et le journal. Le père d'Edgar l'a publié plus tard. Ce qui m'a frappée, c'est la dernière ligne de la lettre qu'Edgar a écrite : "J'aimais John comme seuls deux hommes peuvent s'aimer." Je sais qu'entre les quatre murs de cette cabane, malgré l'excentricité et l'ineptie de Hornby, les deux s'étaient rapprochés.

Lorsque Holly termina son histoire, elle leva les yeux vers moi et sourit. Pensai-je que nous nous rapprocherions si nous étions piégées dans une petite cabane ? J'avais vécu dans un espace exigu avec Jake, c'était tout sauf rose. Il me disait quoi faire, je le faisais ; mais maintenant j'en avais fini avec lui. J'avais eu une autre relation au cours du premier semestre, et c'était pareil qu'avoir Jake sur le dos. Elle me disait quoi faire, je le faisais, jusqu'à ce que j'arrête. Ma relation avec Holly était différente. C'était elle qui prenait l'initiative, avait les idées, disait où aller, quoi faire, et j'aimais qu'elle me surprenne, qu'elle me montre de nouvelles choses – c'était excitant –, mais j'avais toujours la latitude de dire non. J'essayais de changer, j'avais dit non plusieurs fois. Je pensais que, si nous étions coincées dans une cabane en plein hiver, nous serions accommodantes, je lui apprendrais comment vivre et survivre, j'irais dehors faire mes besoins, nous nous rapprocherions. Je savais que très bientôt, dans les limites du canoë et de la tente, nous le découvririons toutes les deux. Ce qui était alarmant pourtant, c'est que maintenant j'avais entendu les histoires de quatre morts dans les Barrens et d'une mutilation par grizzly. Si le pilote ne signalait pas notre voyage aux Mounties, personne ne nous chercherait si nous n'arrivions pas à Baker Lake. On nous retrouverait la saison suivante ou celle d'après, comme les trois hommes, comme le premier propriétaire du canoë.

Je lui demandai :

– Pourquoi tu m'emmènes ici ?

Elle répondit :

– Pour se rapprocher ou mourir en essayant.

5

Holly dirigea le canoë vers une plage rocheuse, nous descendîmes à pied le long de notre première série de rapides, turbulents et effrayants. Holly cherchait un itinéraire.

En regardant les rapides, je pensais à la rengaine favorite de Jake, *Ferme ta putain de gueule*. Quand le baromètre baissait, je me réveillais souvent avec une migraine lancinante qui me poignardait entre les yeux. Quand cela m'arrivait, je pouvais à peine sortir du lit, je grimaçais pour ne pas pleurer. Mais c'était mon travail de nourrir les poules et de ramasser les œufs avant d'aller en classe. Si j'étais en retard, Jake ouvrait la porte et criait : « Ferme ta putain de gueule », puis claquait la porte si fort que cela m'envoyait une lame de couteau dans le crâne. Je me levais parce qu'il m'avait conditionnée à ne jamais dire non, à ne jamais pleurnicher, à faire ce que j'étais censée faire. Maintenant aussi, j'essayais de ne pas me plaindre ni dire à Holly que je ne voulais pas faire ça parce que ça *avait* l'air effroyable.

Ces rapides en forme de cascades se ruaient sur des rochers tranchants, puis se transformaient en vagues. *Vraiment* effroyable. Les cartes de Holly dataient de son voyage trois ans plus tôt, il y avait des notes écrites au stylo le long du parcours. Des rochers que nous devions éviter avec des noms qu'elle leur avait donnés il y a trois ans.

Elle dit :

– Le premier rocher, c'est Mâchoire. Tu vois comme l'eau est profonde et comment elle coule sur la gauche, en entonnoir ? On doit aller là. Le plus dur, c'est de traverser la rivière jusqu'à Bombe Cerise, le deuxième rocher sur la droite. On sera obligées de pagayer comme des malades pour arriver là. Après, il y aura les ondes stationnaires sous Bombe Cerise, parce que l'eau remonte à contre-courant. On doit attaquer les vagues de front sinon on est cuites.

J'acquiesçai.

Elle poursuivit :

– Il y a une règle en eau vive : si l'un des pagayeurs est mal à l'aise avec le passage, on ne le fait pas et on porte tout le barda.

J'étais mal à l'aise. L'air de rien, Holly me laissait la possibilité de refuser, mais jamais je n'aurais dit non. Le malaise que je ressentais était lié à un sentiment d'excitation – je savais que ça allait être palpitant. À moi-même, je me disais, *Ferme ta putain de gueule*.

À Holly, je dis :

– On y va.

De retour dans le canoë, Holly s'installa à l'arrière. Elle me montra à nouveau les coups de pagaie pour se tenir à l'écart des rochers – propulsion, dénage et levier. Elle dit aussi que nous devions communiquer en continu, hurler à chaque obstacle, à chaque coup de pagaie – bascule à droite, bascule à gauche, tirer, levier à droite, levier à gauche.

J'eus l'impression de tomber dans une chute d'eau. La rivière souleva le canoë, nous précipita dans un labyrinthe de rochers et d'écume. Holly cria aussitôt quels coups de pagaie faire, quels petits rochers éviter. Mes mouvements étaient hésitants et saccadés, mais je fis le travail. Je vis le premier rocher, Mâchoire. Holly suivit le bord plus profond qui chutait sur la gauche. Le canoë prenait de la vitesse au fur et à mesure que nous descendions. La proue plongea dans un creux, des embruns m'éclaboussèrent le visage et la poitrine. Je secouai la tête, clignai des yeux pour y voir plus clair. J'entendis Holly, « Vire », puis « Tire plus fort ». Je déplaçai les mains, je mis ma pagaie de l'autre côté et tirai plus fort.

Depuis le rivage, cela paraissait faisable ; désormais atteindre Bombe Cerise semblait impossible. Je pagayais aussi fort que je pouvais, mais le canoë continuait d'avancer perpendiculairement au cours de la rivière. De près, le rocher avait un éclat de quartz rouge, je le touchai presque. Coûte que coûte, nous devions passer de l'autre côté. Je n'y croyais pas, j'imaginais le canoë se fracassant contre le rocher, sa coque écrasée par la pression de l'eau déferlante qui nous submergerait, éjectant deux corps et quatre paquets à la dérive. Holly cria « En croix ! » Je changeai ma pagaie de côté et tirai en arrière. La proue balançait contre le courant, nous passions sur la droite de Bombe Cerise. Le flanc du canoë heurta un rocher, je vis une bosse se former au fond de la coque. J'attendis qu'elle éclate. Non, la coque tint bon et crissa dans le virage. La masse d'eau nous entraînait comme une avalanche. Le canoë s'élança en apesanteur avant de retomber un mètre plus bas dans la vague. Nous échouâmes droit dedans, le canoë se remplit d'eau, des litres d'eau. Le choc me renversa, j'étais trempée.

Puis tout se calma. Exaltée, je brandis ma pagaie au-dessus de la tête en hurlant « Oui, oui ! » Je me tournai et regardai Holly, elle joignit ses cris aux miens. Je n'avais jamais rien éprouvé de semblable, Holly me souriait, je pensai qu'elle aimait m'avoir emmenée dans ces montagnes russes – que je trouvais géniales.

À ce moment-là, je l'aimais de m'avoir emmenée ici.

Cette nuit-là, nous nous allongeâmes dans nos sacs de couchage zippés ensemble. Silencieuses. J'étais épuisée par l'ébullition et l'effort de la journée. J'entendais la rivière et la brise qui ressemblait à un bruissement de feuilles contre la tente. Je me sentais bien dans notre isolement et notre solitude. Je voulais dormir mais j'avais aussi envie d'autre chose. Cela faisait plus d'une semaine que nous n'avions pas fait l'amour, mon corps avait soif de libération. Je fis face à Holly et la serrai contre moi. Je sentis son souffle chaud sur mon nez, mes joues, mon oreille, qu'elle embrassa doucement. Nos bouches se rencontrèrent. Holly avait des lèvres charnues, l'embrasser était doux et humide. Mon corps réagit, nos baisers se firent plus passionnés – avec nos langues, nos dents.

Je n'avais pas d'expérience, le sexe avec Holly était un sentiment nouveau d'absorption totale. Au fil du temps, nos relations avaient changé, évolué. Elle me poussait à comprendre ce que j'aimais, elle me disait ce qu'elle aimait. Au début, le dialogue était inconfortable, mais j'avais appris à apprécier l'exploration des sens qui suivait. Faire l'amour était maintenant un échange de contacts, de sensations, d'excitation, de plaisir. Nos mouvements devenaient une improvisation musicale fondée sur des schémas passés.

6

Nous marchâmes vers l'intérieur de la toundra avec nos P-packs afin de trouver un emplacement pour la tente. La végétation poussait sur un marais d'eau stagnante, juste au-dessus du permafrost, un terrain fertile en moustiques. Nos bottes Muck en néoprène s'enfonçaient avec un bruit de succion. Nous remontâmes une pente douce pour trouver un sol sec. L'endroit choisi se situait sur un affleurement de granit plat recouvert de lichen de caribou qui craquait sous les semelles, couleur sauge, parsemé de mousse aux tons orangés et verts.

Comme il n'y avait pas de bois flotté pour un feu, nous cuisinâmes dans la tente-cantine sur le réchaud de camping. Le ciel était sans nuages, nous décidâmes que le double toit serait inutile. Les insectes se collaient au filet et nous entouraient de leur bourdonnement bruyant, créant un sentiment de vulnérabilité, comme si nous étions des animaux exotiques en cage à observer et scruter.

Pendant le dîner, nous parlâmes, ou plutôt, Holly parla. Elle décrivit notre itinéraire du lendemain, à quoi il fallait s'attendre. Je l'écoutais, posant les quelques questions obligatoires qui entretiennent la conversation, faisais des signes pour montrer que j'étais attentive. Mais pendant qu'elle parlait, je repensais à ce qu'elle m'avait dit sur son enfance. Je savais qu'elle passait ses étés à faire du canoë avec d'autres enfants et des moniteurs du camp Kawishiwi. Elle avait pagayé sur ce même parcours avec trois autres filles. Elle vivait dans son propre appartement hors du campus. Elle avait eu d'autres copines à l'université, mais rien de stable ou de sérieux. Elle n'avait jamais évoqué d'anciens petits amis ou petites amies au lycée. Je savais que ses parents étaient fortunés et qu'ils lui payaient tout ce qu'elle voulait. Elle avait grandi à Saint Paul, dans le Minnesota, près de la frontière nord qui touche le Canada et le lac Supérieur.

Après que Holly eut terminé d'exposer son programme pour le lendemain, je lui demandai :

– Pourquoi on n'est pas passées à Saint Paul avant de venir ici ?

J'avais pensé qu'elle ne souhaitait pas que sa famille me rencontre.

– J'ai regardé sur Google Map, le trajet était plus rapide par le nord.

Elle s'assit en face de moi, le réchaud et la nourriture entre nous. Elle leva les yeux en le disant, puis saisit la cuillère pour se resservir des pâtes. Décontractée, comme si de rien n'était.

– Tu ne voulais pas que ta famille sache pour moi, c'est ça ?

– Non, c'est pas vrai.

Puis je compris la nature du blocage, et lançai :

– Tes parents ne savent pas que tu es lesbienne ?

Elle prit son temps pour répondre. Elle avait l'air sur le point de pleurer. Elle dit :

– Non, ils ne le savent pas.

Je demandai :

– Pourquoi ?

Le ton de ma voix était bienveillant, doux, pas accusateur. Je voulais sincèrement savoir. Je supposai que ses parents étaient instruits, probablement libéraux, probablement compréhensifs. Faire son coming out n'aurait pas dû être un gros problème.

– J'ai une histoire à te raconter. C'est gênant.

– Vas-y.

Holly posa son assiette, s'essuya les yeux qui avaient commencé à larmoyer, puis se redressa, prête à parler.

– Tu sais que ma famille a de l'argent, mais je ne t'ai pas raconté l'histoire. Mon père est issu d'une vieille famille aisée de Saint Paul. Son grand-père était un baron du bois, il a abattu la majeure partie du nord du Minnesota. Grâce à des dons, une salle de l'université de Saint Paul porte son nom et une rue a été baptisée avec notre nom de famille. Ma mère a épousé la famille de papa, elle a un rôle dans la société Brahmin. C'est une conservatrice insipide de Saint Paul, soi-disant progressiste sur le plan politique, mais conservatrice pour tout le reste. Elle est membre du conseil d'administration de l'orchestre de la ville et ancienne présidente de la Junior League. Elle a un casque à la Margaret Thatcher, tu sais, les cheveux gonflés de partout avec un petit pli en bas, raide comme un saladier Tupperware. Officiellement, elle est à fond pour la communauté gay – elle regarde *Ellen* et *Oprah* – mais pas dans sa famille, pas dans son entourage. Je ne veux pas faire éclater sa bulle.

« En cinquième, je suis tombée amoureuse d'une fille super cool, garçon manqué. Elle s'appelait Tonya. Nous sommes devenues amies. J'apprenais la guitare, Tonya chantait bien. On traînait dans sa chambre ou dans la mienne, on jouait de la musique, on parlait. Un après-midi, j'ai touché sa main.

C'était électrique, comme si on était destinées à se toucher. Quelques minutes plus tard, on s'embrassait. J'étais au paradis. Ce soir-là, je suis rentrée chez moi en état d'exaltation, mais j'étais effrayée. Je savais que j'aimais les femmes, je pensais que c'était normal, j'imaginais, comme nous toutes, à quel point ce serait beau et cool d'embrasser Natalie Portman ou Pink, que bien sûr on le ferait si on en avait l'occasion. Mais j'avais l'impression qu'embrasser Tonya était tabou, que j'avais franchi une ligne. Ensuite, j'ai fait une connerie : j'ai arrêté de voir Tonya, je l'ignorais à l'école. Je voyais bien qu'elle était triste et seule et se sentait trahie. Je l'ai trahie. J'ai commencé à raconter aux autres filles qu'elle était lesbienne et amoureuse de moi. J'ai fait ce truc de merde. Après ça, Tonya n'a pas été victime d'intimidation ou de moqueries, mais elle a été ignorée. Les autres ont simplement cessé de lui parler. Tonya est devenue renfermée, silencieuse. Elle s'asseyait seule à la cantine, elle marchait seule, tout le monde l'évitait dans les couloirs. Elle a été transférée dans une école publique en cours d'année, je ne la croisais presque plus. Quand je la voyais au centre commercial ou en train de s'acheter une glace, on s'ignorait comme s'il ne s'était jamais rien passé. Je l'avais trahie.

« Un soir, ma mère m'a demandé si je savais pour Tonya. C'était bizarre, ma mère portait son manteau de fourrure dans la maison, un manteau fabriqué avec au moins quarante peaux de visons. Quand elle le portait, c'était toujours à l'intérieur, jamais à l'extérieur, parce que ceux de la SPA lui auraient flanqué la honte. Elle m'a posé des questions sur Tonya et j'ai menti. J'ai dit que je n'avais rien entendu, mais que je savais qu'elle n'était pas heureuse dans notre école, et qu'elle avait été transférée. Ma mère a dit que Tonya avait fait une dépression et qu'elle était gay. Est-ce que je savais qu'elle était gay ? J'ai répondu que je n'en avais aucune idée. Puis ma mère a dit que la mère de Tonya devait être drôlement embarrassée. Embarrassée ! C'est comme ça que j'ai compris – pas dans sa famille, pas dans son entourage. J'ai encore peur de leur dire. C'est nul, je sais. Je n'ai jamais eu le courage de l'avouer. Je vis ma vie privée dans l'ombre et en dehors de Saint Paul. Pourquoi, hein ? Pourquoi je n'arrive pas à dire à ma mère que je suis gay ? On est pourtant dans ce putain de XXIe siècle. C'est plus simple de garder un secret et de laisser vivre ses fantasmes ? Genre *pourquoi t'irais dire à une femme en train de mourir qu'elle prend des kilos ?*

Je dis :

– C'est nul comme comparaison.

– Je sais. Ma mère n'est pas en train de mourir et je suis sûre qu'elle ne mourra pas d'humiliation. Je lui dirai quand on reviendra.

Je demandai :

– Tu leur as dit quoi alors ?

– Que je retournais à la Thelon avec Lee.

– Donc ils pensent que je suis un mec ?

– Oui.

Je me donnai le temps de digérer l'information. C'était stupide et embarrassant, embarrassant pour toutes les deux. Je savais que j'aurais pu râler, chercher une forme de règlement de comptes, mais ce n'était pas si facile. On ne choisit pas d'être gay, d'être différente. Je savais que ma vie aurait été, serait tellement plus facile si j'étais hétéro. J'aurais eu un groupe d'amis au lycée, j'aurais eu des rencards, peut-être même un copain que les gens apprécieraient, je serais allée à des soirées, au bal de fin d'année, je ne serais pas aussi cassée émotionnellement. Les mecs comme ce pilote, Knute, ne me reluqueraient pas d'un drôle d'air. Mes potentiels futurs employeurs ne devineraient pas que je suis une bille au travail. Je voyais bien que ça avait été difficile pour Holly, déchirant aussi, et qu'elle n'avait pas besoin que j'en rajoute une couche. Je devais prendre ce qu'elle venait de dire au pied de la lettre, Holly ferait son coming out devant ses parents quand elle serait prête, je le savais.

Alors je dis :

– Eh ben, c'est *vraiment* galère. Tu es une fille qui dissimule, tu es une cachottière, une secrète.

Elle répéta :

– Je sais.

7

Les Barrens présentaient le même paysage lunaire que la veille : des crêtes vallonnées formées par le recul des glaciers serpentant le long de la rivière, des bancs de sable transformant l'eau en vert émeraude ou en bleu azur, des épinettes noires rabougries jaillissant de fissures dans le granit, la toundra avec son tapis de lichen de caribou ressemblait au camouflage du désert. Je désignai une petite fleur rose sur un épais buisson trapu, ressemblant à un cactus. Je dis : « Azalée alpine. » Holly n'en avait aucune idée.

Au détour d'un virage, nous aperçûmes un grizzly et un bœuf musqué mort. Le grizzly était assoupi sur la plage. Alors que nous approchions, il nous vit ou nous sentit, et se dressa sur ses pattes arrière. Sa fourrure était auburn délavé et son énorme tête s'étendait sur la largeur de ses épaules. Un mâle. Ses bras épais pendaient, ses griffes pointaient vers l'intérieur, longues et recourbées comme des crochets à viande. Je sentais maintenant la pourriture du bœuf musqué, un mélange de soufre et de bouse. J'étais plus impressionnée qu'effrayée. Le grizzly nous observa en se demandant si nous étions des proies ou des prédateurs. Je savais qu'il était capable de nager, mais j'espérais aussi qu'il avait eu sa dose de viande – il avait probablement plus peur que faim. Il se laissa tomber sur ses quatre pattes, puis s'éloigna lourdement dans la direction opposée. Le bœuf musqué à moitié mangé resta sur le rivage ; sa tête et ses cornes séparaient l'eau comme un rocher dans le courant. Un œil était voilé, tourné vers l'intérieur, l'autre n'était plus qu'un trou désordonné de chair. Holly sortit son smartphone à batterie solaire et prit des photos. Un corbeau venu de nulle part atterrit près de la carcasse. Il s'approcha prudemment et tendit son long bec pour arracher une bande de charogne.

Plus tard, en eaux plus profondes, alors que je regardai au-delà de ma pagaie, je vis le dessus d'un touladi s'agiter dans le courant. Ce soir-là, j'assemblai la canne à pêche, y nouai mon plus petit hameçon n° 8 avec deux perles d'œufs de saumon que nous avions apportées comme appât. J'installai la ligne et la laissai dériver dans un virage de la rivière. Je pris une truite plus petite que la longueur de mon avant-bras et partis la nettoyer loin du camp, abandonnant les restes pour les ours, les loups ou les corbeaux. Malgré le retour des mouches noires, nous préparâmes la truite au feu de bois, saupoudrée de sel. Mon corps était sans doute affamé de protéines fraîches, car je dis à Holly que c'était là le meilleur poisson que j'aie jamais goûté.

Après ce festin, nous allâmes chercher davantage de bois pour allumer un feu de camp. La fumée chassait les mouches, nous enlevâmes nos chemises anti-insectes. Holly joua de la guitare. Une chanson, *Travelin' Soldier*, parlait d'un garçon jamais revenu de la guerre du Vietnam et de la fille restée au pays, qui se souvenait – *un amour qui ne mourrait jamais…* Holly la joua de façon lugubre et lente. Même si ce n'est pas mon genre d'avoir la larme facile en écoutant de la musique et des paroles, je faillis pleurer.

Puis Holly dit :

– À ton tour de raconter une histoire sur toi. Tu ne m'as jamais dit comment c'était de grandir au Nebraska, ce que ton père pense de toi, qui est vraiment ton père. Peut-être que toi aussi, tu es une cachottière. Alors, raconte. Et commence par le début – d'où tu viens, ton parcours, ce que tu as vécu, ce que tu as découvert.

Je le fis. Je commençai par le commencement, là où nous vivions, en donnant des détails que j'avais évité de dire à Holly par le passé, des détails qui me gênaient, qui me faisaient ressembler à un monstre survivaliste, ce que j'étais probablement. Je racontai comment Jake m'avait fait braconner un cerf que j'avais ensuite rabattu sur notre propriété.

– Notre ferme n'avait rien de classique, c'était plutôt un bout de maison, juste un sous-sol. Jake l'avait achetée comme ça. Elle était construite sur environ quatre hectares de terrain, à l'extérieur de Colomb, une petite ville. Notre propriété était en bordure d'une forêt domaniale qui s'étend dans un coude de la Platte River, une terre inondée presque chaque printemps. Jake avait acheté ce domaine juste avant ma naissance. C'était bon marché. L'ancien propriétaire était à court d'argent après la construction des fondations, alors il avait posé un toit sur le sous-sol. Ça ressemblait à un bunker, d'ailleurs on l'appelait « le bunker ». Tu descendais un escalier pour entrer, tu arrivais dans une grande pièce avec une cuisine, une table et des chaises, un canapé et un fauteuil à bascule. Sur le mur, il y avait deux rames d'aviron qui dataient des années 70, quand Jake avait remporté une course de la Head of the Charles, à Boston. Sa chambre était à l'arrière, la mienne était plutôt une grande alcôve, un coin qui était prévu pour entreposer des conserves. On avait l'eau courante, elle était pompée par un vieux moulin à vent qui remplissait un réservoir hors-sol, mais il n'y avait pas de toilettes, fallait aller dans un appentis. Il n'y avait pas l'électricité municipale. On cuisinait sur un réchaud au propane et on avait un petit réfrigérateur de camping-car, qui servait surtout pour la bière maison de Jake. Il y avait quelques fenêtres, et la nuit, on s'éclairait grâce à des LED alimentées par des batteries douze volts chargées par un panneau solaire sur le toit. On avait un potager, des poules et quelques chèvres. On chassait les cerfs, les lapins, les écureuils, les rats musqués et les canards le long de la rivière. On pêchait aussi. Jake appartenait à un mouvement éco-anarchiste, genre Tolstoï, Thoreau, Zerzan, retour à la nature. Jake m'a raconté qu'il avait assisté à une conférence de John Zerzan à Eugene, dans l'Oregon, et que ça avait changé sa vie. Jake me disait des trucs comme : « Soit on emprunte passivement la voie de la servitude et de la destruction, soit on se tourne vers une vie sauvage. » Je me souviens de tout ce que Jake disait parce qu'il me le répétait encore et encore, et je devais l'écouter. Il détestait la civilisation, la technologie, il détestait l'argent, il voulait vivre de la terre le plus possible.

« Un soir de juillet, on revenait de la ville par le chemin de terre qui traversait notre propriété. Il faisait chaud, on savait que les cerfs allaient sur la route pour échapper aux mouches, et on manquait de viande. Jake roulait lentement. On a vu une biche dans un bosquet de nerprun, juste à côté de la route. Jake a avancé tout doucement avec le pick-up. Il avait presque toujours un revolver Smith & Wesson calibre 38 avec lui. La biche ne bougeait pas d'un poil, Jake m'a tendu l'arme. Le soleil venait de se coucher, mais ses rayons éclairaient encore, je voyais très bien. Le ciel était *crépusculaire*, un mot ancien que Jake aimait utiliser, ce moment juste après le coucher du soleil quand l'horizon est toujours éclairé et que l'obscurité de la nuit n'est pas encore descendue.

« La biche était là, dans les bois, à six mètres. J'ai tiré un coup. Un calibre 38, ce n'est pas très puissant, alors j'ai visé la tête. La biche s'est effondrée. On est sortis du pick-up pour aller voir. J'avais toujours l'arme à la main, prête à tirer si la biche était seulement blessée. En approchant, bordel, j'ai trébuché sur une branche. La biche était juste blessée, et paniquée maintenant. Elle a bondi et s'est enfuie au moment où j'essayais d'ajuster mon tir. Jake me regardait comme si j'étais une idiote. Il a dit : "Dans ce bas monde, chaque être est mû par le besoin intérieur de devenir plus grand qu'il n'est." Une autre façon de me dire : *Ferme ta putain de gueule et retrouve-la maintenant.*

« J'ai traqué la biche dans la forêt domaniale. Je savais que je la toucherais à la tête ou au cou, mais pas dans les organes vitaux ni au cerveau. Lentement, j'ai suivi les traces de sang, Méthodiquement. Dans l'ombre de cette lumière rougeoyante, la couleur a des nuances de gris ; l'humidité scintillante du sang collé aux feuilles me guidait. Beaucoup de sang, donc je me disais que la biche serait morte dans une heure ou deux. Je savais aussi qu'une biche blessée a soif, donc elle se dirigerait vers l'eau.

« J'ai remonté la piste de sang jusqu'à la nuit tombée. J'allais là où la biche allait, au sud-ouest, loin de la ville, vers la rivière. La nouvelle lune m'aidait. Par moments, j'entendais un bruissement, je me dirigeais de ce côté. Les bruits m'entraînaient vers la rivière. Il était plus de minuit quand je suis arrivée au bord de l'eau. J'y voyais à peine, tout était calme, j'ai pensé que la biche était morte quelque part le long de la rivière et que je ne la trouverais pas. Mais je ne pouvais pas retourner au bunker sans elle. Alors, je me suis mise en boule et j'ai dormi.

« Je me suis réveillée avec le soleil et j'ai recommencé à regarder. J'avais soif, mais l'eau de la Platte n'est pas potable. J'étais fatiguée mais je ne voulais pas aller chercher Jake. J'ai continué toute seule. Au bout de quelques heures, j'ai trouvé la biche, morte. Juste à côté de la rivière, allongée dans les roseaux comme si elle s'était endormie. Maintenant, je devais transporter une bête de soixante kilos jusqu'au bunker, à trois ou quatre kilomètres de là, par les bois.

« J'avais toujours un couteau pliant sur moi, le même que celui que j'ai ici. J'ai dépecé la biche. Ça va te dégoûter : j'ai coupé des morceaux du cœur et je les ai mangés tout crus comme petit déjeuner. La carcasse ne pesait plus qu'une trentaine de kilos. J'ai transporté cette foutue chose sur les épaules pendant une heure et demie. Jake était au bunker, souriant ; il m'attendait.

« J'ai balancé la carcasse à ses pieds. J'étais énervée : il aurait pu venir me chercher. Il avait juste à appeler dans les bois, je l'aurais entendu. Ça n'avait pas été facile de transporter ce morceau de viande, lourd, avec des os, des membres, des sabots et une tête. Il aurait pu m'aider, mais il s'était abstenu, je le savais très bien. Avec Jake, c'était toujours ce genre de test et il n'oubliait jamais de le faire savoir. Il m'a dit : "Dans ce bas monde, tout évolue naturellement vers un accomplissement spécifique."

– Ben, merde alors.

Holly remua les braises, digérant mon récit. Je venais de lui donner des détails choisis sur ma maison et mon éducation. Je n'avais pas menti, mais les oublis étaient énormes. *J'étais* une cachottière. Je finirais un jour par raconter à Holly la totalité de mon histoire tordue.

Puis elle demanda si Jake m'avait agressée ou blessée d'une manière ou d'une autre. Je répondis que Jake n'aurait jamais fait ça, qu'il n'était pas un monstre.

Elle insista :

– Vraiment ?

Je levai les yeux pour rencontrer les siens. Je dis :

– Oui, vraiment.

Cependant, ma vie n'était pas une succession de soleil et d'arcs-en-ciel. À l'université, après une recherche Internet, j'étais tombée sur une enquête en ligne : dix questions sur les Expériences traumatisantes durant l'enfance, ETE, un indicateur de problèmes physiques et émotionnels. J'avais répondu.

Avais-je été insultée, injuriée ? *Oui.* Avais-je souvent été giflée, bousculée ou attrapée ? *Non.* Avais-je subi des attouchements sexuels par un adulte ? *Oui.* M'étais-je sentie mal-aimée ? *Non.* Avais-je eu l'impression qu'il n'y avait pas assez de nourriture ou de vêtements propres ? *Non.* Étais-je d'une famille brisée ? *Oui.* Avais-je été frappée ou giflée par ma mère ? *Non.* Avais-je vécu avec une personne consommant des stupéfiants ? *Oui.* Mon père était-il dépressif ou souffrait-il de troubles mentaux ? Je dirais *oui.* Quelqu'un de proche était-il allé en prison ? *Oui.* Mon score ETE était donc de six, soit une probabilité six fois plus élevée d'être sujette à des problèmes d'anxiété, à la dépression, au suicide, à la toxicomanie, à la prise de poids et à une foule d'autres problèmes. Six cases, oui, oui, oui, oui, oui, oui.

Holly déclara :

– J'aimerais rencontrer Jake un jour.

Je me contentai de sourire. Je ne lui dis pas que Jake était en prison et que pouvoir le rencontrer était peu probable. Je ne lui dis pas non plus combien c'était un connard.

8

Holly pointa les marques indiquant les rapides sur la carte. Le prochain tronçon en était couvert, en plus de ses notes. Nous allions descendre des rapides ; nous serions obligées de faire du portage pour certains, et du halage pour d'autres. Holly gardait la carte pliée dans une poche de son gilet de sauvetage, qui contenait aussi la balise de détresse, crochetée au tissu maillé. Avant de partir pour la journée, elle me montra notre itinéraire. D'ici le lendemain, elle voulait camper aux chutes de Jim Lake ; dans trois ou quatre jours, au Thelon Canyon après un portage de sept kilomètres, le plus long du voyage.

Nous descendîmes sans nous arrêter trois séries de rapides. Holly annonçait quels coups de pagaie, je m'exécutais. Le jeu d'esquive entre les rochers était passionnant et ne ressemblait à rien de ce que j'avais connu. La montée d'adrénaline tendait mes muscles et mes sens, pagayer dans les rapides devenait une drogue qui me dévorait, j'en voulais encore plus. J'adorais ça et je ne disais jamais non.

Davantage de rapides nous attendaient. Nous effectuâmes des reconnaissances, nous portâmes deux fois, halâmes une fois. La reconnaissance fut une partie d'échecs, faire ci ou faire ça, je me surpris à discutailler avec Holly pour trouver le moyen de naviguer sur chaque tronçon. Holly optait pour la prudence, préférant éviter les rapides qui nous jetteraient à la rivière ou pire, ce qui était le bon choix, je le savais. Mais maintenant que j'étais devenue une accro de l'eau vive, je ne pouvais pas m'en empêcher. Et honnêtement, je trouvais le portage nul – déballer, remballer, transporter les quatre sacs, le canoë, tout ça sur un terrain accidenté. Le halage était un peu plus intéressant. Nous fixions notre corde en travers du canoë, en l'attachant aux anneaux de la proue et de la poupe. Holly avançait en premier, marchant de rocher en rocher le long du rivage, guidant la proue, criant ses instructions. Moi derrière, probablement parce que j'étais grande, j'étais l'ancre. Je tenais le bout relié à la poupe et le canoë comme un chien en laisse. Le processus était laborieux, le chemin glissant et traître, mais cela valait mieux que le portage.

Plus tard ce jour-là, un cairn indiqua l'un des plus longs portages. À terre, les mouches noires pullulaient, et nous zippâmes nos chemises anti-insectes avant de décharger les sacs. Avec une main sur chaque plat-bord, Holly souleva le canoë sur ses cuisses. Puis, d'un geste rapide, le bascula sur ses épaules, le harnais allégeant son poids. Les jambes filiformes de Holly sortaient de sous la coque comme des cure-dents plantés dans un hot dog. Elle se mit en route. J'attrapai un sac de nourriture et la suivis. Notre portage longeait la rivière. Holly s'arrêta pour me montrer une saillie dans les rapides, suivie d'une mouille, un trou creusé par un tourbillon. Elle dit que, si nous avions été prises là-dedans, le canoë se serait coincé. Il aurait été inondé, la force de l'eau nous aurait plaquées en dessous, culbutant nos corps comme des vêtements dans une machine à laver, jusqu'à ce que le courant finisse par nous recracher – probablement noyées. Lors du deuxième voyage, je portai l'autre sac de nourriture et Holly, les deux P-packs, l'un sur son dos, l'autre attaché à sa poitrine. Holly pesait peut-être cinquante-cinq kilos, mais elle charriait plus que son propre poids.

Nous nous reposâmes à mi-chemin près d'un petit lac, en nous asseyant contre une corniche de grès qui surplombait le paysage. Je repérai des fleurs printanières sur la rive du lac. Elles s'étalaient en petits îlots de couleur au milieu de la toundra verte, pas plus larges que des pièces de monnaie. J'essayai de mettre un nom sur chaque fleur, des noms que j'avais mémorisés grâce à mes recherches sur Internet avant le départ. Je les montrai à Holly – des castillejas ou pinceaux indiens, avec leurs étroits pétales écarlates, des étoiles roses que je croyais être des primevères, des rhododendrons sauvages violets, des variétés de potentilles jaunes, un champ de lupins pourpres à hautes tiges. Je lui montrai un massif d'arbustes à thé du Labrador, avec ses grappes de petites fleurs blanches à tiges feuillues. Les infusions de cette plante servent de remède fourre-tout contre la toux, les infections pulmonaires, la diarrhée, les douleurs musculaires. Les noms et les informations jaillissaient de ma bouche comme d'un synthétiseur vocal. C'était ma méthode pour apprivoiser l'anxiété, comme d'autres font un puzzle ou un jeu de solitaire.

Holly sortit un sachet de fruits secs et m'en proposa. J'en attrapai une poignée, avant de le lui rendre. Elle me demanda de fermer les yeux. Elle dit que, lorsque je les rouvrirais, je devrais empêcher mon esprit de se concentrer sur une seule chose, juste laisser mes yeux parcourir le paysage. Je le fis. Je regardai le lac, les fleurs, le ciel, la toundra sans fin. Holly dit que c'était comme la musique, une seule note ne signifiait rien, mais la mélodie des notes qui s'enchaînaient pouvait être émouvante, sublime. *Sublime*, encore un mot daté qu'aimait utiliser Jake. Il le définissait comme une élévation morale, un niveau de pureté spirituelle. Son emploi m'avait semblé une connerie, alors que, dans la bouche de Holly, il signifiait la beauté ou l'inspiration. Holly dit :

– Continue de regarder, ne te concentre pas, ne pense à rien, essaye de calmer ton corps et ton esprit.

Je savais qu'elle savait que j'en étais incapable. Cela me rappela un souvenir. J'avais huit ans. Jake possédait ce livre d'Uri Geller sur la télékinésie. Pendant des semaines, j'avais essayé de déplacer une cuillère sur une table avec mon esprit. J'essayais dur, concentrant mes pensées vers ce seul objectif. J'avais même rapporté une cuillère en plastique à la maison, pour tester mes pouvoirs sur un objet plus léger. Jamais je ne parvins à bouger la cuillère. J'appris ensuite qu'Uri Geller n'était rien de plus qu'un illusionniste et un menteur. Je tentai de faire comme Holly le suggérait. Je regardai l'ensemble du paysage sans me concentrer sur une seule partie. Je sentis mon esprit embrayer les vitesses – je savais ce qu'il faisait, je n'étais pas étrangère à son fonctionnement.

Holly dit :

– Concentre-toi sur ta respiration, laisse-la ralentir jusqu'à ce qu'elle alimente à peine ton corps.

Holly essayait de me faire méditer, malgré mon anxiété, sans utiliser le mot *méditation*. Elle était dans ce genre de trucs – yoga, réflexologie, acupuncture. Je me détendis, j'embrassai l'ensemble du paysage, je repoussai mes pensées intrusives, je me concentrai sur ma respiration. Et pendant une seconde, je sentis le vent caresser mes joues, je vis comment il poussait tout par vagues à travers la toundra. Puis, dans un coin de mon champ de vision, j'attrapai le mouvement d'un petit animal. La fourrure grisâtre de sa queue, ses oreilles pointues ; instinctivement je dis à haute voix :

– Un renard.

Holly dit :

– Au moins, tu auras essayé.

9

Nous croisâmes deux cygnes siffleurs, blancs avec un bec noir. Alors que nous approchions, ils rétropédalèrent pour s'éloigner de notre canoë, puis s'arrêtèrent. La distance se réduisit entre eux et nous. Ensuite, ils battirent des ailes, près de deux mètres d'envergure, et ils dansèrent sur l'eau pour s'élever. Leurs ailes faisaient un bruit de sifflement en déplaçant l'air. Je me souvins que, dans l'histoire de Holly, Edgar avait vu un cygne siffleur. C'était au début du printemps, peut-être deux mois avant sa mort. Au virage suivant, les deux cygnes étaient de nouveau là. Pendant trois détours de rivière, ce fut la même comédie, nous eûmes l'impression d'être taquinées, attirées dans un piège fatal à chaque virage. Ils prirent leur envol une dernière fois et disparurent.

La rivière se rétrécissait à l'approche des chutes, Holly s'arrêta sur la rive droite. Au loin, les parois d'une gorge s'élevaient au-dessus de la rivière, je me doutai que ce portage serait une saloperie. Un cairn marquait un sentier sans qu'il y en ait vraiment un, juste des rochers, des corniches et des cailloux. Nous déchargeâmes les sacs, Holly m'aida à soulever le canoë, puis à le poser sur mes épaules. C'était à mon tour de le trimballer. Nous commençâmes à grimper, je vérifiais soigneusement où je posais chaque pied parmi ces pierres mouvantes. Une fois, je trébuchai et lâchai le canoë. Je dis « Merde », Holly dit « Putain » ; heureusement le canoë était fabriqué dans un composé épais semblable à du plastique, quasi indestructible. Il rebondit et glissa le long de la colline en cognant contre des rochers. Holly me regarda comme l'idiote que j'étais, genre *ne me refais plus ça*. Je descendis le chercher et recommençai l'ascension.

Durant notre premier voyage, nous nous reposâmes au bord de la gorge. Les chutes étaient impressionnantes, recrachant le contenu de la Thelon sur la roche vingt mètres plus bas. La brume montait, chassant les mouches noires et nous enveloppant comme de la rosée.

À la fin de la journée, les quelques arbres aperçus avaient disparu, nous avions atteint une zone des Barrens totalement dépouillée – vraiment aride. Nous campâmes sur une plage de galets, parsemée de lichen et de fleurs de mousse qui recouvraient les rochers à perte de vue. Nous trouvâmes du bois flotté là où les chutes d'eau se déversaient dans un bassin formé par un tourbillon. Avant le dîner, nous nageâmes dans le bassin en faisant de notre mieux pour nous laver sans savon. L'eau étant glacée, aucune de nous ne s'attarda. Après le dîner, nous allumâmes un feu. La brise et la fumée éloignèrent les insectes.

Je demandai à Holly de raconter une histoire. D'en inventer une qui se passerait dans le futur, avec nous peut-être.

Il lui fallut un certain temps pour réfléchir, puis elle se lança.

– Nous habitons une petite maison d'un étage et demi à Minneapolis. Même si tu es une mathématicienne célèbre, tu aimes travailler le bois et te servir de tes mains. Tu as refait les huisseries de notre maisonnette, tu as aménagé la soupente, installé une salle de bains pour notre fils qui aura bientôt quatorze ans et qui a besoin de son propre espace. J'écris, je viens de publier mon deuxième livre, un autre roman qui se déroule dans les Barrens. J'enseigne l'écriture à l'université de notre ville. Nous vivons ensemble et, tu me crois si tu veux, nous sommes heureuses. Je suis heureuse, même si tu gagnes beaucoup plus d'argent que moi.

« Nous avions décidé de fonder une famille – toi et moi avons toujours voulu un enfant. Un seul enfant. Comme aucune de nous deux ne voulait coucher avec un mec pour tomber enceinte, nous avons trouvé un donneur à la banque du sperme de l'université. Tout ce que nous savions, c'est que le donneur était professeur d'université quelque part dans le Midwest, avec un QI de génie, qu'il mesurait un mètre quatre-vingts, pesait quatre-vingts kilos, était d'origine sud-européenne et qu'il avait les cheveux noirs. J'ai porté le bébé. L'enfant est né avec la tête couverte de cheveux noirs et mes yeux verts. Nous l'avons appelé Theo à cause de la Thelon. Dès le début, nous savions qu'il était brillant. À cinq ans, il jouait déjà mieux de ma guitare que moi. Theo avait écrit sa première chanson, *Mommies in the Kitchen*, qui ressemblait beaucoup à *I've Been Working on the Railroad*. Il avait très bien réussi un parcours pour enfants surdoués et il était nerveux à l'idée de commencer l'école secondaire publique.

« Theo nous aime toutes les deux, nous sommes sa famille, mais il voudrait aussi savoir qui est son père. Nous avons été honnêtes avec lui en lui disant que c'est un donneur qui souhaite rester anonyme. Nous avons partagé son profil avec lui. Mais Theo est intelligent. Sans nous en parler, il a fait tester son ADN sur Ancestry.com. Les résultats ont révélé qu'il est issu d'une lignée familiale espagnole, les Noya. Grâce à Internet, il est remonté aux Noya de Saragosse, dans le nord de l'Espagne, qui ont émigré dans le Midwest. Il y a plus de Noya que tu ne l'imagines, alors Theo commence à les appeler un à un. Il cherche un Noya professeur d'université. Il en trouve un seul, son père, et lui écrit une lettre. Theo nous avoue par la suite que ses raisons de vouloir le rencontrer sont aussi mystérieuses pour lui qu'elles doivent l'être pour le professeur. Elles se résument à ceci : pour se connaître, il a besoin de savoir d'où il vient – parce qu'une grande partie de soi-même est composée de génétique. Le professeur comprend ça, alors il répond en disant, oui, d'accord pour une rencontre, il sera justement à Minneapolis durant l'été pour voir des collègues. Il s'appelle Oscar Noya. Ils prévoient de se rencontrer dans un café. Theo ne nous a rien dit de tout cela, à nous, ses mères.

« Theo se rend au café à vélo, une demi-heure avant le rendez-vous. Il commande un macchiato au caramel et s'assied à une table qui leur donnera un peu d'intimité. Il surveille la porte, pense que son père sera ponctuel, portera une veste de sport et aura la barbe bien taillée. Il a raison. À la minute précise, un homme franchit le seuil de la porte. Il mesure un mètre quatre-vingts et porte une veste de sport bleue, sur une chemise blanche amidonnée. Ses cheveux noirs sont poivre et sel sur les tempes, sa barbe est d'un gris uni. Theo remarque tout cela. L'homme, Oscar Noya, reconnaît instantanément Theo, qui s'est levé. Ils se serrent la main, Theo voit le sourire de l'homme, mais ce sourire lui semble étrange, pas tout à fait sincère. Ils s'asseyent, son père ne commande pas de café. Theo est nerveux, il laisse l'homme poser toutes les questions. Theo dévoile les détails de sa vie : amis, musique, lycée, deux mères. L'évocation des deux mères interpelle l'homme

– il n'avait pas envisagé cette possibilité, peut-être pensait-il aider un mari avec des problèmes de fertilité. Il répète "deux mères", Theo donne nos noms, "Holly et Lee". Oscar dit qu'il enseigne la psychologie du développement et que, d'après les statistiques concernant un enfant sans père, il y a une forte probabilité d'abus de drogue ou d'alcool, de pauvreté, ressentiment et autres problèmes. Il pose une série de questions pour diagnostiquer notre fils : Theo a-t-il déjà consommé de la drogue ou de l'alcool, a-t-il du mal à s'intégrer à l'école ? Theo remarque alors que les sourcils du professeur sont redessinés et teints en noir, que les articulations de la main de cet homme éclatent d'arthrite, il se demande : *Qui est ce vieil homme effrayant ?* Theo, qui ne veut pas insulter l'homme qu'il vient de rencontrer, reste poli, dit qu'il n'est pas orphelin de père, qu'il a juste deux mères, que sa famille est équilibrée et qu'il va bien, ce qui ne répond pas aux questions de l'homme. Il y a un silence gêné ; finalement Oscar Noya se lève en s'excusant et dit qu'il a un autre rendez-vous. Theo rentre à vélo chez nous.

« Voilà pour la brève rencontre avec un type pédant, professeur de psychologie, disant à notre fils qu'il a une forte probabilité de sombrer dans la toxicomanie et le comportement antisocial.

« Ce soir-là, Theo nous raconte l'histoire de la découverte de son père biologique. Tu lui demandes s'il a apprécié son père et s'il a envie de le revoir. Theo nous répond : "Non." Non, il ne pense pas aimer cet homme et, non, il n'aimerait pas le revoir. Puis il nous dit : "Je n'ai pas à être mon père."

« Cela nous a touchées toutes les deux, surtout toi.

Holly avait terminé son histoire. *J'étais* touchée, touchée qu'elle ait imaginé nos vies entrelacées, qu'elle ait pensé à la possibilité de vivre ensemble et d'avoir une famille. Je n'avais jamais fait confiance à l'avenir, je voulais désespérément croire que nous pourrions avoir un enfant ensemble.

10

Les trois jours suivants, la rivière nous offrit une succession de courbes douces entre berges de sable et de gravier. Mes mains me faisaient un mal de chien, je réajustais continuellement ma prise pour éviter les ampoules prêtes à gonfler. C'était stupide de ne pas avoir apporté de gants, aussi, je demandai pourquoi à Holly.

Elle dit :

– Tu ne peux pas avoir de bonne prise avec des gants, tes mains transpirent, ça ne fait qu'empirer les choses. Ne serre pas trop ta pagaie, mais ne la tiens pas trop lâche non plus. Les ampoules sont inévitables. Tu dois les endurer jusqu'à ce que des callosités se forment dans tes paumes.

Endurer, voilà un truc que je savais faire.

Au bout de trois jours, nous campâmes sur une île formée à l'époque où la Thelon s'était scindée en deux chenaux qui se vidaient ensuite dans Eyeberry Lake. Cela faisait plus d'une semaine que nous avions quitté Yellowknife.

Autour du feu, Holly posa des questions sur Jake : s'il était bon père, si je l'aimais. Je lui racontai une histoire.

– Jake a fait des choix avant ma naissance, à l'université sans doute. Il a décidé que sa vie ne serait pas conventionnelle, qu'il ne toucherait pas de salaire. Il dit que les gens sont esclaves d'un système qui brise l'esprit. Comme il ne veut pas en faire partie, il a acheté sa terre, l'a transformée pour qu'on ait un abri et qu'elle fournisse notre nourriture. Il troque ce qu'il ne peut pas cultiver ou construire lui-même. Parfois, il travaille au noir pour gagner l'argent qui sert à payer les impôts fonciers et ce qu'on est obligé d'acheter dans les magasins. Il fait pousser et vend de l'herbe. Il essaye de vivre une vie en dehors du système, mais bien sûr, il y a des failles dans sa vision utopique. Il fait des compromis. Un service d'urgence ne peut pas nous renvoyer si lui, ou moi, nous cassons un os ou si nous avons une infection. Par la suite, Jake a collecté des coupons alimentaires. On peut dire qu'il a vécu la vie à laquelle il aspirait.

« Je pense que Jake aurait aimé qu'un garçon suive ses traces, mais il m'a eue. Malgré ça, dans son idée, j'allais suivre ses traces. Ses leçons ont commencé avant même que je m'en souvienne, des leçons sur sa philosophie anarchiste, sur des trucs comme la réparation d'un moteur ou d'une hache, la chasse, la transformation de la viande de chèvre et la menuiserie. Il pensait que les écoles sont des centres d'endoctrinement, il ne m'aurait jamais autorisée à y aller si le comté ne l'avait pas obligé à m'inscrire.

« Jake a eu du mal à me lâcher. Quand j'étais au lycée, il continuait de m'accompagner au bout de notre allée jusqu'à l'arrêt d'autobus, et il était là l'après-midi quand l'autobus me redéposait. Je faisais mes devoirs, mais Jake se fichait de mes résultats ou de mes notes. Il espérait peut-être que j'échoue. Étudier est devenu une obsession chez moi. Je ne me suis jamais intégrée, je n'ai jamais fait partie d'une bande de filles, et pendant des années je ne me suis pas sentie à l'aise avec quelqu'un de mon âge. Étudier était ma façon de prendre mes distances avec les autres enfants. Ça et mon poids. N'empêche que j'ai toujours eu des A.

« J'étais proche d'une prof de maths, Lonnie Longfellow. Son nom d'épouse, je crois. Elle était grande, elle avait une allure masculine avec ses cheveux gris métallique coupés en brosse. Elle portait des vêtements d'homme, des Levi's, des chemises boutonnées jusqu'au cou, des richelieus marron, et des lunettes du genre que portent les ingénieurs, ou les hipsters si tu es de Providence. Tout le monde la croyait lesbienne. Pourtant, elle vivait au sud de la rivière, dans une ferme, avec un mari et ses quatre enfants. Elle a dû sentir que j'étais lesbienne, peut-être qu'on était deux âmes sœurs ou qu'elle avait de l'empathie et voulait me guider à travers mes années merdiques de lycée. Elle me donnait des livres, par deux ou trois à la fois, je les avalais comme d'autres lisent des bandes dessinées. Certaines de ces lectures ont changé ma vie et m'ont orientée vers les mathématiques. Surtout un livre, *L'homme qui défiait l'infini* ; ça parlait d'un enfant indien, très pauvre, qui a fini par révolutionner les théories mathématiques à Oxford. Lonnie m'a prêté jusqu'à dix livres à la fois, des trucs que les bibliothèques n'avaient pas, des livres sur les mathématiques, des classiques aussi, Aristote, la Bible, de la fiction et de la non-fiction, des mémoires, des biographies. Un jour, j'ai vu son bureau dans le sous-sol de sa maison : Lonnie avait des milliers de bouquins.

« C'est aussi elle qui m'a aidée à postuler dans les universités quand j'ai décidé de quitter Columbus. Je lui ai dit que Jake et son père, mon grand-père, étaient allés à Brown. Elle a dit que ça comptait, que j'avais des notes et un score SAT presque parfaits. Lonnie pensait que je pouvais y entrer. Elle m'a aidée à remplir les formulaires, elle m'a donné des conseils pour l'essai à rédiger. Elle a dit qu'une lettre de mon père et de mon grand-père aiderait et qu'elle en parlerait à Jake.

« J'étais réticente, partagée. J'adorais Jake qui était plus que mon père, il était ma seule famille, tout ce que j'avais. Et je savais qu'il ne me laisserait pas partir facilement. Jake a entendu sa voiture remonter l'allée, il a entendu le portillon s'ouvrir puis se refermer, il entendu ses pas. Presque personne ne venait chez nous. J'étais dans le bunker avec lui, on a attendu qu'elle frappe à la porte. Jake a ouvert. Il a juste dit : "Quoi ?" Quand elle a demandé à entrer, Jake a dit : "Pourquoi ?" J'ai crié à Jake de la laisser entrer, alors il s'est écarté. Elle s'est assise à notre table de cuisine, je me suis assise avec elle. Jake est resté debout. Elle a dit qu'elle travaillait avec moi sur une candidature à l'université. Elle lui a demandé son aide et sa compréhension.

« J'ignorais que Lonnie viendrait à l'improviste. J'imaginais ce qu'elle pensait en voyant le sous-sol où j'habitais. Jake restait silencieux. Maintenant j'avais peur parce qu'il ne savait pas du tout que j'avais postulé à l'université, il ne lui était jamais venu à l'idée que je partirais. Il regardait Lonnie et je ne savais pas ce qui lui passait par la tête. J'ai dit : "Merci, Lonnie, je vous verrai lundi au lycée." Je l'ai fait sortir le plus vite possible, avant que Jake n'explose. Il a explosé, balancé une chaise contre le mur de parpaings et renversé la table. J'ai couru dans ma chambre qui avait un rideau comme porte, et je me suis planquée sous ma couette. Je n'avais pas peur qu'il me frappe ou qu'il me blesse, il n'était pas comme ça. Il fallait juste que je lui donne le temps de se défouler. Il a fini par quitter le bunker. J'ai entendu la vieille Ford démarrer puis s'en aller.

« Je ne l'ai pas revu pendant des jours. Il avait déjà fait ça, mais je ne savais jamais où il allait. Je supposais que ça avait un rapport avec le sexe – valait mieux que ce soit avec les autres qu'avec moi. Plus d'une semaine s'est écoulée avant qu'il ne revienne. Avec une lettre qu'il a posée devant moi sur la table de la cuisine – j'avais réparé la table entre-temps. Après, il est reparti. Sur l'enveloppe, un nom était écrit à la main, mon nom. La lettre était de mon grand-père que je n'ai jamais rencontré. Ça disait : "Je suis très content que tu postules à Brown. J'ai envoyé une lettre de recommandation au doyen. Si Jake dit vrai, tu es certaine d'être admise. Au plaisir de te rencontrer quand tu seras dans l'Est, peut-être à Pâques." Il y avait son nom, un numéro de téléphone et une adresse dans le Connecticut. J'ai lu et relu les quelques lignes, en essayant de trouver une nuance, de saisir un détail qui me donnerait un signe. Une heure plus tard, Jake est revenu dans le bunker, il a ramassé la lettre et en a fait des confettis. Du Jake tout craché. Mais il savait que je me souviendrais de chaque mot, y compris de l'adresse et du numéro de téléphone de mon grand-père.

Holly resta silencieuse, réfléchissant à ce que je venais de raconter. J'avais bien plus à dire, mais je pensais que c'était mieux d'y aller lentement, au compte-gouttes, pour la laisser absorber au fil du temps, pour que son jugement sur moi soit plus nuancé, moins sévère. Elle toucha mon poignet, puis ma main. Nous nous tînmes par la main dans la chaleur du feu.

J'essayais de songer aux choix que j'avais devant moi, au contraste frappant avec mes origines. Je venais du Nebraska, j'avais eu le bunker, les animaux, la Platte River, l'obligation de travailler pour manger ; ma vie avec Jake n'offrait rien que je puisse visualiser pour *moi-même*. Lonnie avait aidé à changer tout cela. Maintenant, j'avais l'université, et Holly, je sentais que j'avais davantage de choix. J'essayais de codifier ces choix, de les catégoriser, de les nommer comme je le faisais pour un paysage de fleurs. Je pourrais devenir menuisière, professeure d'université, mathématicienne, gérante d'une entreprise, ingénieure, je pourrais retourner au Nebraska, je pourrais être avec Holly, être une épouse, une mère, je pourrais avoir un enfant nommé Theo, je pourrais vivre seule. Chaque choix, chaque décision redéfinissait qui j'étais, puis limitait ce choix.

Je n'osai rien dire à Holly parce que ma liste était interminable ; elle penserait que j'étais folle, elle dirait que je pourrais être tous ces choix. Mais je ne le savais pas.

Le lendemain matin, le soleil était déjà haut au-dessus de l'horizon, la lumière filtrait à travers la toile de tente, la chauffant comme une serre. Alors que j'étais allongée près de Holly, des nuages se déplacèrent, cachant la lumière crue du soleil. La température dans la tente descendit à un niveau confortable, je voulus me rendormir. Mais je sentis aussi la pression monter dans mes sinus, le baromètre baissait, le temps allait changer – une tempête se préparait.

11

Nous traversâmes Eyeberry Lake et, dès le soir, nous étions de retour sur la tortueuse Thelon. Ma tête battait continuellement, je pagayais en rythme. Holly nous dirigea vers une crique protégée et nous nous arrêtâmes pour camper en espérant que la tempête passerait.

Nous marchâmes à travers la toundra marécageuse jusqu'à une crête surplombant la Thelon. En contrebas, se trouvait un auvent naturel à hauteur de tête : en dessous le sol était sec et plat. À l'abri sous cet auvent, un foyer de roches noires de suie, en cercle. Holly dit que ce camp existait depuis des centaines d'années, probablement depuis l'époque des chasseurs dénés qui vivaient ici avant les Inuits. Elle dit qu'ils avaient suivi les migrations de caribous à travers les Barrens et qu'elle avait vu d'autres camps similaires le long de la Thelon. Des rochers de la taille de têtes humaines formaient des anneaux ; ils avaient très probablement été utilisés pour maintenir les pans de tentes en peaux de caribous. Le site était ancien, j'étais impressionnée par son audace à survivre dans ce désert. Peut-être que ces chasseurs avaient des canoës, mais pas de sacs de nourriture ni de réchauds pour cuisiner. Ils mangeaient ce qu'ils tuaient et tuaient suffisamment pour tenir durant l'hiver. Pourtant, beaucoup mouraient jeunes.

Holly passa la main dans le foyer et trouva ce qu'elle cherchait : une pointe de flèche en silex, cassée, sans sa partie aiguisée. Elle me la montra : juste la tige encochée qui devait être fixée au bout de la flèche de bois. Jake et moi avions chassé avec un arc et des flèches, surtout hors saison quand nous ne voulions pas crier sur les toits nos intentions aux autorités. Ce n'était pas facile. On ne traquait pas le cerf comme avec un fusil parce qu'on ne pouvait pas s'approcher suffisamment pour le toucher avec une flèche d'une portée d'environ trente mètres. Il fallait attendre près d'un sentier emprunté par les cervidés, en général au milieu des arbres, jusqu'à ce que l'animal arrive vers vous, et après c'était dur comme pas possible.

Je pris le silex, touchai son bord tranchant, puis le reniflai. Il me semblait pouvoir sentir les graisses animales qui l'avaient imbibé au fil des années. J'essayai d'imaginer comment il avait fini dans le feu. Le chasseur était assis à proximité, frappant le silex avec un marteau, peut-être avec trop de force, jusqu'à ce que, brusquement, la pointe se brise. Énervé, le chasseur avait jeté les restes dans le foyer.

Le vent soufflait toujours pendant que nous installions le camp. Mon mal de tête persistait, j'avalai trois cachets d'aspirine. La douleur passa du coup de couteau entre les yeux au battement sourd. Le vent tourna à l'ouest, et ce soir-là, nous vîmes dériver des nuages plus sombres. Holly attacha le canoë et l'équipement, pendant que je démontais la tente anti-insectes. Le soleil, juste à l'horizon, flottait sous les nuages lorsque le vent se mit à hurler dans un fracas assourdissant. Une heure plus tard, il s'abattit sur nous, apportant une pluie fine qui fouetta les pans de notre tente comme si quelqu'un tentait d'entrer ; j'imaginais les chasseurs dénés, jetant des bâtons et des branches sur les intrus que nous étions pour nous bouter hors de leur terrain de chasse.

Je vis un éclair et comptai jusqu'à dix Mississippi avant d'entendre le coup de tonnerre. Trois kilomètres. Quelques minutes plus tard, un autre éclair, cette fois je comptai jusqu'à cinq. Holly me demanda de rester à l'écart de la toile et de m'agenouiller sur nos tapis. Un nouvel éclair illumina la tente comme un feu d'artifice. Une seconde plus tard, nouveau coup de tonnerre, nous fûmes toutes les deux secouées par l'électricité résiduelle qui traversa le sol et pénétra l'isolation de nos tapis.

Holly cria :

– Fils de pute !

J'eus un rire nerveux.

L'orage se calma, nous enlevâmes nos couches de vêtements et nous glissâmes dans nos sacs de couchage zippés ensemble. Nous nous serrâmes l'une contre l'autre pour nous tenir chaud. Je tournai le dos à Holly, elle se lova contre moi avec ses mains sur mon ventre. Nous restâmes allongées sans parler, nous réchauffant, sentant la chaleur de l'autre. J'entendais des coups de tonnerre, au loin maintenant, apaisants comme une musique de percussions. Holly m'embrassa la nuque, je me tournai vers ses lèvres.

Elle dit :

– Je vais te montrer un truc. Pense à ta respiration, je ferai pareil.

Encore un truc de méditation. Je fis ce qu'elle demandait. Je me concentrai sur chaque respiration, sur le mouvement de l'air entrant et sortant – rythmé, régulier. Je sentis le souffle de Holly derrière moi, qui correspondait au mien, nous étions synchronisées. Nous restâmes allongées à respirer, nous concentrant ensemble sur nos inspirations et expirations.

Holly dit :

– Appuie sur mon poignet et suis les battements de mon cœur.

Je les sentis.

– À moi, maintenant. Tape avec ton doigt quand tu sens mon pouls, je ferai pareil.

Étrange, nous tapotions en même temps, respirions en même temps ; nous conservâmes ce rythme. Holly déclara :

– Quand les gens sont amoureux, leurs cœurs battent l'un pour l'autre. C'est prouvé.

Ce qu'elle venait de dire se rapprochait d'une déclaration d'amour véritable, je n'en avais jamais entendu de ma vie. Elle la prononça avec facilité, les mots tombèrent de sa bouche le plus naturellement du monde ; j'étais submergée par l'émotion.

Nous continuâmes à sentir le souffle et le pouls l'une de l'autre. Holly déclara :

– Ici, la proximité intensifie une relation. Tu es contente d'être venue ?

– Oui.

Avant de dormir, Holly dit :

– Demain, nous serons au Thelon Canyon.

DEUXIÈME PARTIE

Le crépuscule

12

Holly prit une autre inspiration, puis toussa encore. Je la tournai sur le côté, de l'eau s'écoula de sa bouche. Je me concentrais sur chaque respiration, ignorant le bruit des rapides qui résonnaient sur les parois du canyon. Le soleil illuminait son visage, un nuage égaré flotta, l'ombre gagna de nouveau.

Je criai : « Holly, Holly ! », mais elle ne répondit pas. Je la hissai plus haut sur le rivage. Ses bottes avaient disparu, les vagues clapotaient sur ses chaussettes. Les coupures de son visage suintaient, le sang tourbillonnait sur sa joue. Elle respirait, faisait entrer et sortir de l'air en rythme, mais ses yeux restaient fermés et elle ne bougeait pas. Je voulais juste que Holly me regarde et me réponde, qu'elle prononce mon nom, me dise qu'elle allait bien.

Je secouai doucement son visage. « Holly, Holly. » Ses yeux ne s'ouvraient pas, son corps restait mou. Je touchai ses mains. Elles tremblèrent dans les miennes, des spasmes arrivèrent par vagues. Je les tenais fermement, mais elles continuaient de trembler. Sa tête se mit à trembler, les spasmes parcoururent son menton, la firent claquer des dents. Il fallait que je sèche

Holly, que je la réchauffe. Je ne pouvais pas la laisser mourir de froid.

Je n'avais pas de vêtements secs, ni de bois ou d'allumettes pour allumer un feu. Mon sac de couchage était mouillé. Je sentais *mon* corps commencer à grelotter de froid. La seule solution était de bouger, de s'activer les sangs. Je décidai de remonter le ravin pour récupérer l'autre P-pack avec les vêtements secs et le sac de couchage de Holly. Je devais la porter. Si je la laissais ici, elle mourrait de froid.

Les parois du canyon se dressaient au-dessus de moi. Peut-être voyais-je le rebord d'où Holly était tombée, là où j'avais laissé l'autre P-pack. C'était si éloigné, je n'étais même pas sûre que ce soit le bon endroit – le canyon s'étendait loin, tous les rebords se ressemblaient.

L'éboulis que j'avais dévalé était trop raide pour que je le remonte. Je dus longer le rivage afin de trouver une autre pente moins escarpée à gravir pour atteindre le P-pack. Je soulevai Holly sur mon épaule, puis passai les bras autour de ses cuisses. Je me mis en marche. Mes bottes mouillées collaient et projetaient de l'eau à chaque pas. La blessure de mon front saignait, le sang coulait dans mon œil droit, m'aveuglant presque. Je l'essuyais en continuant d'avancer.

Le ravin suivant se trouvait au-delà d'un affleurement de roche, à plusieurs centaines de mètres. Je levai les yeux. Il s'enfonçait profondément dans les parois du canyon, mais la pente était progressive. Qu'il existât un chemin praticable me procura un étrange sentiment de soulagement que je chassai vite de mon esprit. Rien n'était encore gagné, j'accélérai.

Mon corps s'était réchauffé quand je commençai l'ascension, je transpirais maintenant à chaque pas, chaque pas nous élevait de quelques centimètres. Le poids de Holly pesait sur mes épaules, sur mon dos, mais je n'osais pas m'arrêter. Si je la posais pour me reposer, je craignais de ne pas être capable de la soulever à nouveau. Je ne la déposerais pas avant d'avoir atteint le sommet.

Je continuai de grimper. Le grès était fragile, instable sous mes pieds, je le testai avant chaque pas. Je fus prise d'un vertige. Je me sentis faible, trébuchai sur une déclivité et tombai en avant. Les cuisses de Holly raclèrent le lit de roches. Elle émit un bruit, un *aïe* comme une pointe de douleur. Je criai son nom et je regardai son visage. Je ne vis aucune reprise de connaissance, aucune prise de conscience que j'étais là avec elle. Je m'agenouillai et la redressai sur mon épaule. Je trouvai une passe stable, j'y mis tout mon poids et repris mon ascension. J'atteignis ce que je pensais être le sommet du canyon, mais vis une autre pente et peut-être un autre faux sommet. Je me concentrai sur chaque pas, chaque poussée de la plante des pieds, chaque lever de genou ; je pouvais continuer tant que mes jambes tenaient. Enfin, je fus au sommet ; je posai Holly, le dos appuyé contre un rocher de granit. Elle tremblait toujours, son corps frissonnait par vagues.

Mon estomac convulsa, je vomis. Un mince filet de salive pendait de ma bouche. Le sang coulait de ma mâchoire à mon menton, puis se mélangeait à la salive. Je vomis encore.

Je sortis mon couteau, tranchai l'ourlet de mon T-shirt, pour en tirer une longue bande de dix centimètres de large. Je l'enroulai deux fois autour de ma tête pour ralentir le saignement, puis nouai les extrémités. Je transpirais toujours, j'avais chaud. Je m'allongeai à côté de Holly et la pris dans mes bras. Elle avait cessé de frissonner. Au début, je pensais que c'était bon signe, qu'elle allait mieux, qu'elle avait chaud, mais sa respiration ralentissait de sorte que chaque inspiration arrivait par surprise. Je saisis son poignet, sentis son pouls faible, et maintenant le souvenir de cette même étreinte que la veille semblait d'une ironie cruelle, un geste d'amour qui virait à la mort. Si je ne la réchauffais pas, elle mourrait. Je devais lui enlever ses vêtements mouillés, la mettre dans un sac de couchage ou près d'un feu. Je m'agenouillai, tirai Holly sur mon épaule pour la troisième fois, me relevai et repris la marche.

Le P-pack était là où je l'avais laissé tomber, là où Holly était tombée. Je déballai son sac de couchage, le déroulai, le dézippai et l'étendis comme une couverture. J'enlevai d'abord mes vêtements, puis déshabillai Holly. Je débouclai et ouvris son gilet de sauvetage, puis j'enlevai sa chemise, son maillot de corps et je la posai sur le sac de couchage. Je retirai ses chaussettes mouillées, puis tirai d'un coup sec sur son pantalon. Ses yeux restaient fermés, son corps relâché. Elle respirait à peine, inspirant une fois toutes mes dix inspirations. Je m'allongeai et nous recouvris étroitement avec le sac. Je l'enveloppai et sentis son corps froid ; je continuai de compter chacune de ses respirations, chacune des miennes. Je tenais ses bras, je touchais son poignet. Mes doigts sondaient les bords des tendons, à la recherche de n'importe quoi. Peut-être un pouls mais si faible. Je comptais mes respirations, j'attendais les siennes. Je comptais jusqu'à vingt avant qu'elle n'inspire ne serait-ce qu'une fois. Mon esprit revenait sans cesse à la nuit précédente, à nos corps synchronisés dans nos respirations, à nos battements de cœur poussant l'air, les fluides, comme si nous n'étions qu'une, vivante. Maintenant, elle était en train de mourir. Je la serrais fort contre moi, mes bras enroulés autour de sa poitrine et de son ventre, mes jambes enlacées aux siennes, essayant de chasser le froid de son corps. Elle continuait de respirer. Mon esprit se tordait dans des pensées qui n'avaient de sens que dans leur perversion : *Si j'aime Holly, elle va mourir*. Si je m'en fichais, elle vivrait parce que c'était comme ça que le destin fonctionnait. Rien de ce que je voulais ou aimais ne pouvait jamais être réel – je n'étais pas destinée à être choisie ou chanceuse. C'était trop merdique, je me forçai à cesser de penser. Je vidai mon esprit, j'essayai de penser à tout et à rien en même temps, comme Holly me l'avait montré dans ce champ de fleurs près du petit lac. Je lâchai prise.

Je sentis son rythme respiratoire augmenter progressivement. Ensuite vint une convulsion de muscles, puis j'entendis son claquement de dents. Sa respiration tremblait, mais elle respirait par cycles qui s'accroissaient. Je discernai un pouls plus fort. Je la tins serrée contre moi jusqu'à ce que je puisse enfin sentir la chaleur de nos corps collés, jusqu'à ce que les secousses s'atténuent et que je puisse faire correspondre ma respiration et mon pouls aux siens. Elle était avec moi maintenant, hors du canyon, hors de l'eau, en sécurité et au chaud. C'était un accident avec une fin heureuse, une histoire que Holly pourrait ajouter au voyage de sa vie. Mais elle n'était pas consciente pour le dire, et je savais que mon optimisme pouvait n'être qu'une illusion.

13

Je me souvins de la balise de détresse attachée au gilet de sauvetage de Holly. Il était avec les autres vêtements, en train de sécher au soleil. J'attrapai le gilet et le retournai, mais la balise avait disparu. J'essayai de me souvenir si elle était encore suspendue quand j'avais sorti Holly de la rivière. Elle portait toujours la PLB. Je vérifiai dans le P-pack malgré tout, mais ne trouvai rien. Nous n'avions pas emporté de téléphone satellite, la balise était mon seul moyen d'appeler à l'aide. Tellement crétin.

Les mouches noires, omniprésentes comme l'eau et le soleil, opacifiaient l'air. Elles mordaient dans la sueur de mon cou et de mon visage. Cela démangeait encore plus. Elles descendirent sur Holly. Ses muscles faciaux se contractèrent mais elle ne bougea pas pour se protéger.

Protéger Holly des mouches. Cette seule pensée, *la protéger*, me poignarda comme le souvenir d'erreurs stupides. J'aurais dû savoir, je n'aurais jamais dû la laisser s'approcher si près du bord. J'avais essayé de dire quelque chose qui attirerait son attention, mais rien n'était sorti de ma bouche.

Je pris la tente dans le P-pack de Holly. Je la montai sur la surface dure de l'auvent en grès et ramassai des rochers pour ancrer les piquets. J'attrapai les bords du sac de couchage sous ses épaules et tirai pour la mettre à l'abri, puis je chassai les insectes qui étaient entrés aussi. Maintenant Holly était au chaud, couverte et protégée des mouches.

La réalité de tout ceci gisait maintenant à côté de moi. Un accident presque mortel. Holly, dans le coma, nécessitant désespérément une hospitalisation, et moi, seule dans cette lande désertique. J'avais besoin d'aide, je devais trouver la balise.

Je redescendis vers la berge, scrutant le sol, autour du rocher où j'avais adossé Holly, dans le ravin. Je cherchai le long de la rivière, je pataugeai dedans pour repérer le jaune vif du boîtier en plastique sous la surface. Flottait-il ? Je vérifiai plus loin en aval jusqu'à l'endroit où les parois du canyon se refermaient et jusqu'à ce que la prochaine série de rapides me bloque le chemin. Certains de mes vêtements éparpillés – un T-shirt, une chaussette, un sweat-shirt polaire – jonchaient le rivage. La tente anti-insectes avec ses poteaux en fibre de verre avait disparu. Les ustensiles de pêche avaient disparu. Je récupérai le sac de couchage et quelques vêtements du P-pack déchiré. Je cherchai la balise en amont, pataugeant à nouveau dans l'eau vive et les rochers. Quand, soudain, je la vis, un éclair jaune pris au fond d'un tourbillon entre les rochers.

Je plongeai le bras jusqu'à l'épaule et dégageai la balise. Elle ressemblait à un talkie-walkie pour enfant, avec son bouton SOS rouge et un écran sophistiqué avec curseur à déplacer et enfoncer. L'écran était fissuré, l'affichage brouillé. Une fois sortie de l'eau, j'appuyai sur le bouton SOS et surveillai tout mouvement sur l'écran. Rien. Je retournai au sommet du canyon avec le sac de couchage mouillé et les vêtements que je venais de récupérer.

Le soleil se couchait au nord-ouest, prolongeant la fin de journée. J'étalai mon sac de couchage sur les rochers pour le faire sécher. Avec l'outil multifonction Leatherman dans le sac de Holly, j'enlevai l'arrière du boîtier de la balise pour que l'humidité s'évapore. Je rampai dans la tente et m'allongeai à côté de Holly ; mes vêtements avaient séché sur mon corps. Avec le froid croissant, je me mis en position fœtale. J'étais couverte, à l'abri, je ne voulais pas penser à la suite. L'épuisement me submergeait, je savais que j'avais besoin de fermer les yeux et de dormir. Mais je n'y arrivais pas. Les heures passèrent, les pensées se bousculaient dans ma tête, les mêmes pensées encore et encore – ce que j'aurais dû faire, ce qui avait déraillé, la chute, sa quasi-noyade, la colère contre moi-même, la colère contre Holly pour m'avoir embarquée ici. Puis je pensais à ce que je devais faire ensuite. Holly pouvait encore se réveiller, nous pouvions encore finir notre voyage, je pouvais attendre ici jusqu'à ce qu'elle le puisse. La meilleure chose à faire était d'attendre et d'espérer.

Allongée près de moi, Holly respirait, les yeux toujours fermés, le corps toujours aussi lâche et immobile. Après une quasi-noyade, son cerveau était peut-être affamé d'oxygène. Je l'ignorais. Elle avait des écorchures au visage, peut-être aussi une blessure à la tête. Je touchai ses cheveux, palpai son crâne à la recherche d'une grosseur ou d'une coupure. Je perçus à la base une boule de la taille d'une noix. Une commotion cérébrale ou une fracture. Elle pouvait encore se réveiller. Si la balise séchait et s'allumait, je pourrais appeler à l'aide.

Le sommeil n'arriva jamais. Je sortis de la tente au moment où le soleil pointait à l'horizon. Le ciel était dégagé, le vent calme. Je pouvais entendre le fracas des rapides monter du canyon. Le téléphone de Holly était à l'endroit où elle était tombée. Son écran poli reflétait l'éclat du soleil. J'allai vers le bord du canyon et rampai sur les derniers mètres pour atteindre l'appareil, trop effrayée à l'idée de baisser les yeux. Dans mon esprit, j'avais toujours l'image de Holly debout au bord, souriant à son smartphone. Je n'avais pas crié pour la mettre en garde. Elle était tombée. Je la voyais encore dans la rivière, tendre les mains pour stopper sa chute, puis dans le trou, culbutant dans le reflux de l'eau.

J'aurais besoin de nourriture. Des heures de randonnée m'attendaient pour rapporter les sacs restés au début du portage, jusqu'à la tente où Holly était allongée. Trois kilomètres cinq dans chaque sens, sachant que je ne pouvais pas la laisser seule trop longtemps. J'enfilai mes bottes encore mouillées. Je partis sur le chemin en suivant les cairns, ces tas soigneusement disposés, ces guides indigènes qui me conduisaient vers la sécurité. Ce n'était pas vers elle que je marchais, mais vers quarante kilos de nourriture et de fournitures qui devaient être transportés.

Je remontai le canyon avec le sac contenant les provisions et la trousse de premiers soins. Si Holly était réveillée, elle aurait faim, je pourrais lui proposer le mélange de fruits secs, le fromage, la viande et les biscuits. Les deux bouteilles d'eau étaient remplies. Le trajet avec le sac était éreintant. Je plaçais méthodiquement un pied devant l'autre, à un rythme que je pouvais garder sans m'arrêter. Mes bottes, encore mouillées de la veille, faisaient un bruit de succion à chaque pas. Alors que j'atteignais le sommet, je sentis des cloques commencer à se former.

La tente était toujours fermée. Je l'ouvris, espérant un mouvement ou un bruit. Non, Holly gisait là où je l'avais laissée, paupières closes, respirant. Je trouvai un tube de pommade antibiotique dans la trousse de secours et en étalai une couche fine sur ses coupures. Elles n'étaient pas profondes et guériraient d'elles-mêmes. Je recouvris les blessures avec de la gaze et du sparadrap.

Par comparaison, je fus en apesanteur durant le trajet de retour. Je rapportai le deuxième sac de nourriture mais laissai le canoë. Je le tirai plus loin sur le rivage, puis le retournai, coque en haut. Les cairns étaient mes amis maintenant, tous distincts. Il y avait celui qui marquait le début avec la note de Schuyler : « Ce portage de 1 200 rods est trop nul. » Je l'avais surnommé Messager, pourtant il n'avait pas d'autre message à délivrer. Un autre cairn renversé n'était plus qu'un petit monticule de pierres. Je le nommais Ruines. Un cairn avec des bâtons pour les bras et un rocher pour la tête, Bonhomme de neige. Chaque fois que je passais, je prononçais leur nom, peut-être juste pour entendre ma voix. Cette familiarité était rassurante, comme si je les connaissais autant que les sentiers et les arbres de notre terrain le long de la Platte.

Je déposai le deuxième sac de nourriture à côté du premier. Holly était toujours inconsciente. J'avais besoin de prendre une décision pour le canoë, le laisser ou le transporter. Je voulais le laisser parce que j'étais épuisée. Mais il ne servait à rien au début du portage, je ne pourrais pas rebrousser chemin sur la rivière, autrement dit remonter à contre-courant. Si Holly se réveillait, j'aurais besoin du canoë pour continuer en aval. Finalement, le porter était une question de chance, ou de destin, ou d'optimisme, appelez ça comme vous voulez. Si je l'abandonnais, c'est que je ne croyais pas que Holly se réveillerait. J'entrepris un dernier voyage pour le canoë.

Une fois devant le canoë, je le soulevai sur mes cuisses, puis le fis basculer sur mes épaules et commençai à marcher. Mes jambes étaient instables, en coton, j'avançais prudemment, bloquant un genou à chaque pas ; j'imaginais un amputé sur ses deux jambes prothétiques. J'essayais d'atteindre chaque cairn, chaque ami, avant de m'arrêter pour me reposer. Quand je posais le canoë, je devais trouver la force de le retourner et le remettre sur mes épaules. Le dernier voyage, depuis le bas du portage jusqu'à Holly, me prit des heures.

Quand j'atteignis le campement, le soleil descendait à l'horizon. J'allai voir Holly, qui gisait inerte dans son sac de couchage. Je retirai mes bottes, puis mes chaussettes pour qu'elles sèchent. J'avais des cloques sur les talons, je perçai les bulles de peau à la pointe de mon couteau.

Et si Holly ne se réveillait pas ? Et si elle se réveillait mais ne pouvait pas continuer de porter ni de pagayer ? L'autre pensée, plus sombre, planait au fond de mon esprit comme un spectre éclipsant tout : *Et si elle mourait ?* J'étais fatiguée, je ne pouvais pas réfléchir à tous ces scénarios. Ou ne voulais pas penser à eux. J'essayais de m'accrocher à l'idée qu'elle se réveillerait et continuerait le voyage. Le reste était un virage sur la route que je ne voulais pas anticiper maintenant. Mais ce spectre, sa mort, était comme un mal de tête annonçant la tempête. J'étais terrifiée.

La balise pourrait apporter de l'aide immédiatement et nous sortir toutes les deux de cette rivière inhabitée. Elle avait séché à présent. Je revissai la plaque arrière, puis appuyai sur le bouton SOS. L'écran était clair mais resta vide. La balise était morte.

14

Mon sac de couchage aussi avait séché. Je m'allongeai à côté de Holly, je lui demandai de se réveiller, de me regarder dans les yeux, de me dire qu'elle m'aimait. Je touchai ses cheveux épais comme une crinière de cheval. Je me souvins de cette pensée qui m'était venue la première fois que je les avais caressés. M'entendait-elle ? Était-elle juste coincée à l'intérieur de son esprit, piégée sous une couche de glace, une pellicule gelée qui l'empêchait de rejoindre la surface ? Essayait-elle de m'appeler, de me contacter ? J'avais besoin de croire qu'elle était ici, qu'elle voulait m'entendre parler. J'avais prévu de continuer de lui raconter d'autres histoires sur mon passé. Je lui parlerais de ma mère que je n'avais jamais connue. Peut-être qu'elle réagirait au son de mes paroles.

Je me lançai. Ma voix résonnait sous la tente, suffisamment fort, j'espérais, pour pénétrer dans son cerveau et son subconscient, pour secouer les barreaux de son esprit encagé.

– Jake voulait que je croie que ma mère était morte à l'accouchement. J'avais vu mon acte de naissance. Je suis née à l'hôpital public de Columbus. Elle s'appelait Ruby Harvey.

Harvey étant le nom de famille de Jake, je supposais qu'ils étaient mariés. Jake disait qu'elle était morte, mais je n'ai jamais vu ni faire-part, ni plaque au cimetière, ni urne avec ses cendres ou certificat de décès.

« Ça lui arrivait de me parler d'elle. Il paraît qu'elle me ressemblait, avec ses cheveux blonds pas nets, ses joues d'écureuil, son visage large, et ses grands yeux ambrés. Ruby et Jake se sont rencontrés sur la route, ils faisaient partie d'une tribu de hippies qui suivait les Grateful Dead. À chaque concert, Jake la trouvait assise dans un parking ou le long de la route, en train d'enfiler des colliers, ou de fabriquer des créations élaborées qui recouvraient la poitrine comme une sangle. Il disait qu'elle avait du talent, que c'était une véritable artiste avec de l'avenir. Un jour, Jake l'a vue faire du stop avec sa pancarte, *Concert suivant*. Il est venu la chercher avec son combi VW, et à partir de ce moment, ils ont voyagé ensemble. Jake l'aidait à vendre ses bijoux. Après, elle est tombée enceinte. Il disait qu'elle adorait être enceinte. Elle n'avait jamais de nausées le matin, mangeait pour deux et aimait la sensation de son ventre arrondi. Ruby laissait tous les hippies caresser son ventre pour lui porter chance.

« L'accouchement était prévu quand les Grateful Dead joueraient à Lincoln. Tous les deux ont décidé d'arrêter les voyages et de s'installer là. Jake a vu l'annonce du terrain avec la maison inachevée dans un journal local. Il avait un petit héritage d'une grand-mère. Ils sont allés visiter ensemble et ils ont acheté la propriété. Je suis née un mois plus tard.

« Un soir, j'ai obligé Jake à me dire la vérité. Je l'avais attendu, il était shooté, prêt à aller se coucher. Je lui ai dit que je n'avais pas trouvé l'avis de décès ni la moindre trace de sa mort. Je lui ai demandé de me répondre honnêtement, de me dire si Ruby était encore en vie quelque part. Pendant une seconde, il est resté scotché. Le mensonge faisait tellement partie de nos vies que son instinct était de le répéter. Mais quelque chose l'en a empêché – la culpabilité d'avoir menti peut-être, parce que j'avais maintenant quatorze ans et que j'étais prête à entendre la vérité, ou parce qu'il était juste défoncé ? Il a d'abord dit : "Je ne sais pas."

« Après, je crois que c'était la vérité. Il a dit que Ruby avait un leitmotiv : *Je veux rester ouverte.* Ouverte aux voyages, ouverte à de nouvelles expériences, ouverte à de nouvelles personnes, elle voulait continuer de créer et de vendre ses bijoux. Elle avait aimé être enceinte, mais quand je suis née, elle n'a pas voulu être mère. Jake a dit que je ne l'avais pas tétée. Elle est partie et il ne l'a plus jamais revue.

« Je lui ai demandé : "Ça veut dire quoi, je ne l'ai pas tétée ?"

« Il a répété : "Tu ne l'as pas tétée." Il a raconté que, après ma naissance, on m'a emportée pour me laver et m'examiner. Une heure plus tard, une infirmière est revenue avec moi, Ruby était dans son lit d'hôpital. Elle m'a tenue dans ses bras, elle était heureuse. Elle m'a appelée Lee. Une blague, parce que Lee Harvey Oswald avait assassiné JFK. Ruby ne le croyait pas coupable, elle disait que c'était un complot. Que j'étais un complot. Je ne sais pas ce que ça veut dire, mais c'est moi qui suis coincée avec ce prénom. Quand Ruby m'a mise au sein, il paraît que ma bouche ne s'accrochait pas. Jake a dit : "Tu ne l'as pas tétée. J'ai dû te nourrir au biberon."

« Voilà ce que Jake m'a balancé – j'ai refusé de téter ma propre mère, *je* l'ai rejetée. Il m'a laissée avec la culpabilité d'être celle qui avait renvoyé Ruby sur la route. En sortant de l'hôpital, Ruby n'a plus jamais remis les pieds au bunker. Jake a dit qu'elle avait rompu et qu'il ne l'avait jamais revue. Je suppose que, dans l'esprit de Jake, m'élever consistait à me laisser dans l'alcôve et me fourrer un biberon dans la bouche chaque fois que je pleurais. Un psychologue dirait que j'ai un trouble de l'attachement parce que je n'ai jamais tété. Et donc que je suis émotionnellement déglinguée.

« Je lui ai demandé le nom de jeune fille de Ruby. Il a dit qu'ils ne s'étaient jamais mariés et qu'elle ne parlait jamais de sa famille. Elle était juste Ruby, Jake n'était même pas sûr que ce soit son vrai prénom.

« Je lui ai demandé comment je pouvais la retrouver.

« Il a dit : “Laisse tomber. Considère-la comme une donneuse d'ovule, pareille à un donneur de sperme. T'as vraiment envie de savoir qui est cette anonyme qui s'en contrefiche ?”

« Quand tu as raconté l'histoire de Theo qui avait retrouvé son père donneur de sperme, j'ai pensé à ma mère. J'aimerais la rencontrer. Peut-être que, comme Theo, ce serait une déception et qu'elle n'aurait pas forcément envie de *me* connaître.

« Au début, j'étais en colère – quel genre de mère abandonne son enfant ? Je l'ai d'abord imaginée comme une égoïste qui ignore tout le monde autour d'elle, une sociopathe ou peut-être juste une toxicomane. Mais un soir, j'ai décidé que je n'avais pas besoin d'être en colère, que je pouvais l'imaginer comme je voulais. Alors, j'ai imaginé une artiste concentrée sur son travail et la vie qu'elle voulait vivre ; ma mère avait vu en Jake sa volonté et son désir d'élever, de façonner quelqu'un à son image. Aujourd'hui, je vais bien, je suis plus forte grâce à ça. J'imagine qu'elle veut savoir qui je suis, qu'elle sait que je suis en sécurité, mais qu'elle a perdu sa place auprès de moi. Ma vie est comme la peau morte d'un serpent qu'elle ne peut plus habiter. Elle a renoncé à ses droits de mère. Mais je sais qu'elle me souhaite du bien.

Holly était toujours allongée. Ses paupières s'ouvrirent soudain et ses yeux se détournèrent, sans se fixer. Je prononçai doucement son nom puis j'attendis, en quête d'un signe indiquant qu'elle m'entendait. Ses yeux se refermèrent. Je la regardai pendant des heures. Vers le lever du soleil, je m'endormis d'un sommeil léger. Quand je me réveillai, j'espérai un signe de conscience, mais il n'y en avait pas.

J'entrapercevais la bifurcation sur la route, l'éventualité qu'elle ne se réveille pas avant des jours, ou pas du tout, sachant qu'il y avait peu d'espoir pour un sauvetage miraculeux. La réalité s'enracina en moi, une peur qui me laissait un vide dans l'estomac, un creux. Je me forçai à prendre une décision, une décision me concernant. Je me souvins du pilote qui avait dit que dix groupes seulement pagayaient sur la Thelon chaque été, dont la moitié passaient par la Hanbury. Au confluent, j'aurais plus de chances de tomber sur un autre équipage qui pourrait appeler à l'aide. Je décidai de reprendre la navigation.

15

Le canoë reposait sur mes épaules, je suivais les cairns vers le nord pour retourner à la rivière et chercher de l'aide. Je supposais que la fin du portage était à trois kilomètres et demi – soit cinq voyages aller et retour avec les sacs, l'équipement et Holly. Les trente et quelques kilomètres de marche me prendraient plus de dix heures… tellement de temps. J'avais besoin d'aller plus vite.

Le sentier suivait la falaise de grès au-dessus du canyon. Je marchais sans m'arrêter. Il descendait dans une zone marécageuse infestée de moustiques. Mon filet de protection n'était pas zippé et mes mains, occupées, étaient collées aux plats-bords du canoë. Les insectes s'en donnaient à cœur joie, me piquant encore et encore, des centaines de piqûres de moustiques dodus à force de se nourrir de mon sang. J'aurais dû m'arrêter et me couvrir, mais je ne le fis pas. Je subis les morsures comme une flagellation, ma pénitence d'être ici, d'avoir suivi Holly, de l'avoir laissée tomber. Je continuais d'avancer. Quand le sentier montait, je plaçais soigneusement les pieds sur chaque rocher pour empêcher le canoë de s'écraser. Je finis par atteindre le sommet du canyon où des cairns balisaient le parcours. Je reconnus chacun d'eux, mais ils n'avaient plus l'air d'amis, plutôt de spectateurs de ma pénitence me narguant alors que je peinais à terminer le portage. Des détracteurs. Je nommai l'un Knute, du nom du pilote qui nous avait prévenues des dangers, un autre Jake le Serpent, et un d'après l'homme qui nous avait vendu le canoë. J'appelai ce cairn Royalex, ou Royal-cul. Je maudis chacun d'eux, la colère me propulsait en avant.

J'arrivai à une descente vers le rivage, où un affluent venant de l'est se déversait dans la Thelon. Au loin, je vis l'eau vive ondoyante des rapides que j'aurais besoin de traverser le lendemain. Je posai le canoë, refermai mon filet et revins sur mes pas. Je me poussai à dépasser mon apitoiement et ma pénitence.

Après des heures de marche – il me fallait deux heures pour chaque aller-retour, je donnais maintenant des coups de pied dans chaque cairn au fur et à mesure que je les dépassais, renversant les rochers empilés depuis des siècles. Je m'en foutais. Les sangles du sac s'enfonçaient dans mes épaules déjà douloureuses de la veille. Si je me penchais davantage, le poids du sac se déplaçait, ce qui me donnait un petit sursis, mais ensuite le bas de mes reins commençait à me faire mal à cause de la posture. J'oscillais d'avant en arrière pour répartir la douleur. J'ignorais les ampoules éclatées sur mes pieds. Je déposai le sac de nourriture à côté du canoë et retournai chercher la suite.

Le soleil montait dans le ciel et réchauffait les Barrens. J'aurais voulu me débarrasser de l'épaisse chemise anti-insectes et de son filet-moustiquaire, mais je choisis de transpirer plutôt que d'être à nouveau bouffée par les moustiques. Je bus de l'eau et j'avalai des poignées de fruits secs pour continuer.

Je déposai le deuxième sac de nourriture, puis retournai chercher Holly et le P-pack. Je la sortis de la tente en soulevant son corps, centimètre par centimètre. Ses vêtements avaient séché, je lui enfilai son pantalon, en le remontant lentement sur chaque jambe. Je soutins Holly en position assise et l'habillai avec un T-shirt et la chemise anti-insectes, puis des chaussettes. Ses bottes étaient perdues. Je remballai la tente. Je ne pourrais pas laisser Holly à l'air libre à la fin du portage, je devais donc faire le voyage avec la tente. Je pris le sac de tente en bandoulière. Il me tirait sur le cou comme une ancre. Je me redressai, Holly sur mon épaule, et commençai à marcher. Elle ne faisait aucun bruit.

Son corps appuyait sur mon dos et mes jambes ; en quelques minutes je transpirais déjà et me demandais comment je pourrais me reposer sans l'allonger sur le sol et avoir à la relever. Je vis un rocher à hauteur de genou, m'arrêtai et m'assis avec Holly toujours drapée sur mon épaule. Je sentais son corps, je l'aurais reconnu rien qu'à l'odeur. Je me souvins avoir marché une fois dans les couloirs de l'université et senti cette même odeur ; j'avais su instantanément qu'elle l'avait traversé quelques minutes auparavant. Cette pensée me fit sourire, un sourire qui s'effaça aussitôt quand le bout de ma botte se coinça dans une pierre. Je faillis tomber et lâcher Holly. La pierre me rappela où j'étais, ce que je faisais, comme tout ce que je pouvais toucher, goûter, sentir dans les Barrens.

Je descendis le sentier et traversai de nouveau la zone infestée de moustiques. Je me reposai après avoir remonté la falaise d'en face. Je continuai d'avancer mais moins vite, marchant prudemment, comme une bête de somme. J'étais fatiguée, je m'arrêtais à chaque rocher ou rebord qui me permettait de m'asseoir. Je vis une épinette noire, ce fut comme si j'en voyais une pour la première fois. L'arbre était à peine de ma taille, mais touffu comme s'il avait plus de cinquante ans. Toutes ses branches poussaient vers l'est, à l'abri des vents, et son tronc s'appuyait à l'ouest comme le pavois d'un navire. D'un côté, je saluais l'audace de cet arbre qui poussait dans cet endroit inhospitalier, de l'autre, j'avais envie de le brûler car il était un rappel supplémentaire de la folie d'être ici. À la fin du portage, je remontai la tente et installai Holly à l'abri.

Lors de mon dernier voyage, je pris le P-pack de Holly. J'étais sur le portage depuis le lever du soleil. Maintenant, il descendait à l'horizon, je savais que j'arriverais avant qu'il se couche. J'avais mal à la tête, probablement à cause de la déshydratation ; je m'arrêtai et bus de l'eau. Je me remis en marche, forçant mes jambes à bouger, à me propulser vers je ne sais quelle autre épreuve. J'espérais que Holly serait réveillée.

Notre tente anti-insectes avait été perdue dans le canyon. Je m'assis dehors, environnée de moustiques mais protégée par ma chemise fermée sur la tête. J'étais trop épuisée pour cuisiner. Je me forçai à boire de l'eau et manger des fruits secs. Je retirai mes chaussettes, vérifiai les cloques sur mes talons qui étaient maintenant à vif et ensanglantés. Je me soignai puis appliquai des pansements.

La guitare de Holly était dans une housse dont la forme bombait sous la toile du P-pack. À l'intérieur, ses vêtements, son manteau et son imperméable. Je sortis la guitare de la housse couverte d'autocollants : Ely, Kawi, Surly Brewing, le drapeau arc-en-ciel, Wall Drug, un symbole de paix, et d'autres encore. Je l'ouvris. Je contemplai l'instrument lisse et laqué, caressai son manche. C'était une partie de Holly au même titre que ses cheveux ou ses lèvres. J'emportai la guitare dans la tente. Holly était toujours allongée dans son sac de couchage, les yeux fermés comme si elle dormait. Je voulais la réveiller avec un son qu'elle connaissait. Je positionnai les doigts sur les frettes puis grattai les cordes. Le son me fit sursauter. Je regardai Holly dont les yeux ne s'ouvraient pas, son visage figé dans une expression de cadavre embaumé. Elle continuait de respirer avec de longues pauses entre chaque inspiration.

Le portage était derrière moi. Demain, j'aurais à naviguer dans les rapides.

16

Les boutons de moustiques avaient bourgeonné sur mon visage comme de l'acné explosive. Le tissu enroulé autour de mon front était craquelé de sang séché et je n'osais pas le dénouer, de peur que la coupure nécessite mon attention pour éviter que l'infection ne se développe. Je savais que j'avais besoin de plus de sommeil, de manger et de boire de l'eau. Et Holly, combien de temps pouvait-elle tenir sans nourriture ni eau ? Combien de temps pouvait-elle rester dans son état comateux ? J'avais des connaissances sur la faim et la soif. Un corps peut vivre sans nourriture pendant des semaines, il puise dans les stocks de graisse et de muscles. Mais le manque d'eau tuerait Holly bien avant, en quelques jours peut-être. Ses fonctions corporelles s'arrêteraient une par une.

Je n'avais pas pu dormir. Mon anxiété m'avait tourmentée comme une couverture qui gratte, je m'étais tortillée dans mon sac de couchage pendant des heures.

Au petit matin, j'étais déjà accroupie dans la tente à parcourir les cartes trouvées dans le sac de Holly. Sur les six, nous venions de traverser la troisième. Des bandes étroites marquaient le Thelon Canyon et je traçai le portage jusqu'à notre emplacement actuel. La rivière coulant à l'est s'appelait la Clark, je ne me trouvais pas très loin de la jonction entre la Hanbury et la Thelon. J'espérais trouver de l'aide à cet endroit. Je remballai le campement.

J'allongeai Holly à la proue du canoë, les pieds contre le pont avant, le dos et la tête appuyés sur le P-pack. Je m'éloignai du rivage pour entrer dans la dernière section d'eau vive du canyon. Je vis le passage en eau profonde et louvoyai entre les rochers. C'était relativement facile, Holly n'aurait pas pris la peine de faire du repérage. Ma seule préoccupation était de garder l'assiette du canoë, en évitant les rochers, sans pagayeur à l'avant.

Je rencontrai la première déclivité après un coude ; le rouleau fit gîter le canoë, la vague entraîna le plat-bord et le corps de Holly glissa. Je compris que, si je dégageais avec ma pagaie, Holly tomberait dans la rivière, et même avec son gilet de sauvetage, elle dériverait et se noierait. J'avais peur de la tuer, j'étais horrifiée d'avoir été aussi stupide en ne réfléchissant pas à toutes ces possibilités. Alors, je redoublai d'effort, ramant plus fort, plus vite pour redresser la proue. J'y parvins, le canoë passa au-delà du rouleau. Mais la prochaine chute était déjà en vue. Je cherchai de l'eau étale ou des remous pour m'arrêter et rejoindre la rive, mais n'en trouvai aucun – aucun moyen d'éviter le reste des rapides. Je devais y arriver, m'obliger à ne pas merder. Je rétro-pagayai pour ralentir ma descente et gagner du temps pour m'assurer que le canoë serait bien dirigé vers l'aval avant d'aborder la chute. Je la frappai droit dedans, la proue s'enfonça comme une charrue affûtée dans la terre d'un champ.

La chute d'eau se vidait dans une large étendue ; je m'arrêtai sur le bord, trop choquée et affolée pour continuer. J'aurais pu perdre Holly si le canoë s'était renversé. Elle se serait noyée et je me serais retrouvée seule à souhaiter ma propre mort. Je m'assis sur le rivage pour me calmer. Quelques jours plus tôt, j'avais été grisée par les rapides, me sentant accro de l'eau vive. Maintenant, j'avais juste peur. Et je savais que je ne pourrais pas éviter toutes les sections par portage, j'étais obligée de continuer. Je nouai une corde autour de la taille de Holly, puis fixai le mousqueton à l'anneau de la proue. Au moins, si je dessalais, Holly ne dériverait pas loin du canoë.

Je retournai sur la rivière et commençai à pagayer ; maintenant je m'arrêtais avant chaque passage délicat pour le repérer, même s'il était facile ou évident. Je visualisais chaque rocher, chaque virage dans les rapides, à la recherche d'obstacles qui pourraient faire chavirer notre embarcation. Je prenais mon temps, je dénageais pour aligner systématiquement la proue avant de poursuivre ma route. J'appris un autre truc : si je m'agenouillais plus près du centre du canoë, le changement de point d'appui de mes coups de pagaie compensait l'absence du pagayeur avant.

En fin d'après-midi, j'avais traversé tous les rapides du tronçon Hanbury, qui se jettent dans la Thelon par l'ouest. Je campai deux kilomètres plus loin, à la pointe d'un banc de sable ; quiconque passerait le confluent apercevrait ma tente.

Une fois que j'eus couché Holly dans son sac de couchage, je parcourus le rivage à la recherche de bois flotté. Je cherchai pendant une heure sans rien glaner, puis je débouchai sur une prairie où je vis des trous de piquets de tente. Sous un abri camouflé avec de la mousse de caribou, je trouvai une cuillère en bois, oubliée ou perdue. Sur le manche, une inscription gravée, « La vie d'un Voyageur ». Des mots censés être nostalgiques ou inspirants. Pour moi, ils n'évoquaient plus que des difficultés. Sur la cuillère, des restes d'aliment étaient collés, signe que des campeurs étaient proches.

17

Je me regardai dans une mare stagnante sur le permafrost, puis déroulai la bande que j'avais autour de la tête. La première longueur vint facilement, la seconde resta collée à l'entaille. Je plongeai la main dans l'eau pour humidifier le tissu. Mon reflet se brisa. Je tentai de ramollir le sang durci en le tamponnant. L'eau s'infiltrait dans le coton, dans les cellules mortes, libérant les parties imbriquées. Cela me prit un certain temps. Le tissu se détachait par à-coups, avec des tiraillements de douleur. Je vis ma balafre dans la mare, à la fois profonde et en zigzag. Les boursouflures des boutons de moustiques s'étaient réduites à des croûtes qui ressemblaient à la variole. J'avais l'air d'un zombie de bande dessinée. Les mouches noires pullulaient dans le sang et l'humidité. Je les écartai de la blessure, mais les laissai se nourrir sur ma nuque. Je trempai l'extrémité d'un tissu propre dans l'eau pour nettoyer le sable et les saletés de la plaie. Le sang se remit à couler. Jake m'avait appris l'effet curatif des pansements au sucre, un conservateur naturel qui tue les bactéries. On l'utilisait sur les animaux et sur nous-mêmes. Il fallait que je fasse durer le tube de pommade antibiotique de la longueur d'un doigt pour Holly. Près de moi, une tasse remplie de sucre. J'en versai sur une compresse, la posai sur ma blessure, enroulai deux fois la bande, puis nouai ses extrémités.

Dans la tente, j'entendais l'eau vive qui cherchait à ensevelir mes pensées qui tournaient comme une roue de hamster. Je voulais parler à Holly, je voulais qu'elle se réveille et reprenne le contrôle de ce putain de voyage. Elle était à côté de moi, les yeux toujours fermés. Je décidai de lui raconter une histoire, une histoire qu'elle connaissait. J'espérais percer ce qui obscurcissait son cerveau. J'avais besoin d'elle pour secouer le cocotier.

– Tu étais l'incarnation d'une belle femme – de longs cheveux bruns, des petits seins pommelés, un visage intelligent. Tu avais un regard intense, comme si tu fixais une miette collée à mes lèvres ; je crois que tu cherchais une répartie à ce que je disais. Au café, j'ai tout de suite été attirée par toi. Quand tu t'es assise et que tu as commencé à me parler, je voulais toucher ta main.

« Tu m'as demandé si on pouvait échanger nos numéros de téléphone, j'ai dit : "Oui." Tu m'as demandé de te donner mon numéro que tu appellerais pour que j'enregistre le tien. Je t'ai répondu que mon unique numéro était celui de la résidence universitaire, un téléphone public au bout du couloir que j'étais la seule à utiliser. Je t'ai dit que je n'avais ni portable ni smartphone, tu as répondu : "C'est cool." Tu as dit que tu étais une accro du portable et que tu pensais que cela t'empêchait de regarder autour de toi et de voir le monde. Tu as ajouté : "Comme les œillères d'un cheval." Je t'ai répondu que je ne connaissais pas la différence, que je n'avais jamais eu de portable et n'avais jamais porté d'œillères pour chevaux. Tu as trouvé ça drôle, tu m'as dit qu'on devrait s'organiser une sortie, aller à un vernissage par exemple. J'ai dit : "D'accord."

« Deux jours plus tard, nous nous sommes retrouvées dans un restaurant de College Hill. C'était un vendredi, il était plus de dix-huit heures. Nous avons commandé des pintes de bière et choisi une petite table donnant sur la rue. Nous nous sommes posé les questions classiques pour apprendre à se connaître – d'où on venait, comment on avait atterri ici. Nous étions toutes les deux du Midwest, donc je n'ai pas eu à t'expliquer où se trouve le Nebraska ni que je me sentais une hurluberlue des Grandes Plaines. Tu aimais que j'élève des animaux et que je cultive un jardin pour me nourrir. Tu aimais que je sois auto-suffisante, que je n'aie pas peur de travailler dur ni de me salir les mains. C'est peut-être à ce moment-là que tu as pensé que j'étais la personne que tu pourrais emmener dans les Barrens. Ton milieu ne faisait aucun doute, tu étais née du bon côté de la route et ça se voyait. Tu t'es servie de ton portable pour nous commander un Uber. Nous sommes allées dans une salle de boxe, au sud de la ville. Au Nebraska, on appelle ce genre de hangar une grange à poteaux – pas d'étage, pas de fenêtres, un toit bon marché, une porte de garage surdimensionnée. Des petits groupes de femmes fumaient devant l'entrée.

« L'intérieur était rempli de femmes aussi. Tu m'as prise par la main pour me guider à travers la foule. Sur un côté de la salle pendait une rangée de sacs de boxe accrochés à des chaînes. Des gens déambulaient entre les sacs pour regarder les photos au mur. Dans la salle, il y avait un ring de boxe surélevé, entouré de spectatrices qui acclamaient deux femmes nues. Je les voyais par-dessus les têtes. Je trouvais ce spectacle étrange. Nous nous sommes dirigées vers le bar, où deux femmes vêtues à l'identique – jean, T-shirt sans manches et le crâne rasé – servaient des canettes qu'elles sortaient d'un coffre à glace. Je nous ai payé deux bières et nous sommes reparties. Tu semblais connaître tout le monde, tu me présentais comme ton amie Lee. C'était bruyant, avec des cris en provenance du ring, de la musique étouffée, des conversations ininterrompues. L'air empestait – un mélange de sueur, de cuir, de parfum et de cigarettes.

« Nous nous sommes approchées du ring où les deux femmes exécutaient une étrange pantomime je-te-pousse-je-te-tire. Chacune avait les chevilles et les poignets attachés par des cordes reliées à des poulies. Elles étaient également attachées ensemble, si l'une avançait la main, l'autre était obligée de reculer la sienne. Les deux filles tournaient sur le ring, avançaient, reculaient, leurs mains et leurs pieds se rapprochaient avec interdiction de se toucher. Bien sûr, le symbolisme sautait aux yeux. Toi, tu pensais que c'était cool, tu as dit : "On ne peut pas toujours être soi-même." Moi, j'ai joué la cynique en répondant juste : "Je me demande ce qu'elles feront à la fin du round. On devrait les laisser se reposer." Cynique. À moi-même, je me suis dit : *Ferme ta gueule*. Nous avons continué notre chemin vers les photos.

« Le parti pris de cet accrochage était de regarder chaque photo avec un sac de boxe derrière soi, un sac qui poussait individuellement plus près. Nous avons fait la queue. Les premières photos étaient floues, brouillées, comme des instantanés bon marché. Mais au fur et à mesure que nous approchions, les photos devenaient plus nettes et j'ai compris ce que je regardais : mon visage était poussé dans des vagins. D'une photo à l'autre, la prise de vue était plus large, une plus grande partie de la femme était exposée, puis une autre femme apparaissait dans le cadre, son visage près du vagin, puis sa langue qui se rapprochait et le touchait. La femme avait un visage fin comme le tien, un nez pointu comme le tien ; j'ai réalisé que la femme de la photo, c'était toi. J'étais stupéfaite, je t'ai regardée. Tu m'as regardée et tu m'as souri. Tu as dit : "Une amie m'a demandé de poser pour son projet." Puis tu as haussé les épaules, genre *et alors ?* J'ai rigolé.

« À la fin du match, le ring a été débarrassé de l'engin à cordes et à poulies, la musique a augmenté et le ring s'est rempli de femmes qui dansaient. Tu étais une sacrée danseuse, avec tes gestes fluides comme de l'huile dans l'eau. Alors que moi, je n'avais que des mouvements saccadés dans mon jean et ma chemise de flanelle. Mes cheveux blond-sale tourbillonnaient autour de ma tête. Mon look androgyne – bottes et flanelle – s'y prêtait parfaitement. Je doutais de mes chances d'être un jour avec une aussi belle femme que toi. Je t'aimais bien, je t'aimais vraiment. Nous nous sommes embrassées.

Mon histoire était terminée. Je regardai Holly. Je dis :

– Je t'aime.

C'était la première fois que je disais ces mots, maintenant je les croyais, je savais que je les répéterais encore et encore quand elle se réveillerait.

Ses yeux s'ouvrirent. Sa tête se tourna légèrement, ses yeux se fixèrent sur les miens. Elle me regarda comme si elle avait écouté l'histoire. Je répétai son nom.

– Holly, Holly.

Ses yeux se refermèrent.

Je m'agenouillai et lui secouai les épaules. Je prononçai son nom plus fort.

– *Holly*.

Ses yeux restèrent fermés. Sa bouche se contracta en une grimace de douleur. J'arrêtai de la secouer sans la quitter du regard, attendant que ses paupières se rouvrent et qu'elle me reconnaisse. Je cherchai le moindre signe que Holly était toujours avec moi, le plus petit espoir qu'elle se rétablisse, que nous reprenions ce voyage qui me glissait entre les doigts et ne me laissait que de la douleur. Je voulais que Holly me raconte plus d'histoires, d'autres histoires imaginaires sur nous. Je voulais continuer de lui raconter mon histoire. Je voulais lui dire à nouveau que je l'aimais.

18

Haut dans le ciel, je vis un avion de ligne et sa traînée blanche. Peut-être un vol Seattle-Amsterdam empruntant l'itinéraire le plus rapide, avec des passagers confortablement installés, buvant du vin, avalant des somnifères pour mieux rêver de leur trajet vers l'Europe.

Réfléchis. Une dizaine de groupes parcouraient la Thelon chaque été. Étaient-ils devant moi ? Derrière ? Pouvais-je me contenter de rester au confluent des deux rivières à attendre d'être découverte ? Pouvais-je en être certaine à 100 % ? Non, je devais continuer d'avancer. Je rattraperais un groupe, on me trouverait, ou je devrais pagayer sur cette putain de Thelon en entier. J'avais besoin que Holly sorte de son coma, ou j'avais besoin de rencontrer un autre groupe sur la rivière, équipé d'une balise ou d'un téléphone satellite. Dans le cas contraire, je craignais qu'elle ne meure.

Je dépliai les cartes sur le sable, coinçant les bords sous des pierres. Les six cartes montraient la rivière de bout en bout, depuis l'endroit où je me trouvais jusqu'à Baker Lake, une route sinueuse vers le nord-est. D'autres cours d'eau se déversaient dans la Thelon, mais elle-même cheminait sur neuf cents kilomètres jusqu'à son ultime destination. Tout ce que j'avais à faire était de garder la proue du canoë pointée vers l'aval et m'inquiéter des grands lacs Beverly et Aberdeen quand j'y arriverais – si j'y arrivais. La carte actuelle, la 65M Clark River, représentait cent soixante-dix kilomètres à parcourir, soit quatre à cinq jours, et je ne serais arrivée qu'à mi-chemin du voyage complet au bout de cette carte.

J'installai Holly à l'avant du canoë avec sa chemise anti-insectes zippée sur la tête, puis montai à mon tour, un pied sur la ligne de quille, poussant avec l'autre.

La rivière tressait des sillons dans le sable. Je restai sur le chenal principal, là où l'eau me semblait la plus profonde. Peu à peu, le sable, la roche concassée et le granit recouvert de lichen cédèrent la place à des épinettes plus hautes et des bosquets de bouleaux. D'après la carte, j'arrivais dans l'Oasis. Holly m'avait parlé de ce tronçon, un sanctuaire boisé rempli d'animaux sauvages – bœufs musqués, orignaux, ours et loups. Je dépassai deux bœufs musqués broutant la pente verdoyante de la toundra. Ils ressemblaient aux bisons d'élevage du Nebraska, mais en plus petits et plus hirsutes, avec des cornes roulées en crochet de chaque côté de leur tête massive. Tous deux levèrent le museau pour me regarder passer sur la rivière, puis ils s'éloignèrent lentement.

Je pagayais depuis la poupe, chaque coup de rame en J pour maintenir le canoë droit sans pagayeur à l'avant. Je préférais mon côté gauche mais j'alternais pour atténuer la douleur brûlante de mes mains. J'avais une rangée de cloques dans chaque paume, depuis la base jusqu'aux deux doigts du milieu où le renflement de graisse et de muscles rencontrait le plastique de la poignée.

Je m'arrêtai à un endroit de la carte intitulé Warden's Grove. Sous la ligne de crue se trouvait un foyer de roches qui serait emporté par les crues printanières. Les restes carbonisés de bois flotté étaient froids, mais cassants et frais. On s'était arrêté ici récemment, peut-être quelques jours auparavant. Au sommet de la butte, je distinguai un chemin à travers les épicéas. Je tirai le canoë sur le rivage avec Holly toujours à l'avant et suivis le chemin. Après un virage, je vis d'abord le toit d'une cabane couvert d'herbe, puis ses murs en rondins. J'accélérai le pas, je courus presque. J'espérais trouver quelqu'un qui avait une radio ou un moyen de contacter le monde extérieur. Je pourrais amener Holly chez un médecin qui la ressusciterait. Mais l'entrée n'avait pas de porte, les vitres des fenêtres étaient brisées. Un reste de cheminée en tôle gisait sur le toit et, au milieu des arbustes voisins, un poêle rouillé. Je franchis le seuil et trouvai une moitié de bouteille de whisky brisée, le verre ambré irrégulier car soufflé à la main – aucun signe d'une présence récente.

Je repartis pour installer le campement sur la berge, puis déplaçai Holly dans la tente. J'avalai des fruits secs, bu de l'eau et changeai le pansement au sucre de ma balafre.

Holly était allongée dans son sac de couchage, la tête appuyée sur mon sweat-shirt. Ses yeux étaient fermés, sa bouche ouverte, ses poumons faisaient lentement entrer et sortir l'air. Je m'assis à côté d'elle avec la gourde et une longueur de tissu. Ses lèvres étaient sèches, craquelées, elle avait besoin d'être hydratée. J'humidifiai le tissu, le portai à ses lèvres, puis pressai des gouttes dans sa bouche. Je voulais voir sa langue bouger pour avaler, mais rien. Je pressai encore. Les gouttes glissèrent dans sa gorge jusqu'à ce qu'elle s'étouffe et tousse par réflexe. Je relevai son corps pour que l'eau ressorte de sa bouche et coule sur le sol de la tente, pour qu'elle l'expulse de ses voies respiratoires. Elle toussa encore deux fois puis se calma. Je la rallongeai, la tête sur le sweat-shirt. Je touchai ses cheveux, écartai les mèches de son visage et me penchai pour embrasser sa joue. J'espérais qu'elle se réveillerait, me regarderait et prononcerait une parole. Rien.

Je lui racontai une histoire sur la période précédant notre rencontre, une histoire douloureuse que je ne lui aurais jamais révélée ni à personne d'autre. Mais si elle m'entendait et s'en souvenait par la suite, ainsi soit-il.

– Une fois arrivée à Brown, je me suis comportée comme une biche prise dans les phares, comme celle que j'avais blessée sur le bord de la route avant de la traquer. Je regardais et parlais différemment, je me sentais d'un autre pays, comme si je ne connaissais rien de la langue, de la culture, des façons d'interagir. Je voulais rencontrer quelqu'un, mais je ne savais pas comment, je ne connaissais certainement pas Tinder et je n'avais pas de smartphone pour m'inscrire. À la cafétéria, je n'avais personne avec qui m'asseoir, j'étais pétrifiée à l'idée de me faire des amis. Je m'installais dans le coin attitré de ceux qui ont besoin de calme pour étudier, ou pour les rejetés comme moi qui n'ont pas d'autre choix que de manger seuls. Un jour, une fille s'est assise exactement comme tu l'as fait, et a commencé à me parler, à s'intéresser à moi. J'étais flattée. Je l'avais déjà remarquée en train de regarder dans ma direction en cours d'algèbre.

« Elle s'appelait Corinna. Je la trouvais jolie, avec ses cheveux blonds relevés en Pompadour et son anneau d'argent dans le nez comme les taureaux à la maison. Un anneau plus petit, bien sûr, et pas en argent finalement, ni à travers son septum, mais à l'époque, je le trouvais attrayant et un peu exotique. J'étais intimidée. Elle m'a posé des questions, je lui ai raconté des mensonges pour avoir l'air d'une adulte normale : j'étais de Columbus, avec un père avocat, ou procureur, et une mère institutrice. Je piochais mes mensonges dans des personnes que je connaissais pour que mon histoire ne semble pas inventée ou artificielle. Nous avons commencé à sortir ensemble. Je suis devenue collante.

« Corinna avait deux ans de plus que moi et vivait en dehors du campus. Contrairement à ton appart, le sien était un dépotoir – un studio avec un canapé-lit, une salle de bains avec des carreaux moisis, de la vaisselle sale traînant toujours dans l'évier. Mais au moins ce n'était pas ma chambre universitaire à trois conçue pour deux. Elle était gentille au début, elle me laissait rester chez elle quand je voulais, elle me donnait des conseils sur les cours, les profs à connaître ou à éviter. Corinna a pris les devants en matière de sexe, m'a montré quoi faire et comment le faire. J'étais inexpérimentée. Je n'avais eu qu'une seule autre relation merdique, je voulais les caresses d'une autre femme. J'ai fait ce qu'elle disait, et pendant un certain temps, j'ai apprécié.

« Après, c'est devenu bizarre. Un mois après le début de notre relation, Corinna a voulu que je reste toutes les nuits dans son appartement. Elle répétait qu'elle m'aimait, me poussait à dire pareil, même si je savais à peine ce que cela signifiait. Une fois, je n'y suis pas allée, elle a appelé à mon étage et a commencé à crier, à m'accuser de coucher avec une autre. Les cris se sont transformés en pleurs puis en supplications. J'ai dit que j'allais venir chez elle. Le temps que j'arrive, elle s'était calmée et était redevenue gentille comme s'il ne s'était rien passé. Je suis restée chez elle. Sans doute pour éviter de la contrarier à nouveau et aussi parce que la vie dans ma piaule universitaire était nulle.

« Ensuite, le sexe est devenu bizarre. Ça avait toujours été *fais ci, fais ça*, maintenant c'était sans politesse, du style *magne-toi*, à la Jake. Elle était plus âgée, dominante, j'obéissais. Une fois, j'étais sur le ventre et Corinna sur moi, au-dessus. J'ai senti autre chose que ses doigts ou sa langue entrer dans mon vagin, je lui ai dit : "Tu fais quoi ?" Elle a juste répondu : "Reste tranquille", et elle a continué, comme si j'étais censée aimer ça, mais je n'aimais pas. J'ai attendu qu'elle finisse, après j'ai vu que c'était une bouteille de bière, la Rolling Rocks qu'elle avait bue. Elle n'a rien dit et je n'ai rien dit. J'aurais dû parler, mais je ne l'ai pas fait.

« Ça a continué d'empirer. Elle a voulu connaître mon emploi du temps pour savoir quand j'étais là, elle a demandé que je fasse mes devoirs dans son appartement, que j'y prenne tous mes repas aussi. Putain, je cuisinais, je nettoyais pour elle comme j'avais fait pour Jake dans le bunker. J'essayais d'éviter les rapports sexuels, mais quand elle en voulait, elle se montrait exigeante, je sentais que je devais obéir. Elle faisait plein de trucs sans demander, elle me giflait, me traitait de salope ou de pute. Que cela se recoupe avec je t'aime était au-delà de ma compréhension. J'avais cherché sur Internet à ce moment-là, je savais que j'étais plongée jusqu'au cou dans une relation abusive. Le conseil était simple : partez.

« Une nuit, j'ai trouvé le courage de lui dire : "Stop, je suis mal à l'aise." Corinna a répondu : "Ferme ta putain de gueule." Et c'était tout, juste ces quatre mots que j'avais entendus dans la bouche de Jake toute ma vie. J'ai craqué et décidé de partir sur-le-champ. Nous nous sommes disputées, elle m'a suppliée de rester. Elle a voulu me retenir, mais je pesais vingt kilos de plus. Je l'ai poussée et je suis partie. Sauf que ça ne s'est pas arrêté là. Elle a téléphoné à la résidence juste après, et le lendemain, et la nuit suivante. Elle pleurait, criait, implorait, elle disait qu'elle se tuerait si je ne revenais pas.

« Alors, Holly, tu aurais fait quoi à ma place ? Céder pour qu'elle se calme, qu'elle arrête ? Prendre le risque que ce soit du bluff ? C'était un enfoiré de catch-22. J'ai de nouveau cherché sur Internet, j'ai lu qu'il y avait un service de conseil et psychologie sur le campus. J'ai téléphoné, la personne m'a prise au sérieux ; elle a dit qu'elle appellerait Corinna et demanderait à la police d'assurer un suivi. Très bien, j'étais tirée d'affaire.

« Corinna a cessé de m'appeler ; quand on se croisait dans les couloirs ou en classe, elle faisait comme si j'étais transparente. Ça m'allait.

« Quand je t'ai rencontrée, je n'ai pas menti sur ma vie dans le Nebraska et ma relation avec Corinna, mais je n'en ai pas beaucoup parlé – j'ai débité des demi-vérités, des faits réels avec des omissions. Je pensais que tu comprenais ma réticence, que tu savais que je parlerais en temps voulu, à mon rythme, pendant ce voyage. Tu étais gentille avec moi, le sexe est venu lentement entre nous, au cours des semaines, en apprenant d'abord à s'aimer. Et puis on a fait l'amour, on a découvert le corps et le plaisir de l'autre au fil du temps. En se parlant et en demandant. Je pensais avoir trouvé la normalité.

« Je me souviens d'une phrase que tu as dite : "Quand ça paraît d'abord bien et qu'après c'est mal, tu penses que le mal est bien." C'était à propos d'un truc que tu avais fait en cours. Mais j'ai été frappée parce que tu aurais pu l'avoir dit à propos de Corinna – ou de Jake – comme si tu les connaissais.

Je me réveillai le lendemain matin au son d'un autre avion de ligne qui traversait le ciel. Je me demandai à quoi ressemblait notre tente à près de dix kilomètres d'altitude. À cette hauteur, j'imaginais qu'on voyait la courbure de la Terre, les nuages ressemblant à des flocons de moisissure blanche sur du fromage, la Thelon sinueuse comme un lacet sur un vêtement de camouflage.

Ils ne verraient pas la tente, ni le panache de fumée si je mettais une allumette dans la vieille cabane de trappeur ; merde, ils remarqueraient à peine une explosion nucléaire. L'avion de ligne passa, laissant derrière lui une absence mortelle de bruit.

Je mis quand même le feu à la cabane de trappeur. Le bois était pourri et sec. J'allumai le feu dans un coin avec du petit bois arraché sur les bûches. Je restai à l'intérieur pour contempler les flammes consumer les deux murs, puis le toit. Ensuite, je sortis et continuai de regarder de loin. Le toit de terre et d'herbe envoyait des volutes de fumée ; j'espérais que quelqu'un, quelque part, verrait le feu. J'espérais qu'il se propagerait dans la toundra, se transformerait en un incendie de forêt que les pompiers ne pourraient ignorer. La cabane fut engloutie par les flammes, les broussailles voisines prirent feu, mais la tourbière environnante était trop humide pour s'enflammer. Le feu diminua, se contentant de couver le reste de la journée. Je ne vis ni n'entendis d'autre avion.

Je mangeai des pâtes cuites sur les braises, puis retournai dans la tente pour essayer de dormir. Holly reposait dans son sac de couchage, elle respirait, les yeux fermés. Je finis par trouver le sommeil.

Je me réveillai groggy, à demi consciente. J'entendis un avion traverser le ciel, mais trop tard, trop haut pour que la moindre fumée persistante soit vue. Mon esprit dériva tandis que j'étais allongée. Je pensai à Holly, j'essayai de me souvenir quand j'avais su que je l'aimais. Était-ce une révélation ? Avait-t-elle dit ou fait quelque chose qui aurait fait jaillir la lumière ? Certains détails semblent anodins, mais ils comportent une part de vérité. Nos corps s'emboîtaient – Holly était plus mince et plus grande, son corps couvrait le mien comme un emballage de bonbon. Nous avions appris à être à l'aise dans nos silences – je pouvais étudier tranquillement en face d'elle à la bibliothèque, nous pouvions rester côte à côte au café, chacune dans ses pensées. Le sexe était tout simplement bon. Je me souvenais de tous ces gestes, du point culminant de nos caresses, de nos conversations, du sexe, des silences, des moments séparés. Au fil du temps, j'avais appris que je l'aimais. Appris à vouloir Holly sans exception, sans règle. J'adorais qu'elle me pousse à être une personne différente – plus ouverte, confiante, peut-être plus calme et capable de voir la vie sous d'autres angles. Je pouvais sentir le changement, je continuais de changer. J'aurais aimé lui avoir dit plus tôt.

Je tendis la main pour toucher Holly, ses cheveux, sa peau. Je la touchai avec mes lèvres. Mais ce que je sentis était froid.

Le silence laissé par l'avion était absolu.

19

– J'avais huit ans quand Jake m'a fait jouer à chamboule-tout, un jeu qu'il appelait « dégomme-la-boîte ». Plus tard, je l'appelais « chamboule-tout-seul ». La forêt domaniale entre le bunker et la rivière était notre terrain de jeu. Un chemin séparait mon camp du sien. De part et d'autre, à cinq cents mètres environ, deux vieilles boîtes de café Hills Brothers servaient de cible, avec un fusible dépassant par en haut. Sous chaque boîte, un M-80, c'est-à-dire un bâton de dynamite. Les règles étaient simples : le jeu commençait au coucher du soleil, l'heure de rejoindre nos boîtes. Le premier de nous deux qui réussissait à faire sauter la cible de l'autre gagnait. Celui qui était repéré dans le territoire de l'autre perdait.

« La toute première partie a eu lieu un mois de juillet. La forêt était dense, avec des broussailles et de l'herbe haute, par une nuit de pleine lune dans un ciel dégagé. Toute la nuit, j'ai monté la garde près de ma boîte pour la protéger et repérer Jake s'il approchait. J'ai attendu des heures en regardant la lune traverser le ciel, puis disparaître avec l'aube. Le sentiment d'être seule, dans l'obscurité et en pleine forêt, était accablant.

Pas par peur des animaux – j'avais déjà chassé de nuit avec Jake. Je connaissais les bruits nocturnes, je savais me guider jusqu'à la maison grâce à la lune ou les étoiles – je connaissais l'étoile Polaire et la Grande Ourse qui pointe toujours vers elle. Par nuit noire, il nous restait le halo de lumière des lampadaires de la ville. Mais pour cette première fois, j'étais seule sans Jake. Les amis que je n'avais jamais eus, la mère que je n'avais pas connue amplifiaient le vide et mon impression de solitude. J'avais peur de perdre Jake, je commençais à croire qu'il était déjà parti. Je me suis endormie en pleurant et je me suis réveillée en sursaut quand Jake a allumé la mèche et que ma boîte a explosé dans les airs comme une fusée.

« Nous avons rejoué en août. Cette fois-ci, j'avais peur de rester seule tandis que le soleil se couchait, je savais que la solitude me submergerait. Alors, j'ai décidé de bouger. Sa boîte était à l'est du sentier de démarcation, dans une clairière que je connaissais bien. Je suis allée jusqu'au chemin, j'ai pris mes repères. J'ai avancé sur son territoire, en ne marchant que dans l'herbe pour étouffer mes pas et en écartant les branches du bout des doigts. Jake m'attendait. Il m'avait vue ou entendue, ou bien il avait deviné où j'irais. Il a couru vers moi et m'a touchée avant que je fasse plus de cent mètres dans son territoire. On n'a pas rejoué avant l'année suivante.

« Dégomme-la-boîte était simple. Pour gagner, il fallait juste faire exploser la cible adverse ou attraper l'autre sur son propre territoire. Ce que j'ai rapidement compris, c'est que, si aucun de nous deux ne quittait sa boîte ou ne la laissait sans surveillance, personne ne gagnait. Le premier à se mettre en marche pour aller faire sauter la boîte de l'autre perdait. Du coup, la deuxième année, le jeu a évolué : celui qui attendait le plus longtemps gagnait. Mais la question de la nourriture, de l'eau et du manque de sommeil s'est alors posée.

« Pour le premier match du mois de juillet, je n'ai pas bougé de la nuit. À neuf ans, j'avais davantage confiance dans mes capacités à attendre et traquer dans la forêt. Je ne me sentais pas aussi seule que l'année précédente, je suis restée à l'affût toute la nuit à guetter le moindre mouvement de Jake. J'étais toujours aux aguets quand le soleil s'est levé. J'ai bu la rosée sur les feuilles. J'étais persuadée que Jake ne tenterait rien avant la nuit tombée, alors moi non plus. J'en ai profité pour dormir une partie de la journée. Rien ne s'est passé. Le soir, comme j'avais faim et soif, j'ai quitté ma boîte, tout en restant dans mon territoire au cas où Jake tenterait une attaque. Grâce à la pluie, ma soif était étanchée, mais je n'entendais et ne voyais rien. J'aurais dû retourner à ma boîte pour la protéger, mais au moment où je l'ai compris, il y a eu une explosion suivie d'une fusée d'étincelles. Jake avait encore gagné.

« Un soir d'août, il est venu me demander de préparer mes affaires pour aller jouer dans la forêt. J'étais fatiguée, j'avais travaillé dans le jardin, nous avions passé des heures sur le bord de la route à vendre des produits entreposés à l'arrière du camion. Je n'étais pas d'humeur, je lui ai répondu : "Non, je ne veux pas, de toute façon à quoi ça sert ?"

« Il a dit : "Quand les gens voient une file d'attente, ils viennent se placer derrière la dernière personne. Les gens sont des moutons qui finiront par se suivre les uns les autres jusqu'au bord de la falaise. Tu dois apprendre à être seule, à penser par toi-même. Rien ni personne d'autre que toi-même ne pourra t'apporter l'indépendance et l'assurance."

« Alors j'ai dit : "Si je gagne *seule*, je serai enfin débarrassée ?"

« Il a répondu : "Oui."

« Je me suis habillée avec des vêtements que j'utilisais pour la chasse – bruns et vert forêt – et une casquette noire enfoncée sur le front. Au coucher du soleil, je me suis postée près de ma boîte. J'y étais toujours le lendemain matin. À la lumière du jour, j'ai creusé un trou à mains nues, puis j'ai filtré la boue avec ma casquette pour boire l'eau. Je n'ai pas mangé, j'ai dormi l'après-midi et j'ai passé la nuit suivante à surveiller ma boîte. Je n'ai pas bougé avant la troisième nuit. Là, j'ai décidé de rejoindre le chemin, lentement, sans faire de bruit. Je me suis couchée sur le sol et j'ai rampé vers la cible de Jake, centimètre par centimètre, en m'arrêtant au moindre bruit. J'étais certaine qu'il en faisait autant. J'ai traversé tout son territoire en rampant. Parfois, j'attendais le passage d'un train de marchandises pour que le bruit couvre mon avancée.

« Ensuite, j'ai vu Jake ; c'était imperceptible, juste un mouvement dans les herbes comme des vaguelettes sur un lac. Il était toujours dans son territoire, mais se dirigeait vers le mien. Je suis restée plaquée au sol aussi près que possible, j'ai retenu ma respiration, figée, en attendant que Jake passe. C'est alors que j'ai senti quelque chose me chatouiller dans la jambe du pantalon. J'ai d'abord pensé à une araignée ou une salamandre, mais ça semblait plus gros. Un serpent. Peut-être une vipère cuivrée venimeuse, mais très probablement juste une couleuvre. Je ne pouvais ni la voir ni me pencher pour la retirer. J'ai attendu le passage du train suivant pour agir. Enfin, j'ai pu tirer le serpent par la queue. Je me suis accroupie à nouveau et j'ai couru pendant le passage du train. Je me suis rallongée après et j'ai écouté. Pas un bruit. Je pensais que Jake rampait toujours. Alors j'ai pris un risque : je me suis relevée en sortant le briquet de ma poche et j'ai couru à découvert. Arrivée à sa clairière, j'ai vu le clair de lune se refléter sur la boîte métallique. Jake a accouru vers moi quand j'ai allumé la mèche. Le fusible s'enflammait quand il m'a rejointe. Nous avons regardé la canette exploser dans les airs.

« J'étais fatiguée, en colère. J'ai demandé à Jake : "Tu avais vraiment besoin de m'apprendre à être seule ?"

« Il a répondu que je le remercierais plus tard. Je comprendrais alors que ce qu'il avait fait pour moi était plus utile, crucial même.

« J'en avais terminé avec ce jeu solitaire. Je n'avais jamais voulu qu'on me laisse seule. Maintenant toi aussi, tu me laissais seule.

20

Holly était allongée, le visage exposé à l'air vicié de la tente, qu'elle ne respirait plus. Je restai à côté d'elle des heures durant, dans un état de rêve, refusant d'affronter la réalité qui m'attendait pour la suite. Parfois, je la regardais, m'attendant à ce qu'elle respire, tout comme j'espérais qu'elle se réveille de son état comateux. Je la quittai une fois pour aller me soulager près de la rivière. Les mouches noires vinrent s'agglutiner sur moi et me poursuivirent jusque dans la tente. L'odeur du corps inerte de Holly me sauta à la gorge, me forçant à m'avouer ce qui se passait. Les mouches atterrirent sur son visage et le recouvrirent comme des fourmis sur un fruit oublié. Je fixai les mouches, espérant que Holly lèverait la main pour les chasser. L'espoir s'estompa. La réalité de sa mort surgit comme la colère. Tu me laissais seule.

Je m'agenouillai au-dessus de Holly et chassai les mouches, mes doigts effleurant sa peau. Son visage était d'une pâleur fantomatique. Ses yeux étaient à demi fermés maintenant, le vert de ses iris était brouillé, bleuté. Sa bouche était ouverte, figée depuis son dernier souffle que je n'avais pas entendu.

Je relevai son menton pour la refermer. Les muscles de sa mâchoire s'étaient raidis, ses lèvres s'entrouvrirent, je vis ses dents et sa langue. Je chassai de nouveau les mouches. Je savais que c'était ainsi que je reverrais son visage pendant un certain temps ; l'image de ses yeux morts et de sa bouche ouverte l'emporterait sur celles du passé où elle souriait et riait. Je rabattis les bords du sac de couchage sur sa tête et tirai le cordon. Je fis deux nœuds d'arrêt pour le fermer hermétiquement. Je restai allongée près d'elle pendant des heures ; le halo vaporeux du soleil se déplaçait sur le toit de la tente. Je m'endormis en pleurant.

Le rêve fut pénétrant. Je tenais Holly dans mes bras, mais les siens étaient lâches. Elle avait les yeux ouverts, la bouche ouverte, j'attendais qu'elle parle. Je voulais qu'elle me serre contre elle. Qu'elle me dise qu'elle m'aimait parce que je venais de le lui dire. Nous étions sur le pont qui enjambe la Providence, un vent glacial formait des crêtes sur l'eau. Je ne voulais pas en dire plus pour ne pas la forcer. À elle de dire « je t'aime », d'elle-même. Sa bouche était ouverte mais ne bougeait pas, ses yeux étaient sans vie. Quelque chose n'allait pas, je le savais. Ensuite nous étions sur la falaise surplombant les gorges de la Thelon. Le sol cédait, nous tombions ensemble, je voyais les rochers sous la surface de l'eau se rapprocher de nous, je savais que nous allions les heurter. Nous écraser sur eux, nous noyer.

Je me réveillai en sueur. Il faisait à peine jour, le soleil était encore sous l'horizon. Je voulus pleurer à nouveau, me perdre dans cette catharsis, m'apitoyer sur cette libération. Je voulais pleurer pour Holly qui gisait sans vie, à côté de moi. Mais il ne se passa rien, les larmes que je désirais ne vinrent pas.

Holly était morte, un cauchemar dont je ne pourrais me réveiller. J'étais seule dans les Barrens, sur une rivière qui ne coulait que dans un sens. Je pensai à quel point il serait facile de rester près de Holly, jour après jour, et de me laisser mourir – plus besoin de réfléchir à comment descendre la rivière, retourner à la civilisation, à sa famille, aucune réflexion sur la façon dont la tragédie se jouerait dans les semaines, les mois, les années à venir. Il me suffisait de rester allongée et l'affaire serait réglée. Mais tout en ayant ces pensées, je me mis à genoux et rampai hors de la tente. Je sortis dans la pénombre du matin. J'enfilai mes bottes et m'activai pour faire les bagages et retourner sur la rivière. Je continuais à mettre un pied devant l'autre. Par habitude, une piste de fourmis qui menait à la nourriture, puis à un abri, puis à une éventualité inconnue, ce n'était pas à moi de comprendre pourquoi ou de juger pourquoi pas. Continuer de bouger et de faire face à tout ce qui viendrait ensuite. À tout ce qui arriverait et que je pourrais juste laisser arriver.

Je tirai lentement Holly de la tente jusqu'au canoë. Son corps dans le sac de couchage était lourd et maladroit dans sa rigidité post mortem. J'inclinai le bord du canoë et calai la coque avec des pierres. Je fis glisser Holly dans la proue et, après avoir chargé les bagages, je nous poussai vers la rivière.

21

Je traversai le tronçon de Thelon Oasis. Des épinettes et des bouleaux plus hauts bordaient la rivière. Je remarquai des traces d'animaux sauvages près des rives, puis croisai trois bœufs musqués qui broutaient. Ils levèrent les yeux au bruit de ma pagaie. L'un d'eux ressemblait à un taureau, les autres à une vache et un veau. Le taureau les entraîna loin de la rivière et de l'inconnue qui glissait dessus. Le veau n'avait ni cornes ni ce pelage brun foncé et hirsute nécessaire pour l'hiver. La fourrure de ses pattes était d'un blanc poussiéreux au-dessus de ses genoux, comme les bottes de pluie d'un enfant. C'était étrange que des êtres vivants soient toujours autour de moi – les bœufs musqués et leur progéniture, les mouches qui grouillaient, attirées par la chaleur et le sang de mon corps, les animaux qui descendaient s'abreuver dans la Thelon.

Les cloques crevées et à vif dans mes paumes m'élançaient chaque fois que je changeais la pagaie de côté, je voyais des traînées de sang sur la poignée et le manche. Qu'avait dit Holly ? *Tu devras supporter jusqu'à ce que ça passe*. Pendant de longs moments, je me sentais engourdie – la douleur restait à l'extérieur de mon corps. Je ne ressentais rien. Je voulais pleurer, mais je ne savais pas comment.

Le soleil de l'après-midi était brûlant, je me changeai pour un T-shirt à manches longues. Je supposais que la température était proche de vingt degrés. En amont d'un virage de la rivière, je sentis l'odeur d'une truite morte avant de la voir. Je pagayai sur la droite du canoë pour que la proue suive la rive incurvée. Elle était là, un peu plus loin, une truite entourée d'une assemblée de corbeaux qui se régalaient de sa chair en décomposition. La vue de ce spectacle me sortit du mouvement rythmique de la pagaie. Le corps de Holly allait pourrir, je ne pouvais pas rester sur la rivière par ce temps, cette chaleur. J'avais besoin de garder son corps au frais.

Je m'arrêtai à un cairn côté nord-ouest de la rivière, là où elle s'élargissait en une crique à l'écart du courant principal. Je tirai la proue du canoë sur une plage de rochers, puis déchargeai les sacs. Je sortis la corde en nylon que nous avions apportée. J'en coupai trois longueurs, puis attachai chaque extrémité à six pierres de la taille d'une balle. J'utilisai le nœud de tête de More que Jake m'avait appris à faire et j'en confectionnai six pour envelopper chaque pierre dans un filet. J'enroulai les poids autour de mon cou, soulevai Holly du canoë puis la plaçai dans trente centimètres d'eau glacée. La rigidité cadavérique commençait à disparaître, je portais Holly dans mes bras avec plus de facilité. Je disposai chaque lest en travers de sa poitrine et ses jambes pour la maintenir immergée. J'attachai une corde à son abdomen et à un arbre pour être certaine que le courant ne la libère pas. Tant que la météo ne changerait pas, j'aurais à pagayer durant les températures plus froides de la nuit et garder le corps de Holly au frais dans les eaux de la Thelon durant la journée.

22

Je me déplaçais dans la pénombre. Je ne pouvais voir que les contours de la rivière et la ligne plus sombre des ondulations. Au nord, le paysage formait une silhouette qui contrastait dans la lueur pointant sous l'horizon. Mes yeux étaient attirés par la lumière, j'en oubliais presque le côté sud. Quand je sentis la température chuter, je sortis mon sweat polaire et l'enfilai par-dessus la chemise anti-insectes. Un vent fort éloignait les moustiques et les mouches noires, j'en profitai pour pagayer sans filet sur le visage. Le ciel était clair, les étoiles masquées par la lumière tamisée. La demi-lune était translucide, un fantôme. Je continuai de pagayer. J'éprouvais une fatigue écrasante, allant de la paranoïa à l'engourdissement qui me faisait tout oublier. Je sentais la faim et la soif comme une réminiscence du soleil. Je savais que j'avais mangé et bu, mais pas assez, et cela remontait à un moment.

Une rafale de vent entraîna la proue et fit tourner le canoë comme les aiguilles d'une horloge. Je fus désorientée quelques secondes, puis un étrange reflet sur le rivage sablonneux m'apparut comme un mirage après un méandre. Je suivis le mirage, ramant jusqu'à la plage ; la proue dérapa puis s'arrêta. Ma stupidité me désarçonna. Je poussai à nouveau le canoë et repris ma route.

Plus tard, au lever de soleil, j'entendis un ruissellement d'eau vive sur un tronçon où aucun rapide n'était indiqué. M'étais-je perdue ? Engagée dans une bifurcation qui m'avait fait remonter ou descendre un autre cours de la rivière ? Le bruit était assourdissant. Avant le coude suivant, j'accostai et partis en éclaireur sur la berge. Je ne vis rien de particulier. Une rafale de vent déferla du ciel, balayant la surface de l'eau. Le bruit était là, dans le vent et la crête des vagues. Je retournai au canoë, le poussai à l'eau et pagayai. Je réalisais que je devais remettre en question chacun de mes instincts.

23

Le soleil se levait, commençant à réchauffer cette journée. J'installai la tente au pied d'un esker rocheux où la rivière avait creusé un tourbillon dans le banc de grès tendre. Holly était lestée dans l'eau froide, l'attache fixée au rivage. J'appliquai de la pommade antibiotique sur les cloques à vif de mes mains, la peau déchirée comme des draps agités maculait mes paumes de sang séché. Je rampai dans la tente et le sac de couchage. J'étais tellement fatiguée, pourtant une éternité sembla s'écouler avant que je ne m'endorme enfin.

Un bruissement me réveilla, comme si un animal cherchait de la nourriture. Je m'agenouillai, puis tirai doucement sur la fermeture éclair, une dent à la fois. Entre la tente et le rivage, à une trentaine de mètres, se dressait un grizzly en train de fouiller dans le sac contenant le réchaud et toutes les provisions. Je regardai l'animal enfouir son museau dans la toile. Il le ressortit avec une boule de fromage jaune entre les mâchoires. Sa tête avait la largeur de ses épaules, comme l'ours que nous avions déjà vu avec le bœuf musqué mort. Un mâle. Son pelage était gris, blanchi par le soleil, avec une raie argentée le long de son dos bossu. Il enfonça de nouveau le museau. Je me doutais qu'il saccagerait ce sac, puis l'autre. Peut-être s'en prendrait-il à Holly. Alors je criai aussi fort que possible : « Hé, hé, hé ! »

L'ours tourna la tête en se redressant de toute sa hauteur. Plus de deux mètres. Je criai à nouveau. Il se laissa retomber à quatre pattes, planta ses dents dans le sac et commença à le traîner derrière lui. Je continuai de crier. L'ours souleva le sac de quarante kilos dans sa gueule comme s'il n'était pas plus lourd qu'un oreiller. Cette fois-ci, je sortis de la tente, ramassai une pierre et attrapai une boîte métallique. Je suivis l'ours en donnant des coups sur la boîte, alors qu'il redescendait la berge, puis remontait l'esker. Je courus derrière lui, il se déplaçait plus vite à présent, s'arrêtant par intermittence pour regarder derrière lui. Je bouillonnais de colère – je voulais ce sac, j'en avais besoin, je lutterais contre le grizzly pour le récupérer s'il le fallait. L'ours s'arrêta au-dessus de l'esker pour m'observer. Je continuais à frapper et me rapprocher, je n'étais plus qu'à un jet de pierre. Il laissa tomber le sac, puis fit une pause – pour se battre, fuir ou rester pétrifié. Il s'avança avec précaution. Il était si proche que je pouvais sentir son odeur, elle m'évoquait les feuilles d'automne – l'ours sentait les feuilles mortes juste après une pluie d'octobre. Une pensée incongrue à côté de la peur profonde qui m'envahissait. Il continua d'approcher, puis soudain, il chargea, ses pattes et ses pieds au grand galop. Pendant cette fraction de seconde, je me figeai, prête à être mutilée. L'ours s'arrêta brusquement, peut-être maintenant aussi effrayé par moi que je l'étais par lui. Je lançai ma pierre qui atterrit sur son museau. Sonné, il secoua la tête. J'allongeai la main vers une autre pierre, je la saisis puis reculai lentement. L'histoire du grizzly racontée par le pilote me revint à l'esprit : le garçon lui parlait doucement comme s'il s'agissait d'un chien. Alors je dis : « Gentil, l'ours, tout doux. » Il me regarda reculer, mais je voyais maintenant les poils de son dos se dresser comme un chien méchant prêt à mordre. Il fit un bond, puis s'arrêta. Je me figeai, il eut un autre mouvement brusque. Knute, le pilote, nous avait donné son spray anti-ours, une bombe aérosol d'extrait de poivre que Holly avait rangée au fond de son P-pack. Cela ne me servait à rien maintenant. Je reculai à nouveau, lentement, en maintenant le contact visuel, en parlant doucement. L'ours me tourna le dos et repartit vers le sac abandonné. Je me tournai aussi et courus.

Le spray anti-ours était là, dans le P-pack. Je voulus vider le flacon sur le museau du grizzly pour récupérer mes affaires. Je retournai vers l'esker, en tenant le spray anti-ours devant moi, bras tendu, fermoir retiré, doigts sur la détente. Mais l'ours et le sac de nourriture avaient disparu.

Je repliai rapidement le camp, les mains tremblant d'une façon incontrôlable. Je chargeai le canoë et pataugeai dans l'eau glaciale pour tirer Holly. Le sac de couchage imprégné d'eau était lourd. Ce fut une lutte pour le soulever au-dessus du plat-bord, tirer, pousser son poids dans le bateau. Je l'attachai, puis commençai à pagayer. Le soleil avait dépassé son zénith, la température était encore élevée, mais je devais avancer, m'éloigner le plus possible du grizzly.

Dans ma tête, je dressai l'inventaire de tout ce que j'avais perdu. Le sac contenait la nourriture des déjeuners – fromage, craquelins de seigle, salami, beurre de cacahuète, plus six kilos de fruits secs. J'avais encore le réchaud et le combustible pour cuire les aliments de l'unique sac qui me restait encore – riz, pâtes, légumes lyophilisés, protéines végétales texturées (PVT), flocons d'avoine, préparation pour brownies et pancakes, œufs en poudre, thé et café. Je mangeais peu et ne me souciais pas des provisions perdues à ce moment-là – mon combat avait été un instinct de base – mais je savais que, plus tard, je les regretterais.

Tout ce que je pouvais imaginer pour l'instant, c'était ce qui se serait passé si l'ours avait trouvé Holly.

24

Je passai par un lieu appelé Grassy Island sur la carte. Il n'y avait pas d'herbe, seulement des saules baignant à hauteur de poitrine et des marécages. Les mouches noires étaient sorties, j'avais zippé le filet sur mon visage. Le long de l'île, je comptai huit orignaux, deux taureaux, quatre vaches, deux veaux. Leurs têtes pointèrent au-dessus des saules alors que je pagayais. Des bernaches du Canada, oies des neiges, grands harles, canards pilets et autres oiseaux se faufilaient au bord des rives, nichant sans doute à proximité – du gibier d'eau que j'avais déjà observé lors de ses migrations à travers le Nebraska.

Le courant se déplaçait lentement dans les larges arcs de la rivière. Le vent s'était calmé depuis la veille. J'étais toujours exténuée, mais le silence me calmait. Je ne suivais plus les reflets étranges ou les illusions des rapides imminents.

Je savais que Holly ne pouvait pas m'entendre à la proue et qu'elle ne m'entendrait plus jamais, mais je voulais continuer à raconter l'histoire de mon enfance avec Jake sur Platte River – je me sentais obligée de le faire. Elle aurait voulu entendre mes histoires pendant que nous campions le long de la Thelon, je le savais, et elle m'aurait aimée pour cela. Je lui parlais à haute voix pendant que je pagayais.

– Jake était un homme différent avant, issu d'une société que je ne connaissais qu'à travers la lecture, d'une culture que toi tu connaissais. J'ai vu des photos de sa vie dans le Connecticut. Sur l'une d'elles, il avait les cheveux longs et une frange qui lui mangeait les sourcils. Il portait un polo à logo de crocodile et un short de tennis blanc. Il avait ce demi-sourire confiant, toujours le même, comme s'il avait toutes les réponses aux problèmes du monde. Sur cette photo, il était rondouillard, presque chérubin. Jake a eu quarante ans l'année de ma naissance. À ce moment-là, il avait perdu sa graisse de jeune privilégié. Ses cheveux étaient gris, longs, en queue-de-cheval, il portait une barbe pas taillée. Dans son dos, d'une épaule à l'autre, un tatouage d'ouroboros, le serpent qui se mord la queue. D'où Jake le Serpent.

« Il se qualifiait d'éco-anarchiste, une mouvance en marge de la société qui regroupe les anarchistes antigouvernement et les hippies gauchos pour le retour à la nature. La symbolique du serpent de la société qui se mord la queue, je suppose. Pour Jake, l'ouroboros signifiait le renouveau cyclique, être proche de la Terre, la fertilité de la vie et la mort dans la nature. Il ne croyait ni au gouvernement ni aux impôts. L'autosuffisance, c'était être proche de Dieu, même s'il ne croyait pas en Dieu. Il pensait que la Terre est un être organique et que l'humanité est son cancer. Il refusait de faire partie de ce cancer, son style de vie reflétait son choix de ne pas participer.

« Quand j'ai eu cinq ans, Jake ne m'a pas inscrite à l'école, il ne voulait pas que mon esprit soit empoisonné. C'est lui qui m'a donné des leçons chaque jour. Il m'a appris à lire, écrire, compter. Il allait à la bibliothèque de la ville pour emprunter des livres. J'ai aussi appris à m'occuper du jardin, à planter, désherber, récolter. Il m'a fait mémoriser les noms de chaque arbre, plante, champignon, mammifère, reptile, poisson et oiseau de la Platte. Depuis, c'est instinctif, je nomme toujours les choses que je vois. On faisait des conserves, on élevait des poulets et des chèvres qu'on abattait nous-mêmes. On avait un canoë qui nous servait à pêcher des poissons-chats et chasser les canards. Jake travaillait pour d'autres mais en général il échangeait son travail contre des produits dont nous avions besoin. Je n'ai pas souvent vu un billet de banque à la maison, mais il en gardait dans une cachette, un leurre en forme de canard évidé. Jake avait besoin d'argent pour le carburant et les taxes foncières. Il se fichait des contraventions, il ne renouvelait jamais les plaques d'immatriculation du camion. Un jour, il s'est fait verbaliser, je venais d'avoir sept ans.

« Une voiture de police de Columbus est venue sur notre propriété à cause de ça. Jake et moi étions dans le jardin en train de ramasser des oignons. Il aurait été capable de sortir son arme et de tirer. Il la portait toujours dans son étui, mais j'étais à côté de lui ce jour-là, alors il s'est contenté de demander : "C'est quoi que vous voulez ?" Les policiers ont dit qu'ils avaient un mandat d'arrêt contre lui et qu'il devait se mettre à terre, les mains derrière le dos. Jake n'a pas bougé et les deux policiers ont continué d'avancer. Je les ai vus ouvrir leur étui et poser la main sur leur arme. Je suis sûre qu'ils n'étaient pas habitués aux tarés qui détestent le gouvernement, Jake avait la tête de l'emploi. Ils lui ont redit de se coucher à terre, ils criaient – je me souviens avoir eu peur et m'être mise à pleurer. Jake a fini par obéir en s'allongeant face contre terre, la terre du jardin. Les policiers l'ont menotté puis conduit à l'arrière de leur voiture.

« C'était juste une contravention et un mandat d'arrêt. Jake passerait une nuit dans la prison du comté, serait présenté au juge le lendemain, et sortirait après la promesse de payer. Mais je n'avais que sept ans, j'étais une petite fille habillée en garçon, en vêtements d'occasion, et j'étais seule. La police ne pouvait pas me laisser, alors ils ont attendu qu'une dame du service de protection de l'enfance vienne me chercher. Je suis restée assise pendant des heures à attendre et à pleurer. Je voyais la silhouette de Jake dans la voiture de police, mais je ne pouvais ni lui parler ni l'entendre. La dame a fini par arriver et m'a emmenée. J'ai passé la semaine suivante dans une famille d'accueil dans une ferme au nord de la ville, dans les collines. Jake est sorti dès le lendemain de son arrestation, il a essayé par tous les moyens de me récupérer.

« Ce que j'ignorais à l'époque, c'est que la dame du service de protection de l'enfance s'inquiétait pour mon bien-être. Jake n'avait aucun moyen de subsistance, nous vivions dans le sous-sol d'une maison inachevée, je n'avais pas de mère et je n'étais pas inscrite à l'école. Elle a rédigé un rapport aux services centraux. Jake a dû répondre à des questions et faire des promesses.

« Après cela, vivre avec Jake a été différent. L'arrestation lui avait fait peur. Je suis sûre que les responsables de la ville l'ont menacé de me retirer du bunker. Jake m'aimait, je ne sais pas ce qu'il aurait fait si on m'avait enlevée à lui.

« J'ai été inscrite en CP cet automne-là. J'avais deux ans de plus que la plupart des enfants. Je savais déjà lire et écrire, je connaissais mes tables de multiplication. Un mois plus tard, ils m'ont fait passer en CE2 pour être avec les enfants de mon âge, mais je n'avais presque jamais côtoyé d'enfants, je ne savais pas comment me comporter. Je me sentais anxieuse, renfermée, je restais seule. Je me sens toujours comme ça avec les autres.

« Une fois par mois, la dame venait nous rendre visite. Jake avait suivi ses conseils, il demandait des coupons alimentaires. Quand il travaillait ailleurs, il se faisait payer en liquide. Il avait fini par s'acquitter de sa contravention et acheter de nouvelles plaques d'immatriculation pour le camion.

« Ses convictions avaient-elles changé ? Faisait-il partie du cancer ? Je pense qu'il a fait ce qu'il fallait pour me garder. Si je n'avais pas été là, il se serait battu plutôt que d'accepter des compromis. Mais j'étais là. Ils lui ont fait peur. On a continué d'abattre un cerf hors saison en cas de besoin, à jouer à notre jeu et à vivre en dehors des clous. Jake a surtout trouvé d'autres moyens de gagner de l'argent sans toucher de salaire régulier.

Après Grassy Island, la rivière se rétrécit et le courant devint plus rapide. Je pagayais sans forcer, plus pour maintenir le cap et diriger le canoë dans les virages. Le soleil tombait derrière les arbres, la température baissait. Je continuai de naviguer dans la pénombre. J'aperçus mon premier caribou. Il buvait. L'animal me flaira, puis me vit, levant et tournant la tête comme n'importe quel cerf de la Platte. Il recula ensuite prudemment vers les arbres. J'entendis deux loups hurler au loin, communiquant, et je hurlai avec eux. C'était une autre langue, les Barrens étaient un autre endroit où j'avais besoin de m'intégrer, comme à l'école quand j'avais sept ans, comme à l'université quand j'en avais dix-sept. Je me sentais davantage chez moi ici, je n'avais pas peur de parler à Holly, aux loups, sans jugement sur celle que j'étais.

25

Au matin, j'avais parcouru plus d'une trentaine de kilomètres pour atteindre Hornby Point. Un cairn marquait l'endroit où les trois hommes étaient morts de faim. Je m'arrêtai pour décharger le canoë là où d'autres avaient campé. Je trouvai de l'eau étale à proximité et y arrimai le corps de Holly. Je trempai mes flocons d'avoine, y ajoutai du sucre pour qu'ils soient mangeables. Allongée dans la tente, je comptai les jours. Holly était tombée le douzième jour et nous avions quitté Yellowknife depuis dix-huit ou dix-neuf jours.

Je dormis peu. Quand je me réveillai, la température était encore au-dessus de quinze degrés, trop élevée pour sortir Holly de l'eau glacée. Je remontai le sentier vers la cabane Hornby, non loin du rivage. Cela faisait presque cent ans que les trois hommes étaient morts de faim, et depuis, la cabane s'était décomposée ; ne restait qu'un rectangle de murs en rondins abîmés, pas plus haut que moi. Holly avait dit que la cabane était de la taille d'un garage pour une voiture. À mes yeux, elle était de la taille de notre poulailler au Nebraska. Trois hommes, dont deux de mon âge, avaient passé tout l'hiver là-dedans, affamés. J'essayai d'imaginer la folie qui s'était emparée de leur esprit alors qu'ils mouraient lentement, leur désespoir de ne rien trouver à manger – juste des peaux bouillies et des boyaux de poisson pourris. Holly avait raconté aussi que celui qui tenait un journal l'avait caché dans le poêle, avec un petit mot à proximité. Je cherchai le fameux poêle dans le rectangle, puis dans les bois environnants. Je trouvai juste trois tombes surmontées de croix en bois, dont la base était maintenue par des monticules de pierres. Des plaques gravées à la main avaient été clouées au centre de chaque croix, les initiales E.C., J.H., H.A., à peine visibles. L'une des croix était brisée. Il y en avait aussi trois nouvelles que quelqu'un avait gravées pour remplacer celles qui se décomposaient. Je pensai à Holly. Je pourrais la laisser ici, creuser sa tombe, la recouvrir de pierres et planter une croix avec ses initiales. Elle serait dans un endroit qu'elle aimait, je pourrais venir chaque été pour visiter sa tombe, me souvenir de sa courte vie, fabriquer une plus belle croix. L'idée était réconfortante, mais je n'étais pas prête à quitter Holly.

Je m'assis près des tombes en attendant que la température baisse. Mon esprit retourna au Nebraska. Je voulais parler de Jake, continuer de raconter mon histoire à Holly – et aux trois hommes enterrés ici.

– Nous avons toujours cultivé du cannabis dans la forêt de la Platte. Grâce aux inondations, le sol est riche en nutriments. Jake l'appelait son herbe des fossés, il la fumait presque tous les soirs avant de se coucher. C'était sans gravité. Mais par la suite, il l'a échangée avec nos voisins, des Guatémaltèques, contre de l'herbe qu'eux-mêmes achetaient à d'autres migrants en ville. L'herbe de la ville était plus forte, rien à voir avec celle des fossés. Un jour, Jake a réussi à récupérer des graines qu'il a plantées pour remplacer l'herbe par un cannabis plus puissant.

« J'avais quinze ans, j'étais au lycée. Je n'en faisais pas étalage, mais je passais plus de temps avec les enseignants qu'avec ceux de mon âge. Pourtant, il y avait un garçon avec qui j'étais amie : Cody. On s'était rencontrés quand j'avais douze ans. J'étais une paria, la première fille de la classe à avoir des seins, qui sont devenus très gros. Cody avait le béguin pour moi. Un jour, il m'a coincée derrière une benne à ordures. En quelques secondes, sa langue était dans ma bouche et ses mains sur mes seins. J'ai essayé d'aimer ça – je pensais être censée le faire. Mais honnêtement, j'ai détesté, alors je l'ai repoussé. Je lui ai dit : "Lâche-moi", et il a obéi. Ce qui est drôle, c'est que nous sommes devenus amis après. Je suis sûre qu'il savait que j'étais homo, mais on n'en parlait pas. Nos sujets de conversation étaient plutôt la chasse, les couteaux et les fusils, nos familles, les élèves du bahut. On se retrouvait de temps en temps dans un camping le long de la Platte, un endroit que je pouvais rejoindre à pied après le dîner. J'apportais de l'herbe que je piquais dans la réserve de Jake, on fumait, on planait. De fil en aiguille, Cody a fini par me demander si je pouvais apporter plus d'herbe. Je me suis servie dans les sacs qui étaient dans le grenier de la dépendance. Je lui ai apporté une demi-livre d'herbe, Cody a presque tout vendu à ses amis. Après, il m'a payée et je lui ai fourni plus d'herbe. Mais Jake s'en est rendu compte.

« Jake le Serpent était capable de piquer des colères puissance dix. C'est son émotion de base. Il était en colère contre la société, il jurait qu'il ne serait jamais son esclave. Il était en colère contre la technologie, convaincu que c'était l'outil de la société pour l'asservir. Le truc drôle, c'est qu'il avait un vieil autoradio à lecteur de cassettes qu'il avait branché aux générateurs pour écouter NPR, la station locale et Rush Limbaugh, sur une radio fasciste. Il s'énervait, s'enflammait, les accusait d'avoir tort, hurlait que le monde était foutu. Il tapait du poing sur la table, donnait des coups de pied dans les murs. La radio alimentait sa colère et lui procurait un plaisir masochiste – il était tordu dans sa tête. Une fois, je lui ai demandé pourquoi il n'éteignait pas tout simplement la radio. Il m'a regardée comme un fou, j'ai bien cru qu'il allait me frapper. Mais tout ce qu'il a dit, c'est : "Ferme ta putain de gueule."

« Un soir, pendant le dîner, Jake a mis les pieds dans le plat à propos de l'herbe. Ses mâchoires se crispaient de colère, il grinçait des dents, pourtant il essayait de se dominer. Il savait quelle quantité j'avais volée, beaucoup trop pour avoir été fumée en si peu de temps, et il n'ignorait pas que je traînais avec Cody. Quand il m'a demandé de lui expliquer, j'ai juste dit : "Cody vend de l'herbe à l'école." Jake n'a pas bronché, il a continué de fixer sa nourriture en silence. Soudain, il a balayé de la table son assiette de viande et de pommes de terre, elle a volé par terre. Le silence est devenu écrasant. Il ne levait pas les yeux, mais je voyais qu'il tentait de se calmer, qu'il réfléchissait. Il m'a demandé combien je gagnais. J'ai répondu que Cody me payait dix dollars les trente grammes. Il a dit : "Cody t'arnaque."

« Jake avait toujours échangé ou vendu nos légumes excédentaires, ce n'était pas difficile pour lui de vendre aussi de l'herbe. Il pensait que les drogues devaient être légales. Alors tout ce qu'il voulait, c'était une compensation raisonnable pour sa mauvaise herbe. Quand j'ai rencontré Cody la fois suivante, Jake était là. Il a dit d'emblée : "Le deal, c'est dix dollars les dix grammes et c'est une très belle offre. Pas un Latino de la ville te proposera mieux. Et à partir de maintenant, vous revendez dix grammes pour vingt dollars."

« Cody a été d'accord.

« Jake m'impliquait désormais officiellement dans ce deal illégal. Putain de Jake. Je ne sais pas s'il se rendait compte ou s'en fichait, mais il me mettait en danger.

26

Alors que la nuit arctique tombait, les bouleaux et les épicéas de l'oasis disparaissaient lentement. J'étais de retour dans la toundra aride. Je continuais à fendre l'eau de ma pagaie au rythme du courant. Au lieu du coup en J contraignant, je pagayai trois coups d'un côté, puis trois de l'autre. Holly n'était pas là pour me dire si c'était mauvais, paresseux ou, qui sait, plus efficace. Cela me semblait plus efficace, alors je continuais ainsi. Mes ampoules m'élançaient, mais avaient cessé de saigner. Une ligne de callosités s'était formée à l'intérieur de mes mains, là où la chair s'enroulait autour du manche de la pagaie. Je les avais endurcies.

Je commençai à voir des caribous, seuls ou en petits groupes. Je respirais par le nez, en silence et en rythme. Aucun ne sembla effrayé par la pagayeuse solitaire, aucun ne leva la tête à mon passage. Je me sentais comme un fantôme, alors que j'aurais voulu faire connaître ma présence, trouver un reflet de mon existence sur cette terre.

L'anxiété à laquelle j'étais habituée n'était pas là, j'avais cette impression que mon corps n'était pas mon corps. Mes bras paraissaient détachés, bougeant de manière autonome comme s'ils étaient contrôlés par un autre être. Ma respiration n'était pas la mienne, les douleurs que je ressentais dans les genoux ou les épaules se concentraient dans mon esprit comme si j'imaginais la douleur fantôme d'un membre amputé. Seul un bœuf musqué leva les yeux sur mon passage ; je me représentai ce qu'il voyait, un être étrange qui descendait la rivière en convoyant un cadavre vers l'autre monde.

Je clignai des yeux et secouai la tête pour sortir de mon rêve éveillé. Je touchai mon nez d'une main, réajustai mes genoux sur le matelas de sol. J'expirai avec force par la bouche pour entendre mon souffle et voir la bouffée de condensation dans l'air frais. J'avais besoin de manger plus, mais n'avais pas d'appétit. J'étais prise de vertiges et je sentais le vide dans mon estomac.

J'étais seule. Si fatiguée d'être seule. En pagayant dans la nuit, je parlais à Holly. Raconter une histoire était réconfortant, je pouvais imaginer que quelque chose ou quelqu'un aux alentours l'entendait et confirmait ma présence.

– Un jour, le fils d'un voisin s'est acheté une moto tout-terrain et s'est mis à sillonner les sentiers de la forêt. L'engin crépitait comme une tronçonneuse, on l'entendait à des kilomètres à la ronde. Jake a écrit une lettre anonyme au shérif du comté avec l'espoir qu'il ferait quelque chose avant lui. Un mois plus tard, le gosse circulait toujours dans les bois. Un jour, alors que j'entendais le moteur, le bruit s'est arrêté brusquement, et après j'ai entendu appeler au secours. J'ai couru en direction des appels à l'aide. J'ai trouvé le garçon par terre, hurlant, avec le bras immobile. Cassé, c'était évident. La moto gisait derrière lui, la fourche et la roue avant, pliées. Un peu plus loin, un trou profond avait été creusé dans le sentier. J'ai noué le T-shirt du garçon en écharpe pour immobiliser son bras et je l'ai aidé à rentrer chez lui. Le soir, quand j'ai dit à Jake qu'il aurait pu le tuer, il m'a juste répondu : "Ferme ta putain de gueule." L'unique rempart à sa colère noire, à ses dérapages, ses envois d'explosifs façon Unabomber par la poste, c'était moi. La seule source d'amour dans sa vie pour doser sa fureur.

« Au printemps pendant ma deuxième année de lycée, j'étais devenue presque populaire, même si ce n'est pas le bon mot : pour les autres, j'étais la fille qui vendait de l'herbe. Le camping de la Platte avait aussi gagné en notoriété. Le vendredi soir, on se retrouvait là-bas, parfois pour faire la fête jusqu'au lever du jour. Jake était sur les dents, inquiet, il m'avait alertée à maintes reprises sur les jeunes avec qui je traînais et les risques que je courais, alors que c'était lui qui m'avait poussée dans le trafic de drogue – encore son hypocrisie habituelle. Je continuais d'aller aux fêtes, tout en sachant qu'il ne me ficherait pas la paix. Je sentais sa présence dans les bois, il nous observait la nuit.

« Une fois, un garçon a apporté un pistolet et une boîte de cartouches. Des jeunes ont proposé de tirer sur des canettes et des bouteilles d'alcool vides. J'avais connu ce garçon en primaire, un vrai connard. Il faisait partie de l'équipe de lutte et avait fayoté toute l'année pour être pris ailleurs à la rentrée suivante. Ses parents avaient choisi de l'appeler Jericho, comme dans la Bible. Son truc, c'était le crystal meth, il en prenait pour maintenir son poids et sa catégorie. Donc, ce mec se la jouait avec son arme devant les autres. Cody lui dit d'arrêter ça et de la ranger. D'un coup, Jericho est devenu sérieux et menaçant. Il a fixé Cody avec des yeux noirs comme des impacts de balles. Il a braqué le pistolet sur Cody et placé le doigt sur la détente. Il souriait. On était tous silencieux. Cody fixait Jericho, Jericho avait l'air d'un taré. Il a dit : "Qu'est-c' tu veux, enfoiré ?" Cody a dit : "T'es pas sourd."

« C'est là que Jake est sorti du bois, il avançait lentement, on entendait les branches craquer sous ses bottes. Connaissant Jake, il *voulait* qu'on l'entende. Jericho a tourné son arme en direction du bruit. Jake se tenait hors d'atteinte du pistolet. Il a dit : "Tu ferais mieux de poser ton arme, gamin, j'ai un Springfield 30-06 pointé sur ta tête. Je te donne trois secondes." Et il s'est mis à compter : "Un…" Jericho a relâché prudemment la détente, posé son pistolet à terre et a tourné les paumes vers le haut pour montrer ses mains. Un vrai cow-boy. Jake est alors sorti de l'ombre avec son fusil de chasse calé sur la hanche et s'est déplacé autour du feu jusqu'à Jericho. Il a ramassé l'arme, puis a actionné la sécurité avant de la glisser dans sa ceinture. Le tout d'une main en tenant son fusil de l'autre. Il a dit à Jericho de venir à la maison s'il voulait récupérer son arme. Jake ne m'a regardée à aucun moment. Plus tard, il a juste dit : "Finies, les fêtes au bord de la rivière." Ce qui me paraissait évident. Qui aurait voulu y retourner, là ou n'importe où ailleurs, sachant que mon père psychopathe nous espionnait dans les bois ? J'aimais Jake, mais je pouvais aussi le détester. Quand je raconte ces histoires, quand je pense à la façon merdique dont il a élevé un enfant, il m'arrive de le détester aujourd'hui. Il y a encore une autre histoire.

« Nos voisins proches étaient du Guatemala, deux frères qui travaillaient à l'usine de Behlen transformant l'acier en élévateurs à grains. Plusieurs années de suite, ils nous ont invités pour leur célébration du Nouvel An maya, qui avait lieu tous les deux cent soixante jours. Jake buvait de la bière Famosa avec les frères, pendant que j'aidais leurs femmes à préparer du poulet aux tomatilles et à la coriandre, avec des graines de citrouille, de sésame et des tortillas. Ils avaient cinq enfants. Ils m'ont appris à jouer au *cincos*, un jeu de billes, et on allumait des feux d'artifice la nuit. C'était la famille imaginaire que je n'avais jamais eue.

« Un jour, une de leurs chèvres s'est échappée sur nos terres et Jake l'a tuée. Il y avait pourtant une clôture qui bordait la propriété des Guatémaltèques des deux côtés de la route, mais la chèvre avait dû s'égarer chez nous ou dans la forêt domaniale. Quand les deux frères sont arrivés, c'était trop tard, Jake l'avait déjà abattue. Il leur a dit qu'il ne l'avait pas vue, un mensonge, les autres le savaient parfaitement. Après, on n'a plus jamais reçu d'invitation pour leur Nouvel An. J'ai compté les deux cent soixante jours et j'ai patienté. J'ai entendu les feux d'artifice. Jake a juste dit : "Ferme ta putain de gueule."

La lueur nocturne créait un étrange paysage lunaire de collines basses aux textures ondulantes de roche fragmentée et de sable. J'entendis un loup hurler, je hurlai en retour, le loup hurla encore, *je suis là, je t'ai entendue, tu n'es pas seule*.

Je repris mes histoires. Une dont personne n'avait été témoin.

– En première année de lycée, à l'automne, Cody a commencé à vendre de l'oxycodone avec l'herbe de Jake. Il m'a donné un comprimé pour essayer, je l'ai pris à l'heure du déjeuner. Ça a agi rapidement, j'ai plané tout l'après-midi pendant les cours. Je me sentais détachée d'une manière apaisante. L'anxiété liée à mes études, à obtenir des A, à Jake, à ma sexualité, est tombée comme si tout ça n'avait plus d'importance. Les profs parlaient, j'étais assise, j'entendais juste les mots flotter dans ma tête comme des papillons de nuit. Il n'y avait aucune forme d'introspection, ce n'était pas comme si je m'en fichais consciemment, mais plutôt que rien n'existait en dehors du linceul de néant qui m'entourait.

« Après la scène de Jake au bord de la rivière, les élèves avaient peur de moi. J'étais toujours la fille qui avait de l'herbe, mais j'étais aussi celle dont le père fouinait et savait tout ce qui se passait. Cody continuait de vendre, moi je me limitais à quelques clients désespérés, principalement les gars qui étaient trop défoncés pour avoir peur ou les filles de première année qui ne trouvaient pas mieux.

« Maintenant, je vais raconter un truc, mais je ne veux pas que tu me prennes pour une lâche, parce que je suis tout sauf lâche. Je savais que les élèves parlaient de moi. J'aime les femmes depuis mes onze ans. Je ne le montrais pas à l'époque, sauf une fois au lycée. J'avais senti qu'une autre fille m'appréciait – ça s'est passé juste avant l'incident avec l'arme –, nous sommes devenues amies. Elle s'appelait Sarah. Nous avons commencé à traîner ensemble entre les cours. Un jour dans les toilettes, alors que nous étions seules, je l'ai embrassée. Stupide. Elle m'a embrassée en retour, je le jure, avant de se dépêcher de retourner en cours. Après ça, Sarah m'a évitée. Et après ça, j'ai su que ça jasait. Deux trois fois, j'ai entendu des trucs derrière mon dos comme “sale gouine”. Un jour, Jericho le connard, Jericho, a fait un V avec ses doigts et s'est mis à sortir et rentrer sa langue dans le V. Il me souriait comme si c'était une bonne blague. Mais je ne me considérais pas comme une victime qui aurait dû s'apitoyer sur son sort parce qu'elle était différente. Mon remède, c'était d'avaler un oxy pour déconnecter et faire tout disparaître. C'est rigolo, d'une certaine manière, j'étais cette fille que *tu* as dénoncée en cinquième. Elle s'appelait comment déjà ? Ah oui, Tonya.

« Et Jake ? Jake aimait la différence – il ne voulait pas que je sois une midinette qui enchaîne les rencards et les soirées dansantes, une fille qui se lisse les cheveux et se peinturlure la bouche de gloss fruité. Il me considérait comme un garçon manqué et s'imaginait que je n'étais pas intéressée par les activités du lycée. Jake me voulait dans son monde pour lui-même, plus je restais loin des autres, plus il aimait. Il pensait me façonner à son image, en une personne qui rejette la société. Ce qu'il ne comprenait pas, c'est que je rejetais tout – le lycée et son monde à lui – pour ce que *moi* je voulais. Je savais que j'étais différente.

« Un jour, j'ai craqué. Pas à cause d'un truc particulier – je ne me souviens pas avoir été victime d'intimidations ou de ragots derrière mon dos. Ce dont je me souviens, c'est d'un sentiment de solitude. Cela m'a frappée dur que je sois différente et que je ne connaisse jamais quelqu'un comme moi, ou quelqu'un qui m'aimerait pour qui j'étais. Un jour, alors que j'étais particulièrement déprimée, désolée pour moi-même, lâche, j'ai acheté une poignée d'oxy à Cody. Huit à dix comprimés, je ne me rappelle pas le nombre exact. Ce soir-là, je me suis assise sur le bord de mon lit. Ma décision n'a pas été consciente, c'était davantage une impulsion. J'ai sucé l'intérieur de ma bouche, formé un réservoir de salive et avalé les pilules. Ensuite, je me suis allongée et j'ai pensé à ma vie, ma vie de merde en solo dans le bunker avec Jake, ma vie en classe avec des élèves que je ne connaissais pas. Et puis j'ai commencé à pleurer. J'ai pris conscience que, de toute façon, cela me manquerait quand même et que j'étais triste d'y mettre fin. Je sentais l'oxy s'emparer de mon esprit – l'engourdissement de la drogue. Et je me suis endormie.

« J'ai eu ce rêve pénétrant, une vision. J'étais à la rivière avec Cody et les autres. Nous étions assis autour du feu à fumer un joint qui circulait, mais chaque fois qu'il arrivait vers moi, il passait comme si je n'existais pas. J'étais invisible. J'essayais de toucher la fille assise à côté de moi, je ne l'avais jamais vue avant, mes doigts la transperçaient. Elle ne sentait pas mon contact, ne remarquait pas ma présence. Après je flottais comme un ballon et je regardais tous ceux qui étaient autour du feu. Je sentais la chaleur du bois qui brûlait, je voyais les jeunes parler et rire, je me voyais là, près du feu, regardant devant moi, à l'écart des autres. Et je voyais Jake en train de me regarder. Ensuite je flottais plus haut, le feu n'était plus qu'un point lumineux, au loin je distinguais les lumières de la ville. Je montais encore plus haut ; maintenant la Terre n'était plus qu'un arrondi de taches de lumière au milieu de vastes zones d'obscurité totale. Puis je me suis réveillée.

« J'étais soulagée au plus haut point d'être toujours en vie.

« Je savais ce que signifiait le rêve, *c'était* une vision. Je savais qu'ils n'étaient pas les miens, pas même Jake. Je savais qu'il existait un autre monde avec des points de lumière qui *étaient* les miens et qu'il faudrait que je bouge, que je m'éloigne pour les trouver. Je continuerais de baisser la tête jusqu'à la fin du lycée. Je partirais avec le diplôme en poche à l'université ou ailleurs, découvrir qui d'autre était dans ce monde. Je quitterais Jake et ne regarderais jamais en arrière. Je te trouverais.

27

Les couleurs du paysage changeaient au fur et à mesure que le soleil pointait au-dessus de l'horizon. L'eau était émeraude par endroits, puis azur. Le vert des arbustes se faisait vibrant par contraste avec le lichen plus foncé et les eskers rocheux. Les quelques nuages cotonneux viraient au blanc dans le ciel bleu délavé. Il était temps de m'arrêter pour mettre Holly dans la Thelon, manger et dormir. La rivière s'écoulait autour d'un banc de sable formant une île. Je choisis le côté qui me sembla le plus profond et dirigeai le canoë vers un tourbillon d'eau étale. J'entendis deux loups hurler, je hurlai avec eux.

À l'intérieur de la tente, je sentis un mal de tête monter, faible pour l'instant, mais je savais qu'il augmenterait à mesure que le baromètre allait baisser. Je m'endormis en attendant la tempête imminente.

Je me réveillai l'après-midi. Mon mal de tête était maintenant passé à l'assaut des sinus, entre les deux yeux. Dehors, la grêle s'abattait sur l'auvent de la tente. On aurait dit quelqu'un en train de fouetter la toile à coups de bâton. Encore des chasseurs dénés. La grêle se transforma en pluie, je sentis le sol de la tente se détremper. Je rampai hors du sac de couchage et me dépêchai de l'emballer pour qu'il reste sec. J'enfilai mes bottes et m'assis sur le matelas roulé. La pluie s'était arrêtée, mais le vent continuait à souffler de l'ouest. Je sortis de la tente, trouvai une saillie de grès en guise de brise-vent et mangeai un mélange de préparation pour pancakes et d'œufs en poudre délayé en soupe. Je ressentis immédiatement l'énergie du repas, comme une drogue. Je repliai la tente trempée et le reste de l'équipement, puis chargeai le canoë. Enfin, je retirai les lests qui maintenaient Holly. Son corps en cocon remonta dans l'eau peu profonde, tout comme des bulles emprisonnées dans les plis du sac de couchage et des poches d'air. Je ne détectai aucune odeur. Le vent me poussait dans le dos, j'avalai les kilomètres, me rapprochant de Baker Lake.

Les hurlements des loups répondant à mon appel rendaient le crépuscule et la pénombre de la nuit arctique encore plus étranges. Je commençai à connaître les différentes tonalités, l'inflexion des hurlements. Certains cris émanaient de solitaires qui manifestaient leur présence quelque part au loin. D'autres étaient enjoués, se répondant comme deux personnes qui chanteraient la nuit. Je sondai le rivage et la boucle suivante pour essayer de voir avec qui je communiquais, mais aucun loup ne se montra. Parfois, je pensais que la conversation était un autre rêve lucide, une hallucination, que j'entendais une voix dans ma tête cherchant son propre réconfort. Ce dont j'avais besoin, c'était de voir un de mes compagnons loups. Au détour d'un virage, le hurlement du loup me sembla proche, très proche. Je m'arrêtai pour voir si j'avais un vrai compagnon.

Je tirai le canoë sur le rivage. La nuit était aussi sombre que possible – une lumière émanant des profondeurs de l'horizon soulignait la silhouette de la terre avec ses détails grisâtres enfermés dans les ombres. Je hurlai, le loup hurla en retour ;

je m'enfonçai à l'intérieur des terres vers le cri. Mes yeux s'adaptèrent à la pénombre. Cela me rappelait la traque de la biche – son sang perceptible uniquement parce qu'il brillait. Je traversai un esker de roches caillouteuses qui glissaient sous mes bottes. Arrivée de l'autre côté, je hurlai à nouveau, puis suivis la réponse qui semblait venir de plus loin, avec le vent. Je vis enfin le loup, juste un mouvement flou alors qu'il se glissait dans un trou de l'esker. Je m'arrêtai et attendis. Je lançai ensuite un hurlement que je pensais joyeux. Le loup ressortit de sa tanière et répondit à mon hurlement. C'était un loup blanc. Je rampai avec l'espoir de m'approcher de lui, je pus voir la lumière se refléter dans ses yeux et son museau humer l'air. Puis j'entendis un son différent, un jappement en provenance de la tanière. Je compris que le loup était une louve, une mère, et qu'elle avait mis au monde un petit. J'eus envie de m'approcher ; je rampai encore, franchis une petite crête puis jetai un coup d'œil par-dessus. La louve se tenait maintenant à une trentaine de mètres, me flairant sûrement, mais elle se contentait de regarder. J'émis un hurlement enjoué, aigu avec des inflexions soudaines.

Je vis la tête du louveteau pointer hors de la tanière, puis regarder autour de lui avec curiosité. Je repris mon cri joyeux, le louveteau en lança un similaire. Sa mère se laissa tomber sur le ventre, frotta le museau de son petit qui rampa hors du trou pour chercher son nouveau compagnon. Je hurlai joyeusement, le louveteau se précipita dans ma direction, derrière la crête. La mère bondit alors et l'attrapa par la peau du cou avant qu'il ne s'écarte trop. Puis elle le souleva pour le laisser tomber dans la tanière. Une scène simple – une mère et son enfant, un enfant comme Theo né de Holly. À ce moment-là, j'eus mal pour elle et ce qui aurait pu être. Je repartis en rampant loin de la mère louve, de son petit et de leur tanière.

Je retournai au canoë pour le pousser une fois de plus à l'eau. La lumière de l'aurore se faisait plus brillante, le nouveau jour allait bientôt se lever. Il faisait plus froid depuis la tempête, je pagayai encore quelques heures. En milieu de matinée, je m'arrêtai sur un rivage où l'eau était étale. Je n'avais plus entendu de loup depuis que j'avais quitté les abords de la tanière.

Je détachai et soulevai Holly puis fis glisser son corps dans la rivière froide. Les trois cordes lestées étaient enroulées autour de mon cou, je les plaçai sur ses jambes, son abdomen et son torse. Ensuite, je remontai la pente douce de la berge jusqu'au point le plus élevé. Je pouvais voir à des kilomètres à la ronde, il n'y avait aucune trace humaine. Personne sur cette putain de rivière, à part nous.

28

Une fois à l'intérieur de la tente, je sortis la guitare de Holly et jouai les accords que je connaissais. Une chanson allait avec, mais je ne m'en souvenais pas et l'idée de chanter me rendait triste. Son téléphone était au fond du P-pack, je n'y avais pas touché depuis l'accident. Maintenant, j'en avais envie. Je voulais voir le visage de Holly, éprouver les souvenirs que déclencheraient les photos. Je connaissais son code, mais lorsque j'allumai le portable, un message de batterie faible apparut à l'écran qui s'éteignit aussitôt. Je le branchai au chargeur solaire puis posai les deux juste devant la tente.

Avant de m'endormir, je pensai à la louve et son louveteau, à la mère et son petit, à Holly et Theo. J'imaginai une histoire, comme Holly avait imaginé celle de Theo. J'ajoutai notre histoire à son histoire, je la laissai prendre vie dans mon esprit ; les idées s'élevaient comme des bulles remontant des profondeurs de la rivière – qui nous étions, ce qui avait rendu uniques nos vies passées ensemble, ce que nous avions découvert et qui avait rendu nos vies plus complètes. Comme Holly l'avait fait, je passai en revue chaque détail dans ma tête avant de les énoncer à haute voix.

– Quand nous décrochons nos diplômes, nous sommes déjà en couple. Nous avons emménagé ensemble dans un petit appartement avec une seule chambre, mais comme tu le disais, la proximité décuple notre amour.

« Tu as été acceptée en master de création littéraire dans l'Iowa. Je t'ai suivie là-bas parce que tu me l'as demandé. Je n'ai pas d'autre endroit où aller, je refuse de retourner dans le Nebraska. J'ai un diplôme de mathématiques de Brown, mais je n'ai aucune idée de ma vie en dehors de toi. On s'est cherché un appartement avant que tu ne commences les cours. J'ai trouvé un emploi chez un ébéniste. Chaque jour, j'en apprends davantage sur le travail du bois. J'aime travailler de mes mains, fabriquer. Toucher la matière, la modeler, c'est concret et familier. Je me sens bien.

« Après ton master, tu deviens prof à Saint Paul. L'université est petite, proche de là où tu as grandi et de la maison de tes parents. Depuis notre voyage dans les Barrens, tu leur as tout raconté sur toi et moi : nous sommes amoureuses, ils doivent nous accepter telles que nous sommes. Après quelque temps, ils y parviennent. Ton père m'apprécie parce que nous buvons de la bière ensemble, discutons vieilles voitures et camping. Ta mère a besoin de plus de temps. Elle te voyait épouser un homme, avec un beau mariage au country club ; ses amis et sa famille seraient venus féliciter le couple, beau, intelligent, avec un brillant avenir. Elle en a toujours rêvé, mais maintenant la vision, le fantasme sont réduits en miettes. Le club autorise-t-il seulement les mariages homosexuels ? Peut-elle imposer ça à ses amis ? Quelle alternative a-t-elle ? Va-t-elle te repousser, te renier ? Elle finit par accepter la réalité, apprend à se dominer, ne me trouve ni méchante ni agressive, je suis agréée. Dieu merci, toi et moi ne voulions pas de mariage au club. Pourtant, on se marie, une petite cérémonie dans une belle demeure de Saint Paul. Tu portes une robe de cocktail blanche, moi un costume noir, une cravate et un long manteau taillé sur mesure pour couvrir mon gros cul et mes cuisses. Je crois que j'ai l'air bien.

« Tu as commencé à écrire des nouvelles publiées localement. Tu joues de la guitare et tu racontes tes histoires dans de petits lieux de spectacle autour de la ville. Certaines histoires se passent sur la Thelon River et nous concernent. Une de tes nouvelles est acceptée par un magazine national à large diffusion. Tu reçois des courriers d'agents littéraires intéressés.

« Tu écris ton premier livre, un roman sur Hornby, sa famine, sa mort. Pour tes recherches, nous retournons sur la Thelon et recommençons le parcours que nous avons fait des années auparavant. Nous passons une semaine à Hornby Point, tu essayes de comprendre comment les trois hommes vivaient, mangeaient, parlaient, chassaient, cueillaient, se chauffaient. Je t'aide, je te montre parce que j'ai vécu comme ça durant mon enfance. Je sais chasser, cueillir, me chauffer. Je sais ce que c'est de vivre sans le confort et le divertissement qu'offrent l'électricité et le WiFi. Tu me comprends encore mieux une fois le voyage terminé, tu t'en sers pour donner vie à ton roman, pour le rendre réel. Le livre est publié.

« Une soirée de dédicaces est organisée dans une salle de boxe locale. Il n'y a pas de lesbiennes nues sur le ring ni de photos graphiques derrière une rangée de punching-balls. Mais c'est bondé d'amis, de parents, de collègues, d'étudiants, de critiques littéraires – il y a beaucoup de monde. Tu fais une brève lecture, puis tu racontes des anecdotes sur nos séjours sur la Thelon. Il y a du champagne, du vin, de la bière, de la nourriture. Ta mère a commandé un gâteau digne d'un mariage au country club. Je ne t'ai jamais vue aussi heureuse, aussi fière. Un magazine a publié un article sur l'un de mes travaux de restauration. J'apprends ce que c'est que d'arriver au bout de quelque chose, d'être acceptée par une communauté de professionnels – la reconnaissance. Ton livre a un succès fou, et je suis tellement fière de toi. Un DJ est présent à la soirée, ça danse sur le ring de boxe bien après minuit. Nous dansons toutes les deux et avec les autres. Tu es si heureuse. À la fin, il n'y a plus que nous deux. Nous sommes silencieuses, je te laisse savourer le bonheur de cette longue soirée. Tu te tournes alors vers moi et tu dis : "Faisons un bébé, cela nous compléterait."

« Je te réponds juste : "Ouais."

L'histoire était terminée – *la vie que Holly aurait pu imaginer*, pensai-je. Cela semblait réel, comme si c'était arrivé. Ce sentiment tangible de l'histoire, ce qui aurait pu exister, me tira des larmes, je laissai échapper un cri, des sanglots étouffés au plus profond. Je pleurais – *elle me manque tellement.*

29

Quand je me réveillai, la température avait fraîchi. Le téléphone portable était sûrement chargé, mais regarder les photos me parut au-dessus de mes forces. Je retournai à la rivière et pagayai jusqu'au coucher du soleil. Autour de moi, le paysage de sable et de gravier rougeoyait. Il y avait de l'eau partout, mais cela ressemblait à un désert. J'aperçus une parcelle de verdure piquée de fleurettes en forme d'étoiles blanches, des trientales d'arctique, puis des buissons et d'autres fleurs. J'absorbais le panorama comme Holly me l'avait appris, je sentais que j'en faisais partie comme si j'étais juste un animal de plus traversant la nuit arctique. Je m'arrêtai et posai la pagaie en travers sur les plats-bords. Dans ce silence, la brise glaçait mon nez et mes joues. Le canoë avançait avec le courant, j'entendais les ondulations de l'eau clapoter sur le rivage rocheux comme de lointains carillons à vent. Je touchai l'eau, m'aspergeai le visage. Je me sentis immergée, une part de moi fut réconfortée à l'idée de mourir ici, de se décomposer paisiblement, puis renaître sous une autre forme, avec Holly.

Je pagayai jusqu'à ce que le soleil remonte au-dessus de l'horizon, jusqu'à ce que la température commence à s'élever. Je voulais continuer mais je savais aussi que je ne pouvais plus. Je m'arrêtai au tourbillon suivant, peu profond, où laisser reposer Holly.

La pensée de l'eau ruisselant sur mon visage ne m'avait pas quittée ; je me déshabillai sur la rive et demeurai nue et gelée. L'eau était glaciale. J'entrai rapidement, m'avançai vers les eaux plus profondes, puis me laissai tomber pour plonger tout mon corps dans la rivière en mouvement. Je remontai respirer, puis redescendis. Le sang affluait sur ma peau et, pendant un instant, ce fut agréable d'être immergée. Comme le courant m'entraînait, je m'accrochai aux rochers. Je pensai à Holly avalant sa première tasse alors qu'elle dégringolait dans le ressac des rapides. Était-ce de la panique ou une sorte d'acceptation ? Je voulais savoir, je voulais avaler l'eau, ouvrir la bouche, remplir mes poumons. J'imaginais l'instant de panique, puis l'acceptation. Une envie d'abréger ma vie, d'en finir, d'être en paix. Je voulais l'immersion, l'acceptation – ce serait si facile. Un instinct plus ancré en moi me força à sortir la tête hors de l'eau. Je revis la poignée d'oxy que j'avais avalée, la pensée qui avait suivie, tout ce qui allait me manquer, puis ce soulagement si fort d'être encore vie. Je savais que, en étant vivante, je pouvais être encore avec Holly. J'aspirai une bouffée d'air.

Une fois revenue sur la rive, je touchai l'entaille exposée sur mon front. Elle était profonde et déchiquetée. Les bords étaient douloureux mais durcis, j'étais certaine que ce n'était pas infecté. La plaie laisserait une cicatrice grosse comme une sangsue rose, souvenir de la Thelon. Je m'essuyai avec la serviette de Holly. C'était la première fois que je l'utilisais. J'admirai le motif, une plage de sable avec une bouteille de Corona et une rondelle de citron vert. La phrase brodée disait : « Trouve ta plage. » Je souris en pensant à Holly sur sa serviette amusante. Peut-être que je *trouverais* ma plage. Je réenveloppai le bandage de sucre autour de mon front ; encore quelques jours et je pourrais laisser la plaie à l'air libre afin qu'une croûte se forme.

Plus tard dans la tente, j'allumai le téléphone et regardai les photos de Holly. La première était le selfie. Une image d'une clarté cristalline, son visage surpris. Je l'observai puis détournai les yeux. Avec le corps de Holly enveloppé dans le sac de couchage, hors de vue, j'aurais pu me convaincre que ce qui était arrivé n'était pas réel, qu'il n'y avait que moi ici, pagayant, sans les conséquences d'un accident, d'un décès. La photo était un souvenir que je voulais effacer, j'appuyai sur l'icône *Poubelle*. Le bouton *Supprimer* apparut – une seconde chance –, je marquai une pause. Ce n'était pas si facile, je ne pouvais pas effacer ce qui s'était passé. Je cliquai alors sur *Annuler*. La photo suivante montrait Holly debout au bord de la falaise, souriant de son sourire entraîné, les coins de la bouche tendus comme des élastiques, le chapeau de cow-boy enfoncé bas sur les sourcils – j'aurais dû retourner chercher ce chapeau. Sur la photo suivante, moi, en train de poser quelques minutes avant sa chute, souriante comme si de rien n'était. Le smartphone organisait les photos par lieux et par dates. Les photos de la Thelon étaient regroupées sous le titre « Yellowknife », le dernier endroit où le téléphone s'était connecté à Internet et au GPS. Je parcourus d'autres répertoires – Saint Paul, Providence, Montréal, Winnipeg. Sur beaucoup, j'étais présente – sans sourire forcé, les cheveux comme de la mousse espagnole, en jean, puis en épais short de sport, puis en pantalon léger. Sa mère était exactement comme Holly l'avait décrite – un casque de cheveux à la Margaret Thatcher, l'ombre du sourire de Holly, les mêmes lèvres charnues. Son père, portant une chemise blanche au col boutonné, visage bronzé, le nez de Holly. Ses parents étaient dans l'histoire de notre mariage et notre décision de fonder une famille. Holly appartenait à une famille avant que je l'imagine comme étant la mienne. Ses parents méritaient de revoir leur fille, je continuerais à survivre pour cela.

30

Je me réveillai et mangeai un mélange de préparation pour pancakes, d'œufs en poudre et de flocons de PVT, le tout délayé dans de l'eau. Les PVT n'ajoutaient aucune saveur particulière, les œufs laissaient un arrière-goût chimique. Je mangeai autant que possible. Je perdais du poids, mon pantalon Carhartt glissait de mes hanches.

Lorsque je donnai mon premier coup de pagaie, j'avais fait le compte : j'en étais au vingt et unième jour. Du moins, je pensais que c'était le vingt et unième. Le courant était régulier et rapide, et m'entraînait plus vite que je ne pouvais pagayer. Je gouvernais le canoë en suivant le bleu foncé de l'eau profonde. J'avais remarqué des signes de passages de canoéistes – des foyers avec des cendres, un trou dans le sol où une tente avait été plantée, un emballage de barre énergétique négligemment abandonné –, pourtant, j'étais sur la rivière depuis trois semaines et n'avais vu personne. Je *finirais* par me sortir de cet endroit, je le sentais. Je n'étais pas blessée, j'avais encore des provisions, j'allais forcément rencontrer quelqu'un ou réussir à pagayer jusqu'à Baker Lake. Un accident pouvait encore se produire, mais d'une manière ou d'une autre, je reviendrais à la civilisation et serais obligée d'affronter ce qui m'attendait. Je n'aurais pas la chance d'éviter cette fatalité.

Mon chagrin pour Holly était là ; il bouillonnait en continu, je savais que, en rentrant, il bouillonnerait encore le long de ma colonne vertébrale, m'attaquerait comme un fou avec un marteau à boule. Je partagerais ce chagrin avec ses parents, qui pourraient ou non me tenir pour responsable de ce qui était arrivé. *Qu'aurais-je pu faire ? Pourquoi avais-je survécu ?*

Pour l'instant, le chagrin flottait hors de moi, avec les loups, les caribous, les ours et les bœufs musqués, il volait avec les oies, les faucons gerfauts, les lagopèdes et les goélands. Je ne pouvais pas le toucher, je ne pouvais plus sentir qui j'étais. J'étais juste dans l'éther du désert, plongeant ma pagaie, fendant l'eau avec un canoë, de la nourriture et du matériel, un corps – avec un but.

Puis, la rivière s'élargit, le courant ralentit. La rive sud était bordée d'une falaise de grès, surmontée de lupins violets et d'épis pourpres de castillejas. Je sentais leur parfum. Je m'arrêtai sur la rive nord pour y installer le campement. Je rassemblai du bois flotté glané le long de la ligne de crue et fis un feu pour cuisiner mon repas, une soupe de légumes, riz et assaisonnement au curry. C'était mon premier plat chaud depuis l'accident. La saveur des épices vivifia mon palais, la chaleur de la nourriture réconforta tout mon corps.

Après avoir rangé, je sortis la guitare, jouai les quelques accords que je connaissais, la chanson de Dylan, *Tangled up in Blue*, me revint en mémoire. La chanson que Jake avait écoutée encore et encore, la chanson que Holly avait jouée sur sa guitare. Je jouai la mélodie du mieux que je pus et chantai les sept couplets. Certaines strophes étaient écrites à la première personne, d'autres à la troisième, certaines au présent, d'autres au passé, au futur. Le temps, l'espace, la perception mêlés pour que je ressente que tout ou rien ne pouvait survenir. Je remis la guitare dans sa housse. Je lançai du bois sur le feu. Je racontai à Holly ce qui m'était arrivé au Nebraska.

– Je n'étais pas naïve, Jake avait besoin de sexe et en voulait, je le savais. Je pensais qu'il s'occupait à ça quand il quittait la maison plusieurs jours d'affilée. Il ne disait jamais où il allait, juste qu'il s'absentait et reviendrait. Du coup, j'avais appris à prendre soin de moi dès l'âge de cinq ans. Je pensais : *Va baiser, Jake, va te soulager*. Un jour, il est revenu avec Rose et Rex, son chien. Ma mère s'appelait Ruby, une similitude qui ne m'a pas échappé. La ramenait-il pour me materner ? J'avais dix-sept ans, c'était trop tard pour ça.

« Rose était de Tarzana en Californie. "Ville baptisée d'après Tarzan l'homme-singe", m'a-t-elle expliqué. Mais vu sa dégaine, elle n'avait pas remis les pieds là-bas depuis un certain temps. Elle ne s'était pas lavée non plus. Ses cheveux, longs et emmêlés par paquets, étaient devenus couleur terre séchée. Ses vêtements, qui avaient été d'une teinte précise, s'accordaient maintenant à ses cheveux. Elle portait des bottes de travail à lacets, dont les semelles étaient usées. Autour du cou, un bandana rose, le seul trait de couleur vive. Un foulard sûrement lavé dans les éviers, les étangs et les ruisseaux quand elle le pouvait – sa seule expression de vanité. Rex, son chien, était un berger allemand croisé, au pelage noir et roux, mais plus long et plus ample, comme celui d'un husky. Ce chien m'a immédiatement prise en grippe et presque mordue quand j'ai tendu la main pour le caresser. Rose a dit alors : "Rex n'aime pas tout le monde."

« En revanche, Rose a essayé avec *moi*. Elle m'a serrée dans ses bras dès qu'elle m'a vue, a dit qu'elle avait beaucoup entendu parler de moi et qu'elle pensait que nous serions très proches. Pendant tout ce temps, Jake se tenait derrière elle en regardant ailleurs. Il savait que je serais énervée. Plus tard, quand on s'est retrouvés seuls, j'ai dit : "Merde, Jake, c'est quoi ça ?" La propriété était son domaine, j'avais parfois l'impression d'être son employée, mais ne va pas t'imaginer plein de trucs : Jake m'aimait. Oui, je faisais le travail, mais il prenait le temps de s'occuper de moi, de me guider. Je me suis tirée de Columbus malgré Jake, mais aussi à cause de Jake. Bref, ce n'était pas son genre d'argumenter, il a juste dit : "Ferme ta putain de gueule."

« La semaine suivante, j'ai gardé mes distances. Rose n'était pas cuisinière, mais elle mangeait nos plats et aidait à la vaisselle. Après le dîner, je me repliais dans ma petite chambre sans fenêtre et fermais les rideaux suspendus qui servaient de porte. Pendant que je faisais mes devoirs, je les entendais parler politique. Jake débitait les mêmes salades anarchistes que j'avais entendues toute ma vie. Un credo que je comprenais mais refusais de suivre. En revanche, Rose était une adepte. Elle avait lu les mêmes livres que lui et croyait au même baratin. Quand Jake s'était retiré de la société pour une vie simple dans les bois, Rose avait sillonné le pays pour essayer de changer la société en manifestant – à deux conventions républicaines, plusieurs manifs *Occupy Wall Street*, *Against Hate* à Berkeley, *Unite the Right* à Charlottesville. Jake et Rose fumaient des joints, la fumée envahissait ma chambre. Après je les entendais baiser.

« Un soir, j'en ai eu ras le bol. Jake disait que le monde entier était foutu, que la civilisation se dirigeait vers l'autodestruction. Rose abondait dans son sens : "Ouais, mec, t'as raison, je comprends très bien, tout est foutu." Après, Jake a sorti son couplet habituel : la seule façon de rester en vie et d'éviter l'autodestruction, c'était de vivre loin de la société techno. Il est allé encore plus loin en disant : “Tu devrais vivre ici avec nous.”

« J’ai bondi de ma chaise, ouvert le rideau et lancé : “Jake, tu devrais fermer ta putain de gueule.”

« Je ne sais pas à quoi je m’attendais – je n’avais jamais osé lui retourner ses mots. Jake m’a regardée sans ciller, la bouche pincée. Je voyais le tic de ses mâchoires, le grincement de ses dents qu’il avait toujours avant de se mettre en colère. Ce qu’il pensait ou ressentait était au-delà des mots : il m’a giflée. Une méga gifle avec torsion de sa hanche, qui a entraîné tout mon visage et dont la force m’a renversée.

« La violence a déchaîné Rex. J’ai entendu un “Stop” très fort, puis le chien s’est figé devant moi, en poussant un grognement sourd, les crocs découverts. Rose n’arrêtait pas de dire : “Du calme, mon grand, du calme, du calme.” Peut-être qu’elle parlait à Jake aussi.

« Je suis retournée dans ma chambre, j’ai rassemblé mes cahiers, ma couette, mon oreiller et ma lampe frontale. J’ai contourné le chien tenu par Rose et je suis sortie du bunker. J’ai passé la nuit dans le grenier à foin. J’y suis restée les deux semaines suivantes et j’ai évité Jake et Rose autant que possible. Je déjeunais à la cafétéria de l’école. Je remplissais mon sac de restes pour le dîner ou je mangeais dans les fast-foods en ville. J’ai continué à vendre l’herbe de Jake, mais je n’avais plus qu’une seule idée en tête : foutre le camp de Columbus. Je voulais trouver *les miens*.

31

J'atteignis un endroit sur la carte appelé Lookout Point – le Belvédère. Le soleil montait dans le ciel, la température grimpait. Pour garder le corps de Holly au frais, il était temps de s'arrêter. Les bancs de sable blanc de la rivière s'élevaient en pente douce vers la toundra couverte d'arbustes verts et de lichen. Je n'aurais pas pensé à faire étape ici, car il n'y avait aucun point haut que j'aurais pu considérer comme un belvédère, mais juste un cairn pour indiquer le campement et un sentier.

Je suivis le sentier jusqu'au sommet. Je n'étais qu'à quinze mètres au-dessus de l'eau, pourtant le paysage était si plat que j'avais une vue dégagée à des kilomètres, et ce que je voyais était identique. Je perçus un mouvement au loin, une volée d'oiseaux blancs comme un nuage, remontant la rivière vers moi. À mesure qu'ils approchaient, je distinguai leurs marques noires, leurs ailes en forme de couteau, leurs longues plumes, comme des traînes de cerfs-volants. Je pensai d'abord à des goélands, ils en avaient l'air, mais les goélands ne volent pas de cette façon saccadée comme les moineaux ou les mésanges. Les oiseaux planèrent au-dessus de la rivière, je les regardai fondre sur un banc de poissons. Leurs becs étaient longs, pointus et orange. Ils naviguèrent près de la surface pour pécher les poissons, puis se déplacèrent vers le rivage pour les avaler. Je connaissais le nom de ces oiseaux, mais je n'avais personne à qui le dire. Les noms ne me semblaient plus importants maintenant.

Au sommet du belvédère se trouvait un ancien foyer de roches noircies par la suie. Encore les chasseurs dénés. J'admis que c'était un bon endroit pour camper, observer et chasser. Je redescendis au cairn pour chercher les sacs. C'est alors que je remarquai des bouts de papier glissés entre les rochers, comme ceux que nous avions vus auparavant. J'en sortis un et lus : « Maya et Oscar – 28 juillet 2016 – Ceux qui souhaitent chanter trouvent toujours une chanson. » Un proverbe ou une citation, un peu cucul, mais j'adhérais à ce sentiment. Je le remis en place puis en extirpai d'autres. Il y avait quelques citations bibliques. L'une d'elles disait : « Comme il montait dans la barque, ses disciples le suivirent. » Je savais que c'était un passage de l'Évangile selon saint Matthieu, un appel de Jésus, l'Élu, aux Israélites. Pour moi, Holly était *l'élue* et je l'avais suivie. Un autre billet était drôle : « Don Juan – 5 août 2017 – je m'emmerde tellement que j'ai hâte de retourner à New York. » *S'emmerder* n'était pas vraiment le terme que j'utiliserais pour ici. Puis j'en lus un daté de cette année, le 1er août 2019 : « Voyager Trip, camp Kawishiwi. Anne, Charlotte, Bean, Max ». Holly y était allée. La date me paraissait proche, mais je ne savais pas quel jour nous étions, ma montre étant un vieux truc militaire à aiguilles. Je pensai alors au téléphone portable dans le P-pack. Je l'allumai et trouvai la date du jour : le 4 août. Je n'avais que trois jours de retard sur ce groupe. La pensée que je pourrais trouver de l'aide sur la rivière devint plus tangible, l'adrénaline qui fouettait mon corps alimenta l'excitation. Je remontai en courant au belvédère et arpentai la lande à la recherche du moindre signe de fumée, n'importe quoi. La nuée d'oiseaux s'était déplacée. Je ne vis rien de particulier au loin, juste le sable, les rochers, les arbustes et le lichen des Barrens. De l'eau et rien. Mais maintenant, j'avais un réel espoir.

Je sortis la carte du tronçon que je suivais depuis la semaine précédente. Un peu moins de cent kilomètres jusqu'à Thelon Bluffs, puis les grands lacs Beverly, Aberdeen, Shultz, et enfin la ville de Baker Lake. Encore trois cents kilomètres à parcourir, quatre cents étant derrière moi. Cent kilomètres me séparaient déjà de Hornby Point, après trois jours de navigation, je parcourais un peu plus de trente kilomètres par jour. Peut-être que le groupe Kawishiwi en faisait autant. Si j'essayais de passer à cinquante kilomètres ou plus par jour, je pourrais les rejoindre en une semaine. Cela me semblait possible de pagayer plus vite que le courant, m'arrêter pour faire pipi, manger et dormir. En dormant seulement pendant les heures les plus chaudes de la journée.

Holly était déjà immergée et la température montait. Je devais manger et dormir maintenant, puis me remettre en route vers le soir. J'installai la tente près du foyer. Je n'avais pas de bois. Je détrempai des flocons d'avoine avec des légumes lyophilisés mais je ne pus en manger que la moitié. Je dormis d'un sommeil léger, me réveillant souvent pour voir la lumière diffuse du soleil éclairer encore la tente. J'étais debout et habillée quand je sentis enfin la température fraîchir sur mon visage. Je chargeai alors le canoë et levai le camp.

32

Il y eut des épisodes de pluie tout au long de la nuit. Je m'arrêtai le temps d'enfiler la parka imperméable de Holly, trop serrée pour moi à la poitrine. Pendant des heures, les nuages tamisèrent la lumière du soleil sous l'horizon. Je voyais la rivière mais pas grand-chose d'autre. Elle s'écoulait, large et profonde, il y avait peu de rochers et pas d'eau vive. Je pagayai en changeant de côté tous les trois coups, le canoë avançait en arc de cercle dans les longs virages. Je pensai à une chanson de Jimmy Buffett que Jake et moi avions chantée, *He Went to Paris*. Je connaissais les paroles et l'histoire : un homme allait à Paris, se mariait, fondait une famille et était content. Puis il perdait sa femme et son enfant à la guerre, et s'exilait dans les Caraïbes. À quatre-vingt-six ans, l'homme portait un regard sur sa vie, sur la tragédie, mais aussi sur la magie qui l'avait habité. Malgré la mort tragique de sa femme et de son enfant, il avait eu une belle vie. Je chantais, et ça faisait du bien de chanter ; à la fin, je me demandai si, à l'âge de quatre-vingt-six ans, je serais aussi introspective, aussi réfléchie. Regarderais-je en arrière et penserais-je que ma vie avait été magique ou tragique ? Holly voudrait que je regarde la magie, chaque tragédie étant submergée par la magie. Je pensai que c'était une question de volonté, cette capacité d'avancer et de créer de nouvelles histoires, quelles que soient les tragédies. C'est inhérent à chacun, la disposition de l'esprit, la façon de penser, le tempérament. Il y avait une autre histoire que je tenais à raconter à Holly, une dont j'avais honte – une histoire tragique sans doute.

– Je n'avais pas quitté le grenier à foin. Nous étions fin novembre, il commençait à faire froid. Le grenier n'avait ni chauffage ni isolation, le vent s'infiltrait par les fissures du plancher. Je dormais dans mes vêtements et sous une couette synthétique peu épaisse. Je restais à l'écart du bunker autant que possible, passant plus de temps au chaud à l'école après les cours, et parfois le début de soirée à la bibliothèque de Columbus. Un soir, je trouvai un sac de couchage en duvet que Jake avait déposé.

« Je n'étais pas désolée, mais indignée par tout ce qui s'était passé. Pourquoi Jake avait-il ramené cette femme dans notre vie ? Je ne lui suffisais pas ? Ne pouvait-il pas aller baiser en ville et revenir seul comme il l'avait toujours fait par le passé ? Nous étions bien tous les deux, j'étais satisfaite. Et Jake ne m'avait jamais frappée.

« Une autre nuit, alors que je lisais à la lampe frontale, Rose est montée. Ses cheveux étaient encore emmêlés par endroits, mais attachés avec le bandana rose. Ses vêtements étaient propres, je pouvais voir la couleur vert olive de son pantalon et le beige de son maillot à manches longues. Elle avait le corps d'une athlète, le tissu soulignait ses muscles.

« Elle s'est allongée à côté de moi et a dit : "Je ne suis pas là pour te gâcher la vie." Elle a souri, j'ai senti qu'elle ne le faisait pas souvent. Puis elle a ajouté : "Je ne veux pas être ta belle-mère, je suis plus proche de ton âge que de celui de Jake – je pourrais être ta sœur.” Rose m'a regardée avec le même sourire et a dit : “Ou plus que ça.” Et elle m'a embrassée sur les lèvres. Je l'ai embrassée en retour. Ce qui se passait me semblait extracorporel, comme si cela arrivait à quelqu'un d'autre. Rose m'a repoussée tout en continuant de m'embrasser. Sa main s'est glissée sous ma chemise jusqu'à mes seins, puis sur mon ventre jusqu'à mon pantalon. Elle a débouclé ma ceinture, ouvert le bouton puis la fermeture éclair. Elle m'a caressée, je me souviens avoir écarté les jambes pour qu'elle soit encore plus proche, à l'intérieur. Sa bouche a quitté mes lèvres pour suivre sa main. Elle a complètement retiré mon pantalon, j'ai senti sa langue en moi. Elle a levé les yeux, une fois, et m'a demandé : “Tu aimes ?” C'était l'occasion de dire *Non*, ou *Arrête*, mais j'ai juste fermé les yeux. Elle a continué.

« Je ne dirais pas que j'ai détesté, au contraire, j'ai aimé ça. J'y avais déjà pensé depuis ce premier baiser avec Sarah. Rose m'a donné du plaisir jusqu'à ce que nous entendions la porte du bunker s'ouvrir et Rex monter les marches du grenier. Avant de partir, elle a dit : “Ne t'inquiète pas, je suis une vagabonde comme Amelia Earhart, la pilote. Un jour je disparaîtrai sans laisser de trace.”

« J'ai à peine dormi cette nuit-là. C'était compliqué, je le savais, mais je fantasmais sur ce qui aurait pu être et ce qui pourrait être. J'étais attirée par Rose, je voulais le contact d'une autre femme. Soudain, tout m'a semblé foutu – Rose, Ruby, Jake. Rose essayait-elle d'être mon amante après avoir essayé d'être ma belle-mère ? J'étais dégoûtée, embarrassée et honteuse d'avoir eu ce moment intime et des pensées sexuelles. Le lendemain, l'idée de voir Jake et Rose, de croiser leurs yeux, peut-être un regard timide de Rose, me parut insupportable. Je suis partie à l'école avant le lever du soleil. J'ai pris aussi la résolution de quitter la maison, de déménager de l'autre côté de la forêt, près de la rivière.

« Je sais me débrouiller – Jake m'a appris à rester seule, merde, il m'a forcée à rester seule. Je suis solide, je peux subvenir à mes besoins dans la plupart des circonstances. J'ai passé la semaine suivante à construire une sorte de cabane. Dans les épaves de la rivière, je trouvais des planches apportées par les crues printanières. Des bâches en plastique aussi. J'avais assez de bois pour assembler le squelette des murs et un toit, puis assez de plastique pour me protéger du vent et de la pluie. Je suis allée m'acheter des vêtements plus chauds au Goodwill. Dans une brocante, j'ai déniché une vieille cuisinière à gaz à deux brûleurs et une lanterne Coleman. La lanterne chauffait la cabane à une température acceptable. Un jour, j'ai trouvé un radiateur à éthanol et quinze litres devant ma porte. Jake avait découvert où j'habitais, c'était sa façon de dire qu'il se souciait toujours de moi. J'ai passé la première partie de l'hiver dans la cabane, à utiliser les vestiaires du gymnase pour ma toilette, à rester tard à l'école ou à la bibliothèque municipale pour faire mes devoirs. Pour me fournir en nourriture, eau, etc., je vendais l'herbe que Jake livrait maintenant directement à Cody. Ça fonctionnait.

« Noël est passé sans tradition particulière. Jake ne croit pas à la religion, il dit que Noël est la fête des capitalistes pour vendre plus de cadeaux dont personne n'a besoin. Donc je n'ai rien raté. J'ai supposé que Rose avait aussi un problème avec Noël, et sûrement quelques mauvais souvenirs de Tarzana.

« J'ai isolé la cabane avec des couches supplémentaires de bâches en plastique, creusé des toilettes extérieures et taillé une sorte de siège avec vue sur la rivière.

« La Platte n'a pas complètement gelé cette année-là. Devant ma cabane, l'eau boueuse s'écoulait entre les bancs de glace comme un serpent dans les feuilles. Je gagnais environ cinquante dollars par semaine en vendant de l'herbe, ce qui était assez pour la nourriture et le carburant. Je lavais ma vaisselle dans la rivière, je continuais de prendre mes douches dans les vestiaires des filles et j'allais dans une laverie automatique pour mes vêtements. De temps en temps, Jake me laissait de la viande, des œufs ou des légumes devant la cabane pendant que j'étais en classe. Je suis restée deux mois sans le voir, ni Rose.

« Un samedi de début février, j'ai entendu des pas lourds dans les bois. Instinctivement, j'ai su que c'était Jake. Il a ouvert la porte de ma cabane et a dit que Rose était partie.

« Il faisait froid dehors, pourtant il ne portait pas sa casquette. Ses cheveux détachés collaient à ses épaules comme des tiges emmêlées. Il avait l'air de ne pas avoir dormi et me fixait, voulant quelque chose, mais quoi, je l'ignorais.

« Je lui ai alors demandé s'il était au courant pour Rose et moi.

« Jake a détourné les yeux pour regarder l'intérieur de ma cabane. Sa façon de choisir entre le mensonge ou la vérité. Il a opté pour l'échappatoire en disant : "C'était l'idée de Rose."

« J'ai dit : "Rien ne se passe chez toi sans que ce soit ton idée ou à ton initiative." J'ai ajouté : "Tout est différent maintenant, tu te rends compte ?"

« Ensuite il a sorti une lettre de sa poche, ma lettre d'admission à l'université de Brown.

« Je suis retournée au bunker avant que l'inondation du printemps ne réduise ma cabane à l'état de ruine. Nous n'avons jamais reparlé de Rose, ni discuté de ce qui s'était passé. Rose avait disparu sans laisser de trace, comme elle l'avait dit. Mais entre Jake et moi, la relation était différente, tendue. Il y avait de la honte – en se mêlant de ma sexualité, Jake avait brisé un tabou, je ne pouvais plus lui faire confiance.

« Je partais aussi à l'automne, à l'université.

33

Devant moi, quatre caribous nageaient le long de la rive nord. Des mouettes criaient au-dessus. L'un des caribous avait des bois d'un mètre de haut, d'où sortaient des pointes comme des doigts épais et gantés. Les animaux dérivaient au même rythme que moi, je les regardai. Quand je parvins à m'approcher d'eux, ils montèrent sur la rive et s'ébrouèrent. Leurs peaux étaient tachées de poils en train de muer. Le dernier à sortir de l'eau était plus léger que les autres. Je distinguai ses côtes sous la peau, un petit, une proie facile pour les loups qui attendaient ou suivaient. Je remarquai alors que des goélands piochaient dans les touffes de pelage tombées sur le rivage. Des centaines de caribous en mue avaient dû traverser ce chenal avant ce groupe de traînards. Je continuai de pagayer.

Peu après l'aube, un banc de nuages sombres me poursuivit par l'ouest. Dans une heure, ils se regrouperaient et cracheraient de la pluie. Grâce à la fraîcheur, je pus continuer d'avancer toute la journée. Le temps ressemblait à l'automne au Nebraska et je me demandais si le bref été arctique touchait déjà à sa fin. Je trouvai un emplacement marqué par un cairn. Sur le rivage, je vis des empreintes de pas récentes dans le sable, peut-être laissées par les campeuses Kawishiwi. Elles avaient encore de l'avance sur moi, mais il était aussi possible qu'elles ralentissent ou s'autorisent un jour de congé. Je cherchai le moindre signe. Je plaçai ma botte à côté d'une empreinte. Les tailles étaient proches. Il y en avait quatre séries – quatre filles. Je comparai aussi la netteté de mon empreinte avec les leurs. Les contours du sable étaient érodés par la pesanteur et le vent, mais je voulais croire qu'elles étaient passées quelques heures auparavant. Une proximité étourdissante, enivrante. J'avais envie de remonter dans le canoë et me remettre à pagayer. Je cherchai d'autres signes. Je trouvai les restes d'un feu de camp plus loin sur la rive. Les extrémités carbonisées du bois flotté étaient froides. L'eau qu'elles avaient utilisée pour éteindre le feu s'était évaporée, les charbons étaient secs. *Depuis au moins deux jours*, pensai-je. Mon excitation retomba, ne resta que l'épuisement d'un espoir perdu. Holly était déjà sous l'eau, j'avais juste besoin de dormir.

Je me réveillai quatre heures plus tard, sous la pluie et le vent battant ma tente. Je restai à l'abri et attendis la fin de la bourrasque. J'essayais de penser à ce que je pourrais manger. J'avais envie de glucides, de pâtes et, plus encore, de chair, de la vraie chair comme du gibier ou de la truite, mais le matériel de pêche avait disparu dans l'accident. J'avais perdu du poids, neuf ou dix kilos, vu mon ventre et mes cuisses. Je mélangeai ce que je me sentais capable d'avaler – préparation en poudre pour brownie, matières grasses et flocons d'avoine.

Je retirai le bandage de mon front. Une fine pellicule humide recouvrait la lacération, je pouvais maintenant la laisser à découvert pour qu'elle sèche et qu'une croûte se forme. Il n'y avait ni irritation ni infection.

Quand la pluie et le vent se calmèrent, je rampai hors de la tente. Il y eut un mouvement près du rivage. J'observai avec attention, puis je vis la fourrure brune d'un animal près de l'endroit où j'avais immergé Holly. *Merde.* Je courus en chaussettes sur les pierres pointues. Je criai, un gémissement aigu que je n'avais jamais entendu sortir de ma bouche. L'animal avait la taille d'un petit chien, je pensai à un ourson ou un gros raton laveur. Puis il se dressa sur ses pattes arrière et siffla en prenant position. Je reconnus le long museau, les pattes courtes, les bandes de fourrure grises qui couraient sur ses flancs et sa queue – un carcajou. Je fonçai vers lui en hurlant. Notre confrontation se transforma en combat de coqs : lequel de nous deux flancherait le premier. La colère montait en moi, toute la rage que j'avais envers cet endroit, ce pétrin. Je courais toujours. Le carcajou recula, partit et disparut en se dandinant sur ses courtes pattes.

Je regagnai le rivage. Le sac de couchage était percé, des touffes humides de duvet d'oie striées s'éloignaient lentement dans le courant. J'enlevai les lests. Le corps de Holly remonta à la surface, je le sortis de la rivière. L'odeur de pourriture me frappa. Je portai mon fardeau en essayant de ne pas respirer, puis le déposai sur le sable sec. Un trou perçait le sac de couchage jusqu'aux vêtements de Holly. Je vis des nuances violet-verdâtre de chair en décomposition. J'eus besoin de respirer. Je m'éloignai et tournai la tête, mais la puanteur du corps décomposé et gonflé m'environnait toujours. Je vomis.

En retenant ma respiration, je bouchai le trou avec du ruban adhésif, puis en enroulai encore autour du sac de couchage pour couvrir autant de liquides et d'odeurs que possible. Je plaçai Holly dans le canoë et retournai sur la rivière à la poursuite des campeuses.

34

Sur la carte, Holly avait hachuré les falaises, les Thelon Bluffs, comme étant un passage de rapides. Je comptais me reposer avant, puis descendre les rapides en début de soirée prochaine, avant la semi-obscurité de la nuit. Holly était à la proue. Il me restait cinquante kilomètres à pagayer avant que le soleil ne se lève au-dessus de la toundra.

La rivière était aussi large que la Platte avec le même courant lent, je pagayais par séries de trois coups de chaque côté, pour faire avancer le canoë à un rythme régulier. Mon esprit s'échappa vers Holly et ce qu'aurait pu être notre vie. Je voulais imaginer comment nous serions en mamans. Une histoire restait enfouie quelque part en moi, je la laissai se dérouler.

– Dès le début, Theo a fait preuve d'intelligence. Il a su parler avant de marcher, il s'est montré capable de soutenir des conversations avant d'être propre. Nous n'avons pas la télévision à la maison – tu penses que cela rend intellectuellement paresseux. Tu es ce genre de parent, avec des idées arrêtées. Tu es professeure et écrivaine, ta personnalité intellectuelle détermine ton rôle parental et, parfois, ta relation avec moi. Je suis plutôt terre à terre – je n'ai jamais eu la télévision, alors qu'est-ce que j'en sais ? Je crois quand même que cela peut accroître la curiosité intellectuelle, mais je n'en suis pas sûre et mon opinion n'est pas assez fondée pour que je l'exprime. Toi comme moi pourrions avoir tort ou raison, alors pourquoi juger ? Je ne suis pas non plus du genre à utiliser les mots *curiosité intellectuelle*. Je suis juste menuisière. Pendant que tu travailles l'esprit de l'enfant, je lui fabrique des blocs de construction avec des chutes de bois. Nous jouons ensemble. Je pense que toi et moi sommes complémentaires. C'est pour ça que nous nous aimons.

« Theo grandit. Nous l'inscrivons à l'école publique, il intègre un programme pour enfants doués et talentueux. Tu le pousses à pratiquer le ski de fond en hiver et le canoë en été. À huit ans, il fait son premier séjour au camp Kawishiwi. Tu souhaites qu'il profite des activités de plein air et qu'il fasse du canoë, tu as envie qu'il suive tes traces – nos traces – et découvre les Barrens. Tu as une vision précise de sa vie, davantage d'opinions que moi sur son éducation. Je ne suis pas en désaccord. Je suis heureuse que Theo ait une vie complètement différente de celle que j'ai eue. Mais certaines habitudes ont la vie dure – j'adore chasser.

« J'y vais seule parce que je ne fais pas confiance aux autres avec leurs armes à feu. J'ai appris à apprécier la solitude dans les bois. C'est réconfortant et contemplatif. Je peux penser, donner un sens aux choses. Je peux aussi déconnecter et profiter simplement de la chasse. Je vais dans la forêt proche de la frontière canadienne. Après une journée de marche, il n'y a plus aucun coup de feu. Les chasseurs restent près des routes et de leurs 4 × 4. Ils se contentent des tours de guet, où ils lampent leur flasque en attendant que les branches mortes craquent sous les pas d'un cerf. J'aime camper plusieurs jours et pister ma proie. Je m'approche d'elle, je comprends ses mouvements. Je suis la harde. Je suis bonne à la chasse, je rapporte toujours du gibier.

« Puis, une année, Theo demande s'il peut m'accompagner. C'est dur pour toi. Tu n'aimes pas la chasse, tu n'es pas à l'aise avec l'idée de tuer. Comme beaucoup de gens, tu préfères que l'abattage soit aseptisé et mécanisé, un maillon de la chaîne alimentaire industrielle. Mais tu es hypocrite sur les bords, tu le sais bien. Si Theo n'avait rien demandé, je n'en aurais jamais parlé. Seulement il l'a fait, et moi j'ai envie de partager mes passions. Je veux l'emmener, alors tu dis : "D'accord."

« Theo a dix ans. Il peut m'accompagner mais n'est pas assez grand pour porter un fusil ni tirer, même si à son âge je chassais déjà le cerf et d'autres animaux. Nous marchons et campons, c'est un vrai petit soldat, il ne chouine pas, ne se plaint pas. Je crois qu'il apprécie. Le lendemain, nous pistons les cerfs sur les sentiers sillonnant la forêt. Je cherche des prairies où les cerfs pourraient paître. Je trouve des contreforts d'où je peux observer la zone, à la recherche de ramures de cerfs ou d'un mouvement de broussailles. C'est Theo avec ma paire de jumelles qui repère le mâle en premier. Il pointe le doigt : "Là !" Je vois les feuilles bouger, le reflet de lumière sur ses bois alors qu'il se déplace. Je sais où il va et j'entraîne Theo sur la crête pour ne pas le lâcher. Une heure plus tard, mon coup part, le cerf tombe. Mon tir est bon, une balle dans le cou, les poumons ou le cœur. Je ne poursuis pas ce cerf comme j'avais traqué la biche des années plus tôt. Nous redescendons la crête et trouvons le mâle. Il ne respire plus, c'était dans les poumons. Je sors mon Buck, un couteau de chasse que Jake m'a donné. Je montre à Theo comment dépecer l'animal. Je le laisse faire une partie du travail pendant que je lui explique chaque étape. Je lui montre comment extraire le cœur et le consommer dans les champs. C'est ce que Jake faisait, je le fais aussi. Les chrétiens mangent l'hostie, le corps symbolique du Christ, nous mangeons le cœur saignant de notre mise à mort. C'est reconnaître les cycles de la nature, l'acceptation viscérale du sacrifice d'un autre.

« Quand nous rentrons à la maison, Theo te parle du cœur. Tu ne sais pas quoi faire de cette information, je pense que cela te dégoûte. Tu souris sans rien dire. Tu changes rapidement de conversation et invoques une excuse pour quitter la maison. Tu ne reviens pas avant plusieurs heures et, ce soir-là, tu es étrangement silencieuse, presque glaciale. Je ne relève pas, peut-être que je renonce. Quelques jours plus tard, tu veux discuter. Je dis : "D'accord."

« Tu dis d'abord que tu es désolée. Tu m'expliques ce qu'il y a dans ta tête : tu veux que la vie de Theo soit parfaite, une histoire pré-imaginée qui suit un ensemble de règles établies par toi, tes collègues, les auteurs d'articles de journaux et de magazines, par la société. Mais tu ne veux pas non plus être celle-là, comme ta mère avec sa vision du mariage parfait. Tu me dis que je suis l'antithèse, celle qui te maintient dans le réel, une des raisons pour lesquelles tu m'aimes, mais que c'est parfois difficile à accepter. Je t'explique ce que je crois savoir sur le fait d'être deux parents différents. Cela signifie que nous offrons à Theo la plus large gamme d'expériences possible, à la fois lire Tolstoï et des bandes dessinées, faire du ski de fond et jouer au football, camper et dîner au restaurant, manger du tofu et du cœur de cerf cru. Offrir des choix. Alors Theo trouvera la forme et les histoires pour mener sa propre vie. Il sera armé pour faire ses propres choix. Tu souris. Tu es heureuse que je puisse proposer le cœur encore palpitant d'un cerf traqué à notre fils. Tu me redis que tu m'aimes, et moi je suis si fière de toi.

35

J'avais demandé à Holly pourquoi elle voulait revenir dans les Barrens. Elle avait décrit la beauté, l'éloignement, je comprenais. Mais sincèrement, *pourquoi ?* D'une certaine façon, cela la définissait, son expérience sur la Thelon avait coloré toute sa vision du monde.

Lonnie, ma prof de maths au lycée, m'avait un jour raconté son histoire ; elle avait grandi au sein d'un foyer religieux dans une ferme isolée du Nebraska. Comme moi, elle était fille unique. Ses parents étaient luthériens du Synode du Missouri – ni danses, ni chants, rires, bals ou rendez-vous galants, autant de règles strictes que Lonnie tolérait. Mais pour ce qui était du stoïcisme de ses parents, leur silence, l'absence de contact avec autrui, l'isolement qu'ils lui imposaient, Lonnie supportait plus difficilement, ce que je comprenais très bien. Après son diplôme d'études secondaires, elle avait rejoint une communauté religieuse au Brésil. Elle avait alors vécu dans une petite maison abritant une famille élargie composée de parents, d'un grand-parent, de la sœur du père et de cinq enfants. Lonnie m'avait décrit l'animation dans la maisonnée avec tant de personnes qui interagissaient – l'énergie, les querelles, l'amour. Absorber tout cela la comblait comme jamais auparavant, ce sentiment avait été une révélation. Alors Lonnie avait su ce qu'elle voulait : le bonheur de vivre dans une maison joyeuse avec une grande famille bruyante. Son expérience missionnaire l'avait définie. Après, elle eut quatre enfants et une maison débordante de bruit et d'amour. Peut-être que Holly avait appris ce qu'elle voulait dans les Barrens : plus d'aventure, plus d'expériences inédites, plus d'histoires à raconter. Peut-être avait-elle eu besoin de revoir les Barrens pour retrouver, réaffirmer qui elle était, la personne qu'elle s'était découverte être. Je pensai alors que ma vie serait définie par mon voyage avec Holly sur la Thelon River à travers les Barrens.

Les Bluffs marquaient un changement dans le paysage, une rupture dans la monotonie de la toundra, plate et sans fin. Les falaises de trente mètres de haut qui formaient un plateau bordaient la rivière de chaque côté. Devant moi, l'eau ondulait, cela ressemblait à une zone de rapides maîtrisables qui débouchaient plus loin sur un coude. Je manœuvrai de façon à rester là où c'était le plus profond. Arrivée au virage, j'entendis le rugissement de rapides plus dangereux et je vis l'horizon de l'eau disparaître par-dessus une corniche. Je n'arrivais pas à déterminer sa hauteur, alors je me dirigeai vers le rivage où je m'arrêtai, puis partis en éclaireur. L'annotation sibylline écrite par Holly sur la carte disait simplement : « Ça dépend. »

C'était une chute d'un mètre ; l'eau se déversait dans un trou qui pouvait piéger et inonder le canoë. Ensuite, un torrent d'eau vive au travers d'innombrables obstacles sans passage navigable, semblait-il. *Ça dépend de quoi ?* me disais-je. Il y a deux semaines, je pensais que Holly et moi halerions le canoë depuis le rivage. Les campeuses Kawishiwi avaient sans doute passé ce tronçon de cette façon. Je serais obligée de faire du portage et, par conséquent, je perdrais du temps.

Je portai Holly en premier. J'étais plus forte qu'au début, je sentais la force de mes bras et mes épaules. Soulever Holly n'était pas aussi difficile que dans le canyon. Son corps reposait sur mon épaule et contre mon cou. L'odeur de chair pourrie était là, perceptible mais pas écrasante. Peut-être m'y étais-je habituée.

Arrivée au sommet d'une colline, je vis dix bœufs musqués broutant les buissons au loin. Lorsqu'elles étaient menacées, ces bêtes formaient un cercle défensif autour de leurs veaux, je l'avais lu. Je passai pourtant à moins de quinze mètres, mais les bœufs ne firent aucun mouvement, pas un ne leva la tête. Je déposai Holly dans de l'eau étale puis l'attachai aux rochers avec une corde. Le portage de huit cents mètres me demanda quatre voyages. Chaque fois que j'approchais d'un bœuf musqué, il continuait de brouter et, comme le caribou de la veille, ignorait ma présence. Je n'étais pas un prédateur, ni une menace – je n'étais pas là pour foutre en l'air leur vie. Peut-être que j'étais juste un autre animal s'agitant à leur périphérie, ou bien une partie du paysage comme un rocher ou un arbre. Quoi que je sois, j'étais à ma place.

Je transportai le canoë en dernier, le chargeai à nouveau et repris ma route sur la Thelon.

Les murs de la falaise se rétrécirent en goulet, canalisant la rivière dont le courant devenait rapide et profond. Je gouvernais pour rester au milieu du chenal et cherchais du regard les crêtes blanches des rapides dont je savais instinctivement qu'ils seraient là. Encore une fois, je les entendis avant de les voir ; je m'arrêtai de nouveau et partis en éclaireur. Holly n'avait rien noté sur la carte, je ne trouvai pas non plus de cairn indiquant un portage. J'en conclus que les rapides étaient praticables.

Je remontai un sentier de caribous zigzaguant au milieu d'un ravin creusé dans la falaise. Depuis le sommet, je pus voir le cours d'eau dévaler la gorge étroite. Au bord, j'eus peur, peur de tomber, je rampai prudemment pour approcher. La rivière formait un coude autour de la falaise, autour de moi. L'eau la plus proche traversait un parterre de rochers infranchissable, mais l'autre côté n'était pas obstrué, il y avait un chenal sans rides blanches. Un peu plus loin, une courte chute dans une retenue stationnaire, facile si je l'attaquais de front. Je me sentais suffisamment confiante pour naviguer dans cet ensemble de rapides et j'avais perdu du temps avec le portage. Il fallait que je rattrape mon retard.

Je redescendis de la falaise puis poussai le canoë à l'eau. Je pratiquai ma stratégie – ralentir, rétro-pagayer, chercher la profondeur à l'extérieur du virage. J'approchai, la rivière jaillit alors et me poussa en avant comme une main, entraînant le canoë vers le chenal. Je pagayai sur mon côté fort, main gauche sur la poignée, pagaie sur la droite du canoë. L'eau m'imposait sa direction et je fus obligée d'alterner mes coups d'un côté et de l'autre afin de conserver la proue pointée en aval. À ma droite, le parterre de rocaille et ses jets d'embruns ; je les dépassai. Je clignai des yeux, secouai la tête pour y voir clair. J'aspirai l'air par goulées et continuai à pagayer, à tenir mon cap dans le virage. Seulement alors, je vis un pleureur, un rocher submergé que je n'avais pas repéré depuis la falaise, une ombre sous la surface. La main de la rivière ne me laissa guère le choix, ralentir ou dévier.

Le pleureur racla sous la proue, près de Holly, avec un bruit qui ressemblait à un coup de fusil. L'eau afflua par une fissure et le canoë bondit vers la gauche, puis la rivière nous poussa de côté et je manquai de dessaler. J'atténuai le roulis en me penchant, puis dénageai avec la pagaie pour faire reculer la proue. Pendant un instant, je gagnai, bloquant le roulis de tout mon corps, réussissant lentement à faire dévier le canoë vers la droite. La coque continuait de se remplir, mais le filet était dosé, comme le robinet d'une fontaine. Je devais juste rejoindre la partie moins profonde de la rivière.

Mais la main de la rivière me poussa à nouveau, le canoë fut vaincu, submergé par un mur d'eau qui jaillit par-dessus le plat-bord. Je fus éjectée dans l'eau glacée avec le sac de nourriture et le P-pack. Le corps de Holly, attaché et retenu par le banc avant, ne bougea pas. Je m'accrochai à la poupe. Le canoë dévala les dernières turbulences en me traînant derrière lui. Puis je lâchai prise. Encore la main de l'eau qui entraînait mon corps là où elle voulait. J'agitai les bras pour ralentir ma descente, je ruai des pieds pour trouver le fond de la rivière. J'allais sûrement me cogner la tête contre un rocher. Grâce au gilet de sauvetage, j'avais la tête maintenue hors de l'eau, je respirai. Mais une lame me propulsa de côté, droit vers un trou. La force du courant me coinça là, je fus ballottée comme Holly l'avait été dans le canyon. Je restai submergée pendant ce qui me parut de longues minutes. Je me forçai à retenir l'air dans mes poumons. Ma main trouva à s'accrocher, puis mon pied, et je poussai, puis je sortis du trou et de la vague stationnaire. La surface était plus calme, je pus aspirer l'air. Ma respiration était fébrile, mon cœur s'emballait.

Je nageai jusqu'au canoë inondé et le guidai vers le rivage le plus proche. J'avais froid mais je n'étais pas blessée, mes mains étaient engourdies, je tremblais. J'enlevai mes bottes avant de retourner vers les eaux plus profondes, là où le P-pack avec les poids avait coulé. Je pouvais le voir sous l'eau, une tache sombre sur le sable. Je plongeai pour le récupérer puis le traînai jusqu'au canoë. Ma pagaie et le sac de nourriture s'étaient échoués sur la rive opposée, j'allai les chercher.

Je frissonnais à cause du froid. Il n'y avait pas de bois pour un feu, mais le soleil commençait à réchauffer l'air et les rochers. Je sortis tout ce qui était mouillé, montai la tente et m'activai en laissant mes vêtements sécher sur ma peau. Je vérifiai la coque du canoë et trouvai la brèche, une fissure de huit centimètres de long qu'il faudrait réparer d'une manière ou d'une autre.

Holly, dans son sac de couchage, reposait sur le sable, à côté du canoë. Je m'assis près d'elle. J'étais calmée, c'était maintenant la lassitude qui m'enveloppait comme une couverture de laine. Je voulais trouver le sommeil et la paix, mais je restais assise, seule, sans Holly. Je ressentais le besoin d'ouvrir le sac de couchage et de lui tenir la main. Je voulais lui parler à nouveau, lui dire quelques mots. Mais quoi ? Ce que je pensais avoir découvert ici, comment les Barrens me redéfiniraient. Mais je ne le savais pas encore et cela ne se décidait pas consciemment. Cela viendrait, je le saurais quand je pourrais regarder en arrière et voir les changements, les facettes, les choix que j'avais faits. Ce que je savais déjà, c'est que la rivière elle-même me définirait. La Thelon et peut-être aussi la Platte, et que j'aurais toujours besoin d'être près d'une rivière.

36

Quand je me réveillai, je vérifiai le canoë : l'eau s'était vidée par la fissure. Je réfléchis à ce que Jake ferait, à ce que je devais faire. Il me restait trois centimètres d'épaisseur de ruban adhésif ; il était imperméable et de cinq centimètres de large. J'en tapissai l'intérieur et l'extérieur de la coque, puis je remis le canoë à l'eau pour inspecter la fuite. Ma réparation semblait efficace. Je chargeai les affaires.

Au crépuscule, j'étais de nouveau sur la Thelon, laissant les Bluffs derrière moi. Bientôt, je passerais de la carte 66D à la 66C, celle de Beverly Lake. J'avais prévu de camper au niveau d'un promontoire près du lac, d'où j'espérais repérer les canoës ou le feu de camp du groupe Kawishiwi.

Je pris mon allure de croisière en pagayant d'un côté et de l'autre, et parlai à Holly.

– En dernière année de lycée, Cody et moi étions toujours occupés au trafic d'herbe. Je portais de grandes bottes en caoutchouc cet hiver-là, hautes jusqu'aux genoux, avec deux paires de chaussettes. Je transportais et cachais les sachets de cette façon. Je pensais qu'en cas de problème on commencerait par fouiller mon casier ou mon sac à dos, mais pas mes bottes. Je me trompais.

« Un vendredi de février, la surveillante générale, une femme timide installée à la réception, qui recueillait les certificats médicaux et les billets de retard, est venue me chercher en cours et m'a demandé d'aller dans le bureau du directeur. J'ai attrapé mon sac à dos avant de la suivre. Deux flics étaient avec le directeur, un homme et une femme. Ils m'ont expliqué qu'une plainte pour trafic de drogue à Columbus High avait été déposée et qu'on m'avait identifiée.

« Ils ont d'abord vidé mon sac à dos, sans rien trouver. Après, ils m'ont escortée à mon casier. Je leur ai ouvert le cadenas pour qu'ils cherchent dans mes affaires – j'avais juste des livres, des fournitures scolaires et du linge sale. Ils m'ont ensuite raccompagnée dans le bureau du directeur. Sur le badge de la femme flic, un seul mot était écrit : "Forest". Elle m'a dit qu'elle allait me fouiller et que je devais lever les mains au-dessus de la tête. Elle m'a palpée de haut en bas. En moins de deux secondes, elle est tombée sur le sachet d'herbe. J'ai été menottée, puis embarquée devant une flopée de lycéens qui venaient de sortir de classe. Je marchais la tête basse, incapable de regarder quiconque dans les yeux. Forest a ouvert la porte de leur voiture et a posé sa main sur ma tête pour me guider à l'intérieur. C'est elle qui m'a accroché la ceinture de sécurité, puisque j'avais les mains attachées dans le dos.

« Au poste de police, ils m'ont photographiée, ils ont relevé mes empreintes digitales, écrit mon nom, ma date de naissance, mon adresse et le nom de mes parents. Forest m'a interrogée plus tard. Je me souviens avoir vu le haut d'un tatouage dans son cou, qui dépassait de son col de chemise – une mauvaise fille revenue dans le droit chemin. Une fille dure. Elle m'a expliqué qu'avoir plus de trente grammes de marijuana sur soi constituait une possession avec intention de la distribuer. Rien que ce délit était passible d'une amende de cent dollars et de plusieurs jours de prison. Une accusation de vente de drogue à un mineur, à moins de trois cents mètres d'une école – ou dans l'école –, était un facteur aggravant. J'avais dix-sept ans, je pouvais être condamnée comme une adulte, c'est-à-dire à cinquante ans de prison. Elle m'a posé plein de questions : à qui j'avais vendu de l'herbe ? À qui je l'achetais ? Qui d'autre en vendait au lycée de Columbus ? Je ne répondais pas, je regardais mes mains. Je n'étais surtout pas prête à parler de ma bêtise ni de révéler avec qui je l'avais faite – Forest pouvait aller se faire foutre. J'ai été conduite en cellule. Sur le trajet, nous sommes passées devant la salle d'interrogatoire, Cody attendait sur un banc, l'air inquiet. J'ai alors pensé que j'irais en prison et que je ne terminerais pas ma dernière année de lycée. L'université, où j'étais admise avec une bourse, s'envolerait.

« En fin de journée, on m'a fait quitter le commissariat pour le palais de justice, où j'ai passé la nuit dans une cellule de l'ancienne prison, au deuxième étage. On m'a dit qu'il y aurait une audience le lendemain et que je rencontrerais un avocat commis d'office.

« J'étais stressée, affolée. C'était idiot de vendre de l'herbe au lycée. J'aurais dû me douter que, tôt ou tard, un élève finirait par me dénoncer ou l'avouer à ses parents s'il était surpris avec un joint. Ma vie était de la merde, j'étais une merde, voilà ce qu'était mon destin. Je le méritais, peut-être même que je voulais commencer ma vie d'adulte en prison. On m'a proposé de passer un appel téléphonique, mais je n'avais personne à qui parler.

« L'avocat commis d'office est venu me voir le lendemain, il est resté derrière les barreaux pendant quinze minutes. Douglas Ernst – Doug. À peine trente ans, petit, déjà un ventre de buveur de bière. Son costume pendait sur ses épaules, les manches trop longues lui couvraient les jointures des mains. Il portait une barbiche, un truc à la mode au Nebraska chez ceux qui conduisent un pick-up, tirent sur les oiseaux et regardent passer les tracteurs, qui sont nombreux vu que presque tout le monde en a un. J'étais accusée d'un crime de classe 2, vente de drogue à moins de trois cents mètres d'une école. Il ne m'a pas demandé si j'étais coupable ou innocente, mais je suis sûre qu'il me croyait coupable. Il a dit que je passerais devant le juge dans la journée pour déterminer le montant de ma caution. Dans les crimes de classe 2, il y a aussi les vols, la traite d'êtres humains, les agressions avec arme mortelle, les viols. J'étais rangée là-dedans. D'après la jurisprudence de l'État, Doug m'a dit que ma caution pouvait atteindre vingt-cinq mille dollars. Je lui ai avoué que c'était vrai, que j'avais bien vendu de la drogue à mes camarades de classe. Il n'a plus rien dit.

« Dans la salle d'audience, j'ai attendu qu'on appelle mon nom. J'ai écouté le juge et Doug traiter d'autres affaires – conduite en état d'ivresse ou sous l'emprise de stupéfiants, possession de drogue, voie de fait, effraction. Je n'avais jamais imaginé que tout cela pouvait se passer à Columbus, une petite ville d'à peine vingt mille habitants. La plupart des prévenus étaient libérés sans avoir à verser de caution. Je me suis levée en entendant mon nom. Doug s'est placé devant le juge. Le procureur a lu les chefs d'accusation, il a expliqué la gravité de mes crimes et a demandé une caution de trente mille dollars. Doug a expliqué au juge que c'était mon premier délit, que j'étais de Columbus. Mon audience a duré cinq minutes, la caution a été fixée à vingt mille dollars. Je n'avais aucun moyen de la payer, Jake non plus, et de toute façon, je ne lui aurais jamais demandé. Le lendemain, j'ai été conduite au centre de détention pour mineurs, au nord de la ville, à une heure de route. On m'a donné une combinaison orange et assigné une cellule que je partageais avec une fille de mon âge. Elle avait poignardé son copain et pleurait tout le temps.

« Trois jours plus tard, j'ai reçu la visite de Doug. Nous avons discuté dans un parloir. Il avait l'air plus détendu qu'au palais de justice, il n'était pas expéditif, il m'a raconté qu'il était allé au lycée voir le directeur. C'est un parent d'élève qui avait trouvé de l'herbe dans les affaires de sa fille, la fille avait dit où et comment elle se l'était procurée, à la suite de quoi le parent s'était plaint. La fille témoignerait si nécessaire et Doug était certain que le procureur trouverait d'autres témoins. Doug avait aussi parlé à Lonnie. Elle lui avait dit pour l'université et la bourse. Doug tenait à ce que j'aille à l'université, il avait consulté mon dossier aux services de l'enfance, ce qui était écrit à propos de Jake et de son opposition à me scolariser. Doug était allé voir Jake aussi. J'avais eu tort, j'avais bêtement basé mon jugement sur son apparence. Doug ne se fichait pas de moi.

« Il avait vu où j'habitais, comment je vivais. Il n'avait pas fait de commentaire, mais a dû penser que je subissais des maltraitances. Il savait que Jake fournissait la marijuana. Il le lui avait reproché, lui avait détaillé tout ce qui me pendait au nez. Le lendemain, Jake s'est rendu à la police, a avoué qu'il cultivait la marijuana et qu'il nous avait forcés, Cody et moi, à la vendre aux enfants du lycée. Jake a fait ses aveux en échange de notre libération. Les services de l'enfance ont accepté de me confier à la garde de Lonnie. Elle m'attendait à la sortie du palais de justice pour m'emmener chez elle. Lonnie n'a pas demandé de détails, ne m'a pas fait la morale. Elle a juste dit : “On rentre à la maison.”

« Je n'en avais pas conscience sur le moment, mais ma vie avec Jake avait pris fin. À cette époque, je ne le blâmais pas pour ce qui était arrivé, pourtant j'aurais dû. Son arrogance avait supplanté ses capacités de jugement. Il aurait dû se montrer plus prudent avec ma vie, sa vie, la vie que nous partagions. J'ai compris que je devais prendre le contrôle de la mienne, décider seule. Je me suis juré que plus jamais personne, lui ou un autre, ne me dirait de fermer ma putain de gueule.

37

À quelques heures de navigation des Bluffs, la Thelon obliquait vers le nord, à travers une vallée. Le lit de la rivière se séparait en deux canaux autour d'une île d'un kilomètre de long. Je m'arrêtai à la pointe et vérifiai la carte. Holly n'avait rien écrit. Les canaux se rejoignant à Beverly Lake, je choisis la route est, pensant que c'était la plus courte. Une heure plus tard, le bras s'éparpillait en centaines de bancs de sable. J'essayai de rester en eau profonde, mais la rivière s'aplatissait de plus en plus. Je dus tirer le canoë avec sa lourde charge à travers les étroites langues de sable. L'équipage qui me précédait n'avait sûrement pas fait l'erreur de choisir cette route, je perdais du temps.

Je m'enroulai la corde d'escalade autour de l'épaule et de la hanche et tirai comme une bête de somme. Je progressais lentement. Des mouches à viande que je n'avais jamais vues auparavant s'agglutinaient sur le sac de couchage contenant Holly, attirées par l'odeur. J'avançais sur une longue étendue de sable, tirant les cent trente kilos de chargement et le canoë de trente kilos comme un traîneau sur la neige. Je pataugeais en eau peu profonde, puis retrouvais du sable. Pendant des heures, je continuai de tirer. L'épuisement me frappa d'un coup, je trébuchai, puis tombai en avant, l'épaule enfouie dans le sable. Je me recroquevillai et pleurai une éternité. Je pleurai sur tout, sur la fatigue accablante, ma vie, le voyage, ce qui m'attendait *si* je revenais à la civilisation – la perte de Holly, l'état de son corps. Les émotions liées à cet apitoiement se vidèrent avec mes larmes qui finirent par sécher. Il était temps de se relever et d'avancer. Ce que je fis en renouant la corde. Une heure plus tard, je retrouvai l'eau profonde et pus reprendre la pagaie.

J'aperçus un éperon rocheux d'une dizaine de mètres de haut. Je pensai que, si j'arrivais à l'atteindre, je pourrais y faire étape, camper le restant de la journée et traverser Beverly en soirée. Je parvins à monter sur l'éperon et regarder de l'autre côté du lac, à la recherche d'un signe des campeuses Kawishiwi.

Le soleil était au zénith quand j'atteignis le sommet. J'étais éreintée, mais j'avais grimpé malgré tout – il fallait que je sache si les femmes étaient sur le lac et à portée de vue. Au sol, un foyer avec des restes de bois récemment brûlé. Sans doute avaient-elles campé ici. Le charbon était encore humide d'avoir été aspergé ; étaient-elles ici hier ? Le lac mesurait seize kilomètres de long sur six ou huit de large, une vaste étendue d'eau que je n'avais pas vue depuis Eyeberry Lake, quelques semaines plus tôt. Je scrutai la surface à la recherche du moindre canoë ou d'une pagaie brandie en l'air. Mais rien ne bougeait. J'aurais aimé que nous ayons emporté les jumelles.

Je campai au sommet, arrimant la tente avec les rochers éparpillés, probablement utilisés de cette façon par les quatre filles peu avant. Le terrain était nu, sans bois flotté pour le feu. Je rêvais de protéines fraîches, de vraie viande, mais n'avais que mes PVT, œufs en poudre et flocons d'avoine. Je voulais des glucides, du gras, de la graisse de porc, or je dus me contenter de graisse végétale. Je mélangeai le tout en bouillie puis attendis que les PVT se réhydratent. Je me bourrai de cette mixture avant de dormir. Et rêvai de nourriture.

Au réveil, la bise soufflait, le ciel était assombri par des nuages d'un gris inquiétant. Je sentais un début de migraine. Je sortis de mon sac de couchage puis de la tente pour observer à nouveau le lac. Alors je la vis, une fine ligne de fumée s'élevant à environ huit kilomètres – les campeuses sur une île. Une énergie nouvelle me traversa le corps, les campeuses étaient réelles, je pouvais les atteindre en une journée. Je sus alors que je ne poursuivais pas une chimère ou un faux espoir.

Je remballai rapidement et descendis au canoë. Sur le rivage, les vagues se brisaient avec force, projetant des jets d'eau froide. Plus loin, des creux d'un mètre de haut. Impossible de pagayer sur ce lac démonté. Je hurlai, appelant à l'aide aussi fort que possible, mais les filles ne pouvaient pas m'entendre à l'autre bout du lac, à des kilomètres de là, et dans le mugissement du vent. Mon optimisme se transforma en peur, puis en colère. *Bordel de merde !* Pas d'autre solution qu'attendre et espérer que les campeuses soient aussi stoppées par la houle. Je vérifiai la carte. Après l'île, la route vers Aberdeen Lake partait au sud, à travers un dédale de canaux et d'îles protégées du vent. Elles pouvaient les atteindre, pas moi.

38

Les rafales de vent d'est déversaient l'air froid dans un ciel chargé de nuages sombres et bas. Les mouches étant clouées au sol, j'en profitai pour changer ma chemise anti-insectes contre une veste en duvet que je trouvai dans le P-pack de Holly. Je parcourus le rivage pour glaner du bois flotté. Trois heures plus tard, je revins les bras chargés, allumai un feu et m'installai dos au vent. La fumée partait à l'ouest, je me demandai si les campeuses la voyaient. Moi, je voyais la leur.

J'avais du temps maintenant, je sortis la poêle qui n'avait pas servi depuis le canyon. J'ajoutai de l'eau à la préparation pour pancakes. Je stabilisai la poêle sur des rochers, réchauffai de la graisse végétale et y jetai la pâte. Le pancake gonfla en cuisant, je le retournai lorsque les bords brunirent. Je le saupoudrai de cassonade avant de le dévorer. Je m'en préparai un autre. Après ce repas, je racontai ma dernière histoire sur Jake.

– Je suis retournée au bunker une fois, après mon installation chez Lonnie. À la fin du printemps, pendant un week-end de quatre jours. L'année scolaire des terminales tirait à sa fin, les arbres verdoyaient – une belle journée –, j'étais à pied. Lonnie vivait au sud de la Platte, dans une ferme près d'Octavia, un village, ou plutôt trois maisons, un bureau de poste et une casse automobile. J'ai marché les deux kilomètres jusqu'à Octavia, puis j'ai fait du stop. La nouvelle des arrestations avait été publiée dans le journal, les gens du pays savaient sans doute qui j'étais ou en avaient une vague idée ; personne ne s'est arrêté. J'ai donc marché huit kilomètres de plus jusqu'à l'autoroute, où j'ai réussi à me faire conduire par un étranger. J'ai parcouru à pied le dernier kilomètre de notre route de gravier. Le bunker n'avait pas changé, mais la porte était ouverte et un carreau de fenêtre était brisé. J'ai descendu les marches et je suis entrée. Notre maison avait été saccagée et pillée. Nos fusils avaient disparu, des réserves de nourriture autrefois entreposées sur les étagères jonchaient le sol. Il y avait des vêtements partout, mais les économies de Jake cachées dans le canard leurre s'étaient envolées. J'ai cherché ce que je pourrais emporter, le plus petit vestige de ma vie passée avec Jake. Tout ce que j'ai trouvé, c'est le couteau Buck qu'il m'avait donné avant que je sois autorisée à tirer avec une arme à feu. Dehors, la cour était vide, plus de poules ni de chèvres.

« J'ai quelques bons souvenirs, le plus vieux remonte à mes trois ans. Jake essayait de m'apprendre l'alphabet, mais je ne comprenais pas – je n'arrivais pas à mémoriser vingt-six lettres ! Alors il l'a chanté comme une comptine. C'est bien la seule occasion où j'ai entendu Jake chanter. Grâce à la comptine, j'ai tout de suite compris les lettres. Je lui demandais de me la chanter chaque soir, je criais "encore une fois, encore une fois" jusqu'à ce qu'il accepte et il la chantait jusqu'à ce que je m'endorme.

« Ensuite, il y a les mauvais souvenirs – Rose, Forest, Sarah, Jericho, Jake.

« Dans la grange, j'ai trouvé les bidons d'éthanol que nous utilisions pour les lanternes et mon chauffage dans la cabane. J'en ai traîné un dans le bunker, j'ai assemblé une pile de meubles cassés et de livres, je l'ai arrosée d'alcool, puis y ai mis le feu. J'ai ouvert un autre bidon pour brûler la grange et le poulailler. Les flammes ont tout consumé. Depuis la forêt, j'ai regardé les pompiers arriver et s'activer pour circonscrire le feu. En début de soirée, le camion était reparti.

« Je me suis assise sur une souche que Jake utilisait pour fendre du bois et j'ai contemplé ce qui restait de mon enfance : un trou brûlé dans le sol. Je voulais conserver les bons souvenirs – la comptine ABC, mon père toujours disponible, nos équipées en forêt, la chasse, cuisiner ensemble, grandir auprès de lui, apprendre –, chaque tragédie disparaissant, engloutie par la magie. Mais j'avais toujours su que j'étais une anomalie, que Jake était une anomalie. Pour avancer, il fallait que Jake, le bunker et Columbus soient derrière moi. Morts, ou dans un trou noir de suie.

« Au mois d'août suivant, Lonnie m'a conduite jusqu'à Providence. Nous sommes passées devant la prison de Lincoln où Jake purgeait sa peine. J'avais pensé à lui depuis son arrestation, en particulier à son idée de vivre hors de la société. Cela incluait braconner des animaux – y compris ceux de ses voisins –, profiter des subventions du gouvernement et vendre de la drogue aux jeunes. J'ai failli ne jamais quitter le Nebraska, ne jamais aller à l'université et ne t'avoir jamais rencontrée.

« Lonnie m'a demandé si je voulais m'arrêter. J'ai dit non.

La neige tombait en rafales horizontales lorsque je me glissai dans la tente, et le vent soufflait toujours de l'est. Il était devenu difficile pour moi de dormir, maintenant que mon corps était habitué aux nuits à pagayer sur la rivière. Je finis tout de même par sombrer dans un sommeil réparateur jusqu'au matin. Je me réveillai en sursaut, persuadée que j'avais perdu des heures de navigation. Mais le vent hurlait toujours, j'étais toujours prise au piège. Je me rallongeai et écoutai les bourrasques.

Quelques heures plus tard, je démontai la tente, remballai le sac de couchage, pour être prête dès que le vent et les vagues seraient calmés. Je n'avais plus de bois à brûler, je mangeai des flocons d'avoine trempés dans de l'eau froide.

Ensuite, j'allai vérifier Holly. Le scotch argenté enroulé autour de son sac de couchage brillait sous les vagues, l'extrémité de la corde qui la reliait à la surface se déplaçait au gré du ressac.

Je marchai le long de la rive puis vers l'intérieur des terres. Près d'un bosquet d'épinettes sur un affleurement rocheux, je vis le lac et l'île des campeuses. Je crus distinguer le rouge des canoës tirés sur le sable mais je n'en étais pas sûre. Je m'éloignai encore. Il y avait une autre montée, je la gravis jusqu'au sommet. Sur le versant opposé, un troupeau de caribous, peut-être cinquante ou plus, paissait au milieu des arbustes et des lichens. Tout près, un tas de pierres, plus gros qu'un cairn, créé par l'homme. Cela ressemblait à une sorte d'abri de chasse primitif. J'approchai par l'ouest, sachant que les caribous ne pourraient pas me sentir. Adossée au tas de pierres, je les observai.

Il y avait des petits, tout juste nés, accrochés à leur mère. Un caribou plus gros que les autres se tenait en lisière de troupeau, avec des bois particulièrement hauts sur la tête. Cinq pointes s'étendaient aux deux extrémités comme les paumes tendues d'un géant mythique. Les premiers andouillers juste au-dessus de son front ressemblaient à deux mains en prière. J'étais impressionnée. Il regarda dans ma direction puis marcha vers moi. Les autres le suivirent. Quand ils passèrent près de l'abri, je me collai aux pierres. Je vis leurs larges sabots couverts de poils, dignes d'un dessin animé tant ils étaient massifs. Un petit caribou renifla ma veste. Autour de moi, des pattes, des sabots – à portée de main, j'étais assez proche pour être piétinée, mais aucun ne me toucha. Puis ils s'éloignèrent.

Je repartis en direction du bosquet d'épinettes, mais par le nord-est, ce qui m'amena sur un autre promontoire. Je dominais le lac et l'île à quatre kilomètres. Je vis alors deux canoës à l'eau. Le soleil se reflétait sur les pagaies en action. L'équipage prenait le large. Je les regardai fendre les vagues de leur proue. Elles se dirigeaient vers le chenal qui menait à Aberdeen Lake. Je courus jusqu'à mon campement.

Le vent tomba au fil des heures. Je pagayai vers l'île, puis à travers le chenal. Ma progression était ralentie par le vent de face et je sentais l'écart se creuser entre les campeuses et moi. Mais si elles pagayaient huit heures, je pouvais ramer douze heures d'affilée, alors je continuais. Je vérifiais la carte régulièrement, la boussole alignée sur les contours du terrain.

Je croisai un orignal solitaire. Il leva les yeux de son bosquet de saules, puis s'éloigna lentement du rivage. Une volée de mouettes tournait au-dessus d'un récif en criant. Je n'en avais pas vu depuis des jours et me demandai si elles pouvaient être un signe de civilisation, comme Colomb suivant son oiseau blanc vers la terre. Cette drôle d'idée m'occupa l'esprit un moment, puis la pensée de la civilisation me ramena à l'inévitable confrontation qui m'attendait avec les gens, les autorités, les parents. L'heure suivante, j'essayai de verbaliser, dans ma tête, ce qui s'était passé, comment c'était arrivé, pourquoi nous étions venues pagayer toutes les deux dans les Barrens. Ensuite je me racontai l'histoire à haute voix, telle que Holly aurait voulu que je la raconte – sa vie avant la chute, sa chute, mon voyage pour la ramener à sa famille.

Le chenal allait vers le nord sur quelques kilomètres puis à l'est. J'avançais. Le soleil faisait de brèves apparitions entre les nuages. Je passai près d'une petite île, juste un monticule de sable blanc sculpté par le vent, qui ressemblait à la courbe du dos et des épaules de Holly. Le chenal s'élargissait, je vis la vaste étendue qu'était Aberdeen Lake. Ma carte se terminait là où le lac commençait. Une autre carte englobait juste Aberdeen, quatre-vingt-dix kilomètres de long.

Je m'arrêtai sur une langue de terre dominée par une butée. J'y montai pour chercher mes campeuses. Rien – ni fumée ni tache de couleur pour une tente ou un canoë. Elles pouvaient être cachées n'importe où parmi les centaines de criques et d'îles.

39

Je fus réveillée au milieu de la nuit arctique par le vent qui malmenait la tente. Le pan exposé se cabrait, je roulai dans mon sac de couchage pour peser dessus. Je m'inquiétais de la météo et de mes chances de pagayer le lendemain matin. J'imaginais les vagues démontées sur l'immense étendue d'eau. J'essayai de réfléchir à des solutions : couvrir la proue du canoë avec le toit de la tente et prendre les vagues de front, rester sur le rivage et marcher avec le canoë, ou bien le laisser et partir à pied en espérant atteindre le campement des filles – non, je ne quitterais pas Holly.

Impossible de me rendormir. Finalement, je me glissai hors du sac de couchage. Le pantalon Carhartt près de moi était usé et puait, et j'avais froid. J'en extirpai un autre des affaires de Holly, un coupe-vent, et un caleçon long. À Yellowknife, je ne serais jamais entrée dans ses vêtements, mais maintenant ils m'allaient sans problème. Je continuais de perdre du poids. Il fallait manger, mais pas avant d'avoir vu le lac et les vagues. J'ouvris le rabat de la tente et sortis.

J'avais campé sur un promontoire, je voyais déjà l'eau et ses moutons. Je marchai jusqu'au rivage, puis regardai le ressac des vagues, elles léchaient presque le canoë pourtant tiré sur le sable. Je compris qu'il n'y aurait pas de navigation aujourd'hui et l'éloignai davantage des vagues menaçantes. Ma seule consolation était que celles de Kawishiwi se trouveraient probablement bloquées aussi.

Comme il n'y avait pas de bois pour faire un feu et cuisiner, je me forçai à avaler un mélange de soupe d'œufs en poudre et de préparation pour pancakes. Ensuite, je sortis la guitare de Holly, plaquai les trois accords que je connaissais, puis essayai d'en trouver d'autres. Je tentai une chanson que Holly m'avait apprise, *Galileo* des Indigo Girls. Je me souvins des paroles, mais trébuchai sur les accords. Je chantai : « Et maintenant, je purge une peine pour les erreurs commises par un autre dans une autre vie. » Je chantais les paroles avec tristesse parce que c'était ce que je ressentais. Dans une autre vie, au purgatoire.

Je me levai pour aller jeter un coup d'œil à Holly. Avec le ressac, son corps montait et descendait, apparaissait puis disparaissait. De retour dans la tente, je me déshabillai, puis m'allongeai dans le sac de couchage. Les yeux fixés sur le nylon rouge du toit, je brodai encore notre histoire, Holly et moi dans le futur, la dernière partie peut-être. Une fois que j'eus tous les éléments en tête, je la racontai à haute voix.

– Theo est un jeune adulte. Il est allé étudier sur la côte est, comme toi et moi l'avions fait. Il a choisi littérature et philosophie, puis il a déménagé à New York. Tu t'es servie de tes relations dans le monde de l'édition pour l'aider à trouver un emploi. Il est devenu éditeur, et à trente ans, il a épousé une romancière dont il publiait les œuvres. Elle s'appelle Maya. Theo et Maya ont fait un truc quelque peu inattendu et merveilleux : ils ont déménagé à Minneapolis. Elle peut écrire n'importe où et lui a créé sa propre agence littéraire. Theo a l'œil pour dénicher les nouvelles voix et les histoires qui touchent les lecteurs et les critiques. Il a hérité de ton talent. Ils ont acheté un ancien atelier, j'ai assemblé des meubles pour leur premier enfant, une fille nommée Leah. Notre première petite-fille, et nos trois noms résonnent dans la combinaison des L – Holly, Lee et Leah – comme les branches du même arbre. Ils ont un autre enfant, un garçon cette fois, qui s'appelle Leif. Nous sommes de super baby-sitters, grands-mères et, plus tard, amies. Ces enfants nous comblent à mesure que nous vieillissons.

« Une nuit alors que nous sommes couchées, je la découvre, une boule sur ta poitrine de la taille d'un haricot de Lima.

« Tu te montres courageuse comme tu l'as toujours été. Quand moi j'ai tendance à me mettre la tête dans le sable, à refuser de penser à ce qui va arriver, tu affrontes ton cancer. Double mammectomie, chimiothérapie, radiothérapie et conséquences. C'est le moment le plus difficile de notre vie : la menace de mort, la culpabilité de mauvais gènes qui auraient pu être transmis à Leah, l'émotion des hormones déséquilibrées. Tu es courageuse mais parfois tu as besoin de crier, puis de parler, puis de pleurer. Le cancer décampe de ton corps, tu remontes la pente. La vie nous donne une seconde chance à tous, nous ne gaspillons plus une seconde de notre temps.

« Nous voulons toutes les deux revoir les Barrens. Les petits-enfants sont plus âgés, ils sont inscrits au camp Kawishiwi. Theo y était allé aussi, nous avions pagayé ensemble dans la région de Boundary Waters. Nous organisons un voyage en famille à la Thelon. Cette fois-ci, nous avons un téléphone satellite. Un avion nous dépose au confluent de Hanbury River et de l'Oasis. Pendant trois semaines, il n'y a que nous, personne d'autre. Theo et Leif sont de grands pêcheurs, nous mangeons de la truite ou de l'ombre presque tous les soirs. Leah peint des aquarelles aux nuances de couleurs vives mais qui sont aussi d'une grande précision dans les détails. Nous avons la visite d'un grizzly, il refuse de quitter notre campement. C'est moi qui lui décharge une bombe anti-ours sur le museau.

« Nous voyons des petits troupeaux de bœufs musqués dans l'Oasis et dans les Barrens, après Point Hornby. Nous assistons à la migration des caribous juste avant que l'avion ne nous récupère à Beverly Lake. Maya écrit un livre pour enfants sur notre voyage, illustré par Leah. Une fois rentrées chez nous, nous décidons de construire un chalet familial près de Boundary Waters et, chaque été, nous passons plusieurs semaines ensemble, à faire du canoë, à pêcher, à chasser, à lire, à manger. Nous le baptisons Étoile du Nord. Toi et moi vieillissons.

« Le cancer réapparaît, tu as une tache sur les poumons – tu toussais depuis des semaines. Les médecins veulent te retirer un poumon, puis enchaîner avec de la radiothérapie et de la chimio. Je veux que tu reçoives les traitements – tu es courageuse, tu as déjà combattu un cancer. Je veux être toujours avec toi, être la première à partir parce que je n'imagine pas vivre sans toi. Mais je lis dans tes yeux que tu n'es pas prête à livrer cette bataille. La vie a été belle, nous avons eu de la chance. Tu dis que tu es heureuse mais aussi que tu es fatiguée. Et puis, tu dis : "Allez, la mort fait partie de la vie, il faut l'accepter." C'est ta décision, nous pleurons ensemble, nous pleurons beaucoup.

« Nous passons quelques bons mois pendant l'été. Theo, Maya, Leah et Leif sont avec nous à l'Étoile du Nord. Tu ne veux pas voyager ni voir autre chose dans ce monde, juste notre famille. Pour le Jour du souvenir, nous préparons de l'agneau rôti avec un risotto de morilles sauvages cueillies en forêt. Le

4 juillet, nous mangeons du brochet jaune aux épis de maïs rôtis. Le jour de la Fête du travail, nous cuisinons un ragoût de bœuf aux oignons et carottes, et buvons beaucoup de vin rouge.

« Tu ne laisses pas la maladie te dicter sa loi. Tu dis au revoir aux amis autour de déjeuners et de cocktails ; ce qui est évident n'est jamais exprimé mais compris, ils pleurent en privé pour t'épargner l'épuisement de l'émotion. Je suis près de toi quand tu décides d'en finir avec une poignée de médicaments, allongée dans notre lit. L'été suivant, nous répandons tes cendres sur le lac de l'Étoile du Nord. C'est ce que tu voulais. Je suis seule maintenant.

L'histoire était triste, cathartique, je pleurai encore et encore la mort de Holly.

40

Je dormis quelques heures, puis fus réveillée par les claquements du vent sur la tente. Je restai à somnoler. Je pensais que nous étions le vingt-cinquième jour, peut-être le 9 août. Je finis par me lever, m'habiller et sortir. Il faisait assez froid pour neiger, mais les nuages gris et bas s'étaient morcelés, laissant place aux volutes de cirrus soufflées par le vent. Je cherchai le moindre signe des campeuses. Aucun. Je pouvais voir une crête plus élevée à deux, trois kilomètres le long du rivage, au-delà d'un esker, et marchai vers elle, avec l'espoir de trouver un meilleur point de vue. L'esker était sillonné de multiples pistes de caribous s'égaillant dans des directions différentes. Les traces semblaient anciennes, très anciennes même. De l'autre côté, un bois d'épinettes, juste des troncs rabougris parmi les buissons et les lichens. Sur le sol, des touffes de fourrure de caribou, probablement les restes du repas d'un loup. Un peu plus loin, une autre touffe, mais pas d'os, ni bois, ni taches de sang, rien. Il ne restait plus grand-chose des morts ici ; je me demandai si le troupeau avait été témoin de la tuerie ou s'il avait senti l'absence du caribou disparu. Je pensai à Holly, ses parents, ses amis. S'ils n'avaient pas de corps à voir, il n'y avait pas de mort certaine ; il subsisterait l'espoir d'une vie possible, une ambiguïté qui pourrait les hanter toute leur vie. J'espérais que le retour du corps de Holly serait une consolation pour ceux qui l'aimaient.

J'atteignis la crête et scrutai Aberdeen Lake. Rien. Je retournai au campement et vérifiai que Holly était bien attachée. Je m'assis au bord du rivage et j'attendis. Je n'avais plus d'histoires. Je restai là pendant des heures. Je n'avais pas l'énergie pour bouger ou pour manger. Plus tard, je retournai sous la tente et me glissai dans le sac de couchage. J'attendis encore en écoutant le vent. Puis je m'endormis.

Le silence me réveilla, il me fallut une minute pour comprendre. Le vent était tombé. Je remballai rapidement, sortis Holly de l'eau et la déposai dans le canoë. Je commençai à ramer en longeant la langue de sable. C'était plus sûr de ne pas s'éloigner du rivage, mais la route la plus rapide était de couper au milieu du lac, alors j'y allai. J'alignai la proue du canoë avec le coude du lac. Je me concentrais sur mes coups de pagaie et les tourbillons qu'ils généraient. Mes bras étaient forts, je pouvais garder ce rythme pour toujours. En milieu de matinée, j'avais atteint le coude et un chapelet d'îles me faisait face. Je m'arrêtai sur l'une et vérifiai la carte. Au-delà de cette île, un autre tronçon à prendre au milieu du lac, puis un chenal se dirigeant vers le sud jusqu'au deuxième plus grand bras d'Aberdeen Lake. Le chenal était à douze ou quinze kilomètres de distance, quatre ou cinq heures au milieu du lac, loin des rives. Si je chavirais, je mourrais.

Le vent d'ouest s'était levé et me poussait dans le dos. Grâce à ma vitesse décuplée, je traversai le chenal en à peine plus de trois heures, puis m'arrêtai sur une petite île. C'est alors que j'entendis un moteur. Un son étrange après des semaines à n'entendre que les animaux, les oiseaux, le vent et le clapotis de l'eau. Un bruit qui n'appartenait pas à cet endroit. Cela me surprit. Il s'intensifiait, c'était un bateau, je compris qu'il venait du bras ouest du lac, contournait le coude et se dirigeait vers le chenal. Puis il apparut, un bateau de pêche vert kaki. Un homme tenait la barre, un garçon était assis à la proue. Je bondis, j'agitai les bras en criant. Ils étaient proches et me virent immédiatement. L'homme poussa la barre loin de lui et le bateau vira dans ma direction. Au dernier moment, il coupa le moteur et remonta l'hélice. La proue s'enfonça dans le sable, le gamin sauta. Je ne savais pas quoi faire, pas quoi dire ; je restais là à pleurer, mon corps entier tremblait à chaque sanglot, à chaque respiration. Le garçon me regarda en silence, l'homme demeura assis dans le bateau.

Les minutes passèrent avec juste le bruit de mes sanglots. Je puisai au plus profond de moi et pus enfin sortir les consonnes et les voyelles qui formaient les mots.

– J'ai besoin d'aide.

Le garçon répondit :

– Oui ?

– Mon amie est morte, j'ai besoin d'aide.

Le garçon se tourna vers l'homme âgé, peut-être son père. Il lui parla dans une langue autochtone, puis l'homme hocha la tête. Sa peau était foncée et plissée. Il portait une casquette de base-ball avec un logo Blue Jays, des poils gris couvraient le dessus de ses oreilles.

Il me regarda.

– Deux jours pour Baker Lake.

– Oui, Baker Lake. Merci, merci.

Le vieil homme s'avança à la proue de son bateau, puis sauta sur le sable. Je leur fis signe de me suivre jusqu'au canoë. Je leur montrai Holly dans le sac de couchage enveloppé de ruban adhésif, ils regardèrent et échangèrent dans leur langue. Le garçon me dit de la laisser dans le canoë, mais de charger les sacs lourds dans leur bateau de pêche. Ils m'aidèrent à déplacer le sac de nourriture et le P-pack. À bord, sous une bâche, deux caribous morts, leurs bois dépassant des plats-bords. L'homme attacha une corde à la poupe de son bateau, tendit l'autre extrémité au garçon qui la fixa à la proue du canoë. Je montai et me forçai à retenir les sanglots qui menaçaient à nouveau d'éclater. Je m'obligeai à prononcer quelques mots pour feindre l'apaisement. Je leur dis que je m'appelais Lee. L'homme dit qu'il s'appelait Mosa, le jeune, Peter. Je m'installai à la proue près de Peter. Nous quittâmes l'île et suivîmes la rive nord vers l'est. Le canoë rouge suivait dix mètres derrière, la proue levée à l'assaut des vagues. Mosa maintenait le moteur à mi-régime sans qu'il y ait pour autant de conversation possible avec le bruit. Aberdeen Lake s'étendait au sud à perte de vue, la rive opposée se fondait dans le gris de la surface de l'eau.

Nous traversâmes le lac en deux heures ; il m'en aurait fallu plus de douze en pagayant. Mosa se dirigeait vers le nord, dans le chenal large d'un peu moins deux kilomètres. Une heure plus tard, il s'arrêta sur une île pour remplir le réservoir avec l'un des bidons de vingt litres alignés à l'arrière du cockpit. Nous repartîmes. J'étais plus calme à présent, même si mon esprit peinait encore à accepter que j'avais réellement trouvé de l'aide et ruminait sur ce qui allait se passer ensuite. Je me tenais à côté de Peter. Il parlait sans discontinuer et sans attendre de réponse, essayant peut-être de me calmer à sa manière avec son bavardage. Il parlait de son école, de la chasse, de sport, des choses ordinaires qui m'aidaient à retrouver le fil d'une certaine normalité. Mosa gardait le silence, je sentais qu'il ne poserait pas de question sur la mort de Holly.

Il laisserait Peter, ce que Peter fit. Son bavardage s'arrêta brusquement, il demanda juste :

– Elle est morte comment ?

C'était la première des innombrables fois où l'on me poserait la question, je devais répondre, je le savais aussi. Je ne dirais pas que je ne pouvais pas en parler, comme si je me cachais derrière le mur d'une réalité inexplicable, comme s'ils ne pouvaient pas comprendre ; tout le monde comprend la mort, la plupart comprennent la tragédie. Ces Inuits, sur Aberdeen Lake au milieu de nulle part, dans un paysage et un climat quasi inhabitables, connaissaient sûrement les deux. Je donnai donc ma première réponse à l'inévitable question.

– Elle a glissé, elle est tombée dans les rapides à Thelon Canyon.

Une réponse simple qui n'ouvrait pas trop de contre-interrogatoire. Tout le monde glisse, les rapides sont dangereux, les gens meurent. Bien sûr, cela ne s'approchait pas de toute l'histoire, l'histoire dont j'avais besoin pour les autorités, pour la famille de Holly, pour moi-même – celle que j'avais répétée dans ma tête pendant des jours.

Nous avancions. Une demi-heure plus tard, je vis les deux canoës des campeuses Kawishiwi. Je criai en les pointant du doigt. Mosa vira vers les canoéistes et ralentit.

TROISIÈME PARTIE

Le Mishipeshu

41

Mosa arrêta le bateau aux côtés des quatre filles réparties dans deux canoës. Elles nous sourirent. Comme moi, elles n'avaient probablement pas vu âme qui vive depuis des semaines. Je leur dis qu'il y avait eu un accident, que ma coéquipière était morte. Une fille de mon âge, la monitrice peut-être, répondit qu'elle avait un téléphone satellite et qu'elle pouvait appeler les secours. Nous étions près de la rive nord et tout le monde fut d'accord pour rejoindre la plage la plus proche. La fille pointa le doigt dans sa direction, Mosa relança son moteur.

Il le coupa à nouveau devant la plage où Peter sauta. Mosa détacha le canoë où était Holly puis me tendit la corde. J'enjambai la proue et sautai à mon tour dans l'eau peu profonde afin de tirer le canoë jusqu'au rivage. Les filles pagayèrent vers nous. Je dis à Peter que son père et lui pouvaient me laisser ; ils attendirent malgré tout. J'avais le sentiment de devoir m'exprimer davantage, mais ma bouche était déconnectée – alors que je pensais les mots, mes lèvres remuaient pour former les sons mais ce que je voulais dire me paraissait dénué de sens ou guindé. Alors je gardai le silence et sentis que Mosa et Peter étaient d'accord avec le silence. Que pouvaient-ils dire ? Qu'auraient-ils pu demander ?

Lorsque les filles atteignirent le rivage, Mosa tira sur le démarreur, s'éloigna de la plage, puis poussa la barre. Ils partirent sans se retourner.

Une fois leurs canoës tirés sur le sable, la monitrice vint vers moi et se présenta. Anne. Trapue et musclée. Les cheveux blonds hirsutes coiffés en queue-de-cheval, le visage large, les yeux bleus. Les trois autres filles se regroupèrent autour de moi et se présentèrent à leur tour. Bean, petite et dense, un mètre cinquante, moins de cinquante kilos, le poids d'un sac de nourriture. Charlotte, mince, les cheveux blonds et raides, les dents blanches bien alignées. Bean et Charlotte ne donnaient pas l'impression d'être capables de transporter un canoë, mais Holly non plus. La quatrième, Max, avait les cheveux roux et courts, des joues rondes pleines de taches de rousseur et des lunettes à monture noire accrochées sur une seule oreille. Elle regarda en direction de mon canoë rouge, en direction de Holly, et sembla attristée. Elle me toucha la main.

– Je suis désolée.

Anne souleva le rabat d'un de leurs P-packs et sortit le boîtier étanche en plastique noir d'un téléphone satellite. Elle déploya une antenne avant de passer l'appel. Elle se détourna pour que je ne puisse pas entendre sa conversation qui dura une minute, puis se retourna pour me demander mon nom complet. Lee Harvey. Anne me fixa comme si je venais de dire un truc drôle, sarcastique, comme le nom de l'assassin de JFK. Elle resta interloquée une seconde, me sourit, se détourna à nouveau et termina sa conversation.

Elle m'expliqua ensuite que le directeur du camp Kawishiwi appellerait le bureau des Mounties de Baker Lake. Nous devrions être recontactées d'ici une heure. Anne suggéra que nous montions le campement en attendant.

Je sortis les sacs du canoë et les portai sur le rivage jusqu'à la limite des graviers et des arbustes de la toundra. Je tirai aussi le canoë pour atteindre Holly. J'avais fait ça pendant des semaines, le geste était devenu routinier – incliner le canoë, faire rouler Holly contre les plats-bords, attraper son torse, le soulever hors du canoë, tirer le sac dans l'eau jusqu'à une certaine profondeur qui ne soit pas dans le courant principal. Les lests de pierre étaient enroulés autour de mon cou. Devant un public, c'était maintenant comme une profanation de la transporter ainsi, pourtant je le fis. Alors que j'avais son corps dans les bras, les quatre filles vinrent m'aider à le soulever. Elles ne savaient rien de ce que je faisais, je me sentis obligée d'expliquer, en choisissant mes mots avec soin.

– Je la maintiens immergée.

Rien de plus. Les filles se taisaient, je sentais qu'elles retenaient leur respiration. Le corps de Holly sécrétait une odeur à laquelle j'étais habituée, mais qui devait être nouvelle pour elles.

Nous portâmes Holly jusqu'à un niveau qui atteignait le haut de nos bottes. Nous la plongeâmes sous les petites vagues qui ondulaient et je plaçai un premier lest sur le haut du sac de couchage. Son corps descendit lentement vers le lit du lac. J'arrangeai un deuxième lest. Les filles m'aidaient à présent, ajoutant des pierres pour que Holly soit immergée et sécurisée. Anne et Max tirèrent mon canoë hors de l'eau pour aller le déposer près des leurs. Bean et Charlotte m'aidèrent avec mes sacs, je les suivis à l'intérieur des terres. Nous traversâmes une étendue de toundra marécageuse jusqu'à un point élevé, plat et sec. Je remarquai l'absence d'insectes, ces bestioles vicieuses ne m'avaient plus attaquée depuis ma sortie de la Thelon sur les grands lacs.

Anne reçut l'appel attendu et me dit qu'un Mountie arriverait le lendemain matin. J'étais maintenant entourée, gênée. Je touchai mes cheveux emmêlés, avec des nœuds comme des cocons géants. Je ne m'étais plus brossée les dents depuis l'accident, je sentais une pellicule de saleté avec ma langue. Je puais, je le savais, mais je ne pouvais pas le sentir. Pour me débarrasser de la crasse de la Thelon, je décidai d'aller me baigner. Je retournai sur le rivage avec le P-pack de Holly et me déshabillai. Je descendis la pente douce du lac, peu profonde, puis m'allongeai. Il faisait froid, mais je me forçai à rester dans l'eau en me frottant le corps pour en retirer la saleté et la sueur. Je touchai la blessure de mon front, maintenant couverte de croûte. La cicatrice n'était plus sensible. En fait, je ne ressentais plus rien, les terminaisons nerveuses étaient coupées. Je sortis de l'eau et enfilai un maillot de corps propre, en laine et à manches longues, et des leggings qui appartenaient à Holly. Par-dessus, son pantalon que je portais depuis quelques jours, et ma chemise sale.

Max remonta une truite vidée et nettoyée, suffisamment grosse pour nous cinq. Avec le bois flotté que les filles avaient empilé dans un canoë, elles allumèrent un feu et commencèrent à cuisiner. J'avais faim d'aliments consistants, cuits, frais. Je leur dis qu'il me restait beaucoup de pâtes et de riz, que la moitié de ma nourriture et le réchaud avaient été perdus dans l'attaque de l'ours et que je trouvais rarement du bois pour cuisiner. Anne me demanda ce que je mangeais, je leur dis : principalement des flocons d'avoine, des PVT, des préparations pour pancakes ou pour brownies, de la graisse végétale, du sucre, de la soupe lyophilisée et des œufs en poudre.

Elles déballèrent une grille en aluminium pour la cuisson sur les flammes ; je regardai la truite. Elles firent bouillir des pâtes et des légumes lyophilisés sur leur réchaud, puis ajoutèrent de la sauce au fromage en poudre couleur orange. Max retourna la truite et assaisonna la chair avec du sel. Quand ce fut prêt, elle leva les filets et les répartit sur chaque assiette. Les pâtes circulèrent, chacune se servit une cuillère à soupe. J'avais hâte de manger, je me sentais affamée mais j'attendis que l'une d'elles démarre son repas, avant d'entamer le mien.

Ma portion de truite disparut en quatre bouchées. Je me régalais de la saveur douce du poisson, j'étais submergée par la sensation de morceaux à mastiquer. La peau était croustillante et salée. Les pâtes ressemblaient aux macaronis servis à la cafétéria de l'université, mais avec un goût crémeux, beurré. En quelques minutes, j'avais terminé. Je regardai mon assiette vide, puis autour de moi pour me rendre compte que les quatre filles m'observaient. Bean me donna le reste de son poisson. Elle dit :

– Je n'ai pas très faim.

Je remerciai et avalai une fourchetée.

Anne me donna une autre cuillérée de pâtes, puis Max s'approcha et dit :

– Tu peux avoir les miennes aussi.

Charlotte se leva à son tour et se dirigea vers moi, mais je la remerciai, j'étais rassasiée. Elle me donna tout de même son poisson. J'étais gênée mais ne pouvais pas m'empêcher de manger. Je me rendis compte que je pleurais aussi, je ne pouvais m'arrêter ni de manger ni de pleurer.

42

Après le dîner, les filles ajoutèrent du bois sur le feu. Elles poursuivirent leur conversation comme si je n'existais pas – il y avait encore quelques jours de navigation avant d'atteindre Baker Lake, toutes sauf Anne étaient ravies de commencer l'université, certaines déménageraient loin de chez elles. Je ne participais pas, ce qui créait de la maladresse, comme la présence nouvelle d'un chien nerveux dans la meute. Personne ne regardait dans ma direction ni ne demandait ce qui s'était passé, comment une fille de leur âge avait pu mourir ici. Je pensais que leur hésitation était liée à la compassion, au respect pour le traumatisme dont je n'étais pas prête à discuter. Mais je désirais parler, je ne voulais pas le cacher, aussi, j'attendis une pause dans leur conversation. Et enfin, je trouvai les mots.

– Elle prenait un selfie en se tenant trop près du bord, dans Thelon Canyon. Son pied a glissé, elle est tombée dans les rapides. Notre balise a été cassée dans l'accident. J'ai trouvé votre billet au cairn près des falaises. Je vous suis depuis cinq jours.

Leurs regards se tournèrent vers moi. Anne, la monitrice, fut celle qui parla.

– Elle s'appelait comment ?

– Holly.

– Holly Stone ?

– Oui, Holly Stone. Tu la connaissais ?

– Mon Dieu, Holly Stone de Kawishiwi ? Oui, je la connaissais !

Son expression se fit triste. Après un moment, Anne reprit :

– Nous avons pagayé ensemble sur la Bloodvein dans le Manitoba. Nous étions proches. L'été suivant, elle et moi avons fait des voyages différents dans les Barrens, mais on se retrouvait au camp dès qu'on pouvait. Je savais qu'elle était de retour sur la Thelon, j'espérais la revoir. Mais pas comme ça.

Je dis que j'étais désolée, je tendis la main pour toucher la sienne, nos mains restèrent liées quelques secondes. Je lui demandai de me parler de son temps passé avec Holly sur la Bloodvein.

Il y eut d'abord le silence, chacune d'entre nous sentait la chaleur du feu et attendait. Anne était ébranlée. Elle fixait le ciel, je voyais qu'elle retenait ses larmes, qu'elle essayait de se calmer. Elle secoua la tête puis regarda dans ma direction.

– Max et Charlotte connaissent la Bloodvein. La rivière coule vers l'ouest en partant de l'Ontario jusqu'à Winnipeg Lake, au Manitoba. C'est presque le même paysage qu'ici – de la roche grise couverte de lichen, peu de terre, et de l'eau partout. La différence, c'est qu'il n'y a pas de permafrost et les pins, les bouleaux et les épinettes poussent plus haut. Les insectes sont moins mauvais et il y a beaucoup plus de bois de chauffage. Et surtout, il n'y a pas ce sentiment de solitude totale comme dans les Barrens, cette impression d'éternité, d'être seul sur la planète, avant les humains. Ceux qui viennent ici aiment les Barrens pour cela et respectent sa… primitivité. Dans les Barrens, tu vois les restes d'une attaque de loup ou d'ours, les os d'un caribou. J'ai vu des empilements de pierres près des camps inuits et, en soulevant une pierre, j'ai découvert un crâne humain. Tu vois la mort dans les Barrens et tu sais qu'elle fait partie de la vie. Je sais que Holly le savait et le ressentait, elle respectait cela.

Max ramassa un bâton pour attiser le feu qui diminuait. Les filles hochèrent la tête en signe d'accord. Je comprenais ce qu'Anne avait décrit.

Elle reprit :

– Pendant quatre semaines, on a pagayé à six sur la Bloodvein, en partant de Red Lake, un petit village des Premières Nations au milieu de nulle part. La Bloodvein est tout de suite à l'ouest. Une rivière amusante avec beaucoup de rapides de classes II et III, faciles à naviguer, et des rapides plus costauds jusqu'à classe VI, qui sont impraticables. Il faut faire du portage. Je pagayais avec Holly. Elle aimait être à la poupe, et moi, ça ne me dérangeait pas d'être devant. Nous étions plutôt fortes en eau vive, on s'est fait tous les rapides jusqu'à classe IV. Les rapides de classe V ont de belles chutes, de l'eau vive en continu et de gros rochers qui nécessitent des manœuvres précises. Une erreur sur un classe V et tu chavires. Il y a une règle que vous avez sûrement déjà entendue : si un pagayeur du canoë dit non, alors c'est portage ou halage. Je n'ai jamais été du genre à dire non. J'aurais osé un classe VI si Holly avait accepté. Du coup, c'était elle la plus responsable de nous deux, elle m'a souvent dit non. Les deux premières semaines, on descendait les rapides là où les autres portaient ou halaient. Sur deux rapides de classe V, on a porté l'équipement, mais descendu en canoë juste pour le plaisir, sachant qu'il y avait un fort risque d'inondation. On avait une monitrice, mais elle respectait notre point de vue, du moins celui de Holly.

« À mi-parcours, nous sommes arrivées à Artery Lake, qui est à la limite de l'Ontario et du Manitoba. À partir de là, la Bloodvein s'élargit et se promène, rien à voir avec l'Aberdeen ou le Beverly. On peut se perdre facilement dans le labyrinthe des canaux, presque des rivières, qui va du nord au sud. Artery Lake était le carrefour des tribus des Premières Nations. Elles se rencontraient là et faisaient du commerce. Sur les parois des falaises qui l'entourent, on peut voir des pictogrammes peints avec une mixture d'hématite et d'huile de poisson. Ils sont couleur sang séché. Parfois, ce sont juste des hachures, des cercles ou des taches, mais certains représentent des êtres humains, des animaux, une personne sur un canoë. Ces dessins ont des centaines d'années. Et nous, nous étions là, à pagayer comme d'autres l'avaient fait au cours des siècles. J'ai vu un pictogramme de bison avec ses cornes, de renard, de loutre. Holly nous a montré un lynx sous-marin. Il s'appelle Mishipeshu. Imaginez un long corps de félin, le dos hérissé de griffes, et des cornes sur la tête. Le Mishipeshu est la créature mythologique la plus puissante du monde souterrain, le maître des animaux aquatiques et de l'eau. Pour obtenir une traversée calme sur les lacs et les rivières, les autochtones organisaient des cérémonies pour apaiser le Mishipeshu. Holly savait tout cela. On pagayait quand elle nous a raconté l'histoire. Elle a proposé qu'on fasse la même cérémonie que les ancêtres, notre baptême. Elle a soulevé sa pagaie et laissé l'eau couler sur sa figure. On a fait pareil. Après, Holly a dit : "Maintenant, on est protégées."

Anne marqua une pause et regarda autour d'elle. Charlotte et Bean souriaient. L'idée d'une cérémonie pour nous mettre en sécurité me semblait réelle, en lien avec le ressac des forces naturelles. Je me demandai quelle cérémonie Holly et moi avions manquée. Qu'avions-nous fait de mal pour dresser les forces contre nous ?

Anne reprit :

– Après Artery Lake, il y a près de quatre-vingts séries de rapides à passer. Je n'étais pas monitrice, juste une participante, je ne voulais pas rater de rapides. Holly, la plus prudente de nous deux, devait toujours me dire non. Je la cajolais, "On peut le faire", je l'encourageais, "Allez Holly !". À cause de moi, je crois qu'elle se sentait la maman ou la rabat-joie. Je l'épuisais. Nous sommes arrivées aux Stonehouse Rapids. Un toboggan de classe IV coincé entre des falaises étroites, un coupe-gorge dans la rivière. L'eau était haute, Holly a estimé que c'était de niveau V. On a toutes mis pied à terre pour explorer et tout le monde, sauf moi, a accepté le portage. Pendant le portage des sacs, j'ai continué de harceler Holly qui a fini par accepter. On a demandé à la monitrice qui nous a dit : "OK, pas de sacs à dos, mettez vos casques, et surtout suivez la veine." On s'est d'abord disputées au-dessus de la gorge à propos de la veine, ensuite, on est tombées d'accord. Le plus gros obstacle de ce classe V était la goulotte étroite qui chutait de deux mètres. Au pied, un gros rocher submergé, l'eau jaillissait dessus comme une queue de coq. Si tu cognais ce pleureur, bonjour le dessalage. Après la chute, les rapides s'élargissaient, ça devenait du velours côtelé, des ondes stationnaires d'un mètre de large. Notre plan était de sauter à travers la goulotte, rester à gauche pour éviter le rocher, pagayer comme des folles dans la série de rapides plus faciles, et ralentir pour attaquer les vagues de droite.

« Holly pagayait à l'arrière, elle nous a guidées jusqu'à l'entrée de la gorge. Quand j'ai levé les yeux une seconde, j'ai vu les quatre autres du groupe qui nous regardaient d'en haut. On est arrivées bien alignées à la chute, on criait pour se prévenir des obstacles et des coups de pagaie. Quand j'ai vu le rocher, j'ai dénagé pour nous faire virer plus à gauche. On est passées pile sur la queue de coq. Après sur les rapides, c'était du billard, on a glissé facilement. Restaient les vagues. J'ai de nouveau dénagé pour nous ralentir. Holly faisait pareil pour aligner la proue. Ensuite, on a bordé très fort et très vite vers le centre. J'ai senti qu'on déviait après avoir touché la première vague, j'ai fait de mon mieux pour redresser la proue, mais le canoë avançait trop vite. On a frappé la deuxième vague à quarante-cinq degrés, elle nous a instantanément submergées. Un vrai mur d'eau. Je suis restée sous le bateau pendant deux ou trois minutes, coincée dans un ressac qui me collait au fond et m'écrasait les poumons.

« J'ai senti une traction rapide sur mon gilet, comme un poisson accroché à une ligne, et j'ai pu remonter respirer. Holly me tenait serrée pendant notre glissade dans les dernières vagues, comme on nous l'avait appris – en gardant la tête haute, face à l'aval, les jambes allongées bien devant pour repousser les rochers avec les pieds. Cela s'est terminé très vite dans l'eau étale sous les rapides. Nous avons nagé jusqu'au canoë pour le récupérer et rejoindre les autres qui pataugeaient pour venir nous aider. Une fois que nous étions saines et sauves sur le rivage, Holly a juste dit : "Mishipeshu était avec nous."

« Holly et moi étions pourtant bonnes pagayeuses, et des vagues stationnaires, on en avait passé beaucoup ensemble. Ce n'est pas normal d'avoir dévié dans cette première vague et de s'être plantées dans la seconde, comme s'il y avait une torsion dans l'écoulement de l'eau, un truc étrange – je ne sais pas. J'étais coincée dedans et Holly m'en a sortie. Elle m'a sauvée de la noyade. J'ai eu de la chance ce jour-là. Mishipeshu était avec moi, mais Holly aussi.

Nous étions toutes silencieuses, concentrées sur le feu qui se réduisait à des braises orangées.

Connaissais-je vraiment Holly ? Anne avait sa propre histoire sur Holly, j'avais mes histoires, Holly avait la sienne, elle et moi avions les histoires imaginaires de la vie que nous n'aurions jamais. Toutes ces histoires intégrées dans une belle structure, comme une théorie freudienne ou un mythe aborigène, probablement toutes réinventées ou imaginées, afin d'apaiser nos besoins subconscients du moment. Il y avait une autre histoire.

Quand Holly s'était assise près de moi au café et m'avait demandé ce que je faisais, j'avais répondu « Mes devoirs », parce que c'était évident. Après, elle m'avait demandé de sortir avec elle. Ce jour-là Holly portait un collier élaboré qui drapait sa poitrine comme une toile d'araignée. Il me faisait penser à la description par Jake des bijoux fabriqués par Ruby, *comme des sangles*. Je me demandai si ce collier avait été créé par ma mère. Je ne posai pas la question à Holly, je préférais ne pas savoir. Mais je pensai que c'était un signe. Ses vêtements étaient très hippies, fluides, amples avec des motifs cachemire. Elle avait des lunettes de soleil rondes à monture métallique sur le dessus de la tête, comme Yoko Ono. Le jour du vernissage, elle était en pantalon moulant de cuir noir, avec un chemisier blanc à rayures noires et un chapeau feutre Porkpie à large bord, presque un sombrero. Je me disais plusieurs choses en la regardant. D'abord, pourquoi cette femme super cool sortait-elle avec moi ? Combien de tenues avait-elle dans son placard et dans quel but ? Nous nous étions embrassées durant cette fête, notre première sortie, et devant tous ceux qui comptaient, c'était excitant. Des semaines plus tard, nous eûmes des relations sexuelles. Je découvris alors le placard de Holly, débordant d'accessoires dépareillés à assortir de centaines de façons différentes. Au-dessus de la penderie, deux étagères de chapeaux. Elle avait aussi un tiroir rempli de lunettes de soleil chères comme bon marché, une boîte pleine de bijoux. Je ne savais jamais qui et comment elle serait quand nous nous retrouvions. Je crois qu'elle pouvait être différente en fonction des personnes. Alors, connaissais-je Holly ? C'était une grande question. Je *pensais* savoir qui elle était. Je pouvais me souvenir ou peut-être recréer la vie avec elle, et c'était tangible. Je me sentis soudain exaltée et surprise. Holly était comme une vague stationnaire que l'on frappe de biais.

43

Tôt le lendemain, l'hydravion survola le campement avant de se poser sur le lac et s'avancer vers le rivage. Je m'assis en me demandant ce qui allait se passer ensuite. Je songeais à Jake et à la façon dont sa paranoïa de la police avait déteint sur moi. Mon instinct était d'aller me cacher, de mentir peut-être, de me venger. Les pensées de Jake me traversaient. Je serrai les genoux et tentai de me calmer. J'obligeai mon esprit à dévier sur l'histoire d'Anne, le lynx sous-marin, ce qu'il avait signifié pour Holly. Ce dieu de l'eau lui avait plu. Qu'elle soit morte sur la Thelon pouvait être réconfortant – elle faisait ce qu'elle aimait dans un endroit qu'elle aimait. Mais je savais qu'elle était loin d'être prête pour la fin de sa vie. L'image de Holly au bord du canyon me revint. Une photo stupide puis la chute. Holly retrouvée vivante, sa mort, mon voyage pour la ramener. Les autorités poseraient des questions sur tout cela, il fallait que j'organise les détails de mon récit maintenant. Les quatre filles m'avaient rejointe et m'entouraient, le moteur de l'avion tournait en rafales rapides, poussant les deux flotteurs sur l'eau peu profonde jusqu'à nous. La porte s'ouvrit, une femme coiffée d'un chapeau de fourrure style Mountie descendit sur un flotteur, puis sauta sur la plage. Elle fut suivie par un homme à casquette bleue et or. La femme parla en premier :

– Lee Harvey ?

Je hochai la tête. Elle se présenta, officier Yvonne Tookome, comme tou-kou-mi, parlant doucement, me touchant l'épaule. Ses cheveux noirs étaient coiffés en un chignon bas, elle avait le visage, les joues et les yeux larges des Inuits. Quand elle me demanda où était le corps, je regardai Anne. Anne répondit qu'elle le montrerait à l'autre officier, les deux remontèrent le rivage jusqu'à l'endroit où Holly était lestée sous l'eau. Puis je racontai l'histoire de sa chute dans le canyon, puis de sa mort deux jours plus tard. Yvonne prenait des notes, m'interrogeait sur Holly. Comment l'avez-vous connue ? Pourquoi vouliez-vous descendre la Thelon en canoë ? D'où êtes-vous parties ? Comment s'appelait le pilote qui vous a déposées ? Quelle expérience aviez-vous ? Saviez-vous que les Barrens étaient dangereux ? Où étiez-vous quand Holly a pris sa photo ? Comment Holly est-elle morte ? Comment avez-vous transporté son corps du canyon à Aberdeen Lake ?

Les détails m'échappaient. Je répondais par phrases brèves comme si je parlais à Jake, comme je l'avais vu répondre à l'assistante sociale ou aux flics de Columbus, ou encore le jour de son arrestation. Je me souvins alors avoir vu Jake toucher la crosse de son arme, hésiter – un misanthrope qui disait détester la société mais détestait surtout tous les autres excepté moi. Je n'étais qu'une enfant, un pion. Je répondis aux questions mais pas tout à fait comme Jake. Je voulais vraiment qu'elle sache, que l'officier Tookome, Yvonne, entende mon voyage. Je savais qu'il y aurait un temps où j'élaborerais davantage. J'expliquerais ce que c'était que d'être avec Holly, d'où nous venions elle et moi, comment j'en étais arrivée à la suivre à la

Thelon. J'expliquerais ce que cela faisait de voir Holly chuter, l'horreur incongrue. Je dirais à quel point j'étais perdue quand elle est morte, à quel point j'étais seule. Je parlerais des histoires que je racontais à Holly jour et nuit en pagayant sur la Thelon. Tout cela viendrait plus tard quand je comprendrais mieux moi-même. Sa dernière question fut :

– Avez-vous votre passeport ?

– Non. Mes vêtements, mon portefeuille et mon passeport ont été perdus. Holly portait mon sac, j'avais le sien.

Yvonne s'assit devant moi, en tailleur, continuant de griffonner sur son carnet.

– Vous n'avez aucune pièce d'identité ?

– Aucune.

Derrière elle, je voyais l'autre officier. Il pataugea dans l'eau, se baissa pour retirer les lests. Anne attendait sur le rivage et le regardait. L'officier attrapa une extrémité du sac de couchage et traîna Holly jusqu'au rivage. Il resta là, pensif. Je devinais ce qu'il pensait, je savais ce qu'il allait faire ensuite – laisser Yvonne avec moi, retourner à l'avion pour en sortir le sac mortuaire, demander au pilote de l'aider, trouver un moyen de bloquer la vue aux campeuses, ouvrir le sac de couchage et l'écarter du corps, photographier le corps en décomposition, soulever le corps pour le déposer dans le sac mortuaire, porter le sac scellé à l'avion et le ranger dans le fuselage arrière, charger les P-packs, attacher le canoë aux deux entretoises d'un flotteur, me faire monter dans l'avion. C'est ce qui se passa.

Pendant tout ce temps, Yvonne arriva à court de questions. Elle finit par noter les coordonnées de chaque campeuse puis me conduisit à l'avion.

Avant de partir, je remerciai les filles et les serrai longuement dans mes bras. Anne en dernier. Elle me souhaita bonne chance, puis me dit qu'elle avait quelque chose à me montrer.

Elle retira alors sa botte gauche, puis releva la jambe de son pantalon. Et là je vis, sur son mollet, le corps d'un long lynx tatoué avec sa colonne vertébrale hérissée de pointes et ses cornes de bison – le lynx sous-marin, le Mishipeshu.

Anne dit :

– Toujours en mémoire de Holly.

44

Le bureau des Mounties ressemblait à un immeuble d'appartements bon marché avec son escalier en bois, sa double porte extérieure contre les intempéries et son antenne parabolique DirectTV. L'entrée de droite était celle de la Gendarmerie royale du Canada. À l'intérieur, une salle d'attente avec des chaises métalliques pliantes et une réceptionniste qui me regarda avec un sourire triste, comme si le mot s'était déjà répandu. Des affichettes de personnes recherchées étaient punaisées sur un panneau à côté de prospectus annonçant des événements communautaires. Je me demandai combien de fugitifs s'étaient échappés si loin au nord. Le bureau d'Yvonne se trouvait dans une pièce partagée avec d'autres Mounties, et, cachée quelque part, la cellule pour les prévenus. Je déverrouillai le téléphone de Holly et cherchai le numéro de ses parents dans ses contacts. *Maison*. Yvonne appuya sur l'écran pour les appeler.

– Bonjour, madame Stone ?... Officier Tookome de la Gendarmerie royale du Canada à l'appareil... Il y a eu un accident... Je crains que Holly n'ait eu un accident, malheureusement votre fille est décédée.

Yvonne se tut et écouta ce qui se passait à l'autre bout du fil. Je ne pouvais que l'imaginer – l'incrédulité, les pleurs, l'hystérie. Je ne pus en supporter davantage et me levai. Yvonne m'adressa un signe de tête, je sortis du bureau pour aller m'asseoir sur l'une des chaises métalliques. La réceptionniste me demanda si je voulais un café. Je la remerciai en refusant, et demeurai là suffisamment longtemps pour lire chaque avis sur le tableau d'affichage. Yvonne sortit enfin et s'installa à côté de moi.

Elle dit :

– Les parents de Holly arrivent par le premier avion, ils seront là demain. Le Nunamiut Lodge et le Paddle Inn proposent des chambres. Tout est cher à Baker Lake. Vous avez une carte de crédit ou de l'argent ?

Je n'avais jamais possédé de carte de crédit. Mon argent liquide avait été perdu avec le reste. Je répondis :

– Non.

– Vous pouvez rester avec moi, si vous voulez. J'ai un canapé-lit et un chien.

L'offre était généreuse et Yvonne semblait gentille. Dans un autre monde et à un autre moment, nous aurions pu être amies – pagayer ensemble, pêcher, faire de la randonnée, boire de la bière, peu importe –, mais je n'avais pas envie de soutenir de conversation ni de me faire des amis, je voulais juste être seule sans questions auxquelles répondre, sans rien à expliquer. Je lui dis qu'elle était gentille mais que je préférais être seule. Quand je lui demandai s'il y avait un endroit pour monter ma tente, Yvonne me parla d'un club de canoë abandonné du côté de l'aéroport. Elle m'y conduirait. Comme mes deux sacs étaient toujours dans le camion de la GRC, j'acceptai.

Baker Lake était ordonnée comme une commune planifiée, une caserne et ses baraquements, un camping et ses caravanes.

Les maisons en préfabriqué étaient peintes de couleurs vives, bleu œuf de merle, jaune tournesol, rouge pompier. Nous étions en août, il faisait beau, des gens marchaient dans les rues gravillonnées. Je me doutais qu'une ville construite sur le permafrost et gelée la majeure partie de l'année n'avait pas l'utilité d'un pavage. Les personnes que nous croisâmes adressèrent un signe à Yvonne. La plupart étaient des Inuits.

Je remarquai que l'impression d'ordre et de symétrie s'arrêtait dans les allées menant aux maisons. Là, des bois de caribous étaient coincés derrière les poubelles, sous les marches d'entrée, contre les revêtements en vinyle, acier et contreplaqué. Devant une maison, je vis une rangée de peaux de caribous suspendues à une corde, comme du linge en train de sécher. Je vis plus de quads que de fourgonnettes, et plus de motoneiges que de quads. Nous passâmes le long d'un mur de béton près du lac, à l'extérieur de la ville. Quelqu'un avait peint un graffiti à la bombe, « Mary 18-07-16 ». En dessous, « Mary est une pute ». Je n'interrogeai pas Yvonne.

Elle me raconta que le club de canoë était un projet municipal visant à attirer davantage de touristes à Baker Lake et sur les rivières des environs. Le problème était que personne ne l'avait dit aux canoéistes. Elle me déposa sur l'une des six plates-formes de tentes construites le long de la rive, à côté d'un bâtiment abandonné de la taille d'un garage pour deux voitures. Les portes manquaient, sur les parpaings extérieurs on avait peint un graffiti d'organes génitaux. Le graffeur était doué, son œuvre truffée de détails – jusqu'aux poils pubiens brossés en l'air – avec des couleurs vibrantes. Le dessin surgissait en arrière-plan tandis qu'Yvonne m'aidait à décharger les sacs. Elle me dit que, pour retourner de l'autre côté de la frontière, j'aurais besoin d'un nouveau passeport au consulat américain de Winnipeg. Je la remerciai, elle partit.

Je plantai ma tente, me servis dans le tas de bois empilé pour les touristes qui n'étaient jamais venus et démarrai un feu dans un creuset métallique avec une grille. Je fis cuire du riz avec des PVT et de la soupe en poudre. Je rêvais toujours de poisson frais, mais l'envie était moins intense, moins écrasante. Je repérai d'autres graffitis, peints par des âmes entourées de beauté qu'elles ne voyaient plus, la proximité amplifiant le désespoir. Quelqu'un avait écrit : « Je dois quitter Baker Lake – je n'ai pas d'argent – je suce qui ? » Un autre : « Rhea est une pute. » En dessous, de la même écriture, mais d'une couleur différente : « Je suis désolé, je ne savais pas. » Un autre, « Theresa 28-06-17 », je me demandai ce qui était arrivé à Theresa le 28 juin. D'où j'étais, je voyais la ville de Baker Lake de l'autre côté d'une crique. Les maisons préfabriquées aux couleurs vives, désormais indiscernables, s'étendaient sur une petite colline. L'endroit me rappelait le parc d'engraissement bovin à côté de l'usine d'emballage près de Columbus – de la boue, du bétail, des clôtures et des hangars à perte de vue. Je me demandai aussi comment faire pour sortir de Baker Lake.

Je n'avais jamais réfléchi à la façon dont Holly prévoyait de cuire la préparation pour brownies que nous avions apportée, mais je le compris à ce moment-là et me lançai. Je mélangeai le produit avec de l'eau, ajoutai des œufs en poudre et de la graisse végétale. Je prélevai une noix de celle-ci pour le fond de ma petite marmite, puis fis couler la pâte. J'arrangeai un double four avec des pierres, puis plaçai la marmite et la casserole à l'intérieur. Je les retirai quand je sentis une odeur de brûlé. Les brownies étaient noirs dessous, mais avaient tout de même un goût sucré et riche sur le dessus.

Tard le lendemain matin, Yvonne arriva au volant de la fourgonnette de la GRC. L'air était froid, le ciel clair et bleu.

J'étais assise sur la plate-forme avec la guitare, travaillant les accords, essayant de ne pas penser. Yvonne s'installa à côté de moi. À la place du chapeau de fourrure des Mounties, elle portait une casquette bleue à large bande et écusson doré, d'apparence officielle. Ses cheveux étaient coiffés en une tresse épaisse et élaborée, comme la queue d'un cheval de concours. Nous échangeâmes des salutations, je posai la guitare entre nous. Elle la prit entre ses mains. Je lui dis que je commençais juste à apprendre. Elle joua quelques accords. Je lui demandai de m'en apprendre un nouveau. Elle me rendit la guitare et dit :

– Montre-moi ce que tu connais.

Quand je jouai les quatre accords que je connaissais, elle sourit.

– Tu maîtrises quatre des neuf accords de base. C-A-E-D. Tu as besoin de G, pour faire, C-A-G-E-D. Comme ça…

Elle fit glisser mes trois doigts vers les bonnes cordes et frettes. Je grattai avec la main droite, j'entendis l'accord. Je grattai encore pour mémoriser le son et la position des doigts. Je comptai les frettes pour chaque doigt, deux-un-trois, avec trois sur la dernière corde. J'étais capable de m'en souvenir. Je savais qu'elle était venue pour une raison précise, elle en parla maintenant.

– Les parents sont en route, leur avion arrive dans une heure. Ce serait mieux que tu sois avec moi quand ils atterriront.

Je jouai l'accord une fois de plus et hochai la tête. J'avais espéré une journée supplémentaire rien que pour moi. Je ne me pensais pas prête, mais comment pourrais-je l'être ?

45

Je savais maintenant ce que c'était que de perdre une amie, une amante – un choc, un profond chagrin, une question, *pourquoi*, un instinct de continuer à mettre un pied devant l'autre, un désir de routine, des rechutes dans le chagrin, puis le profond manque de l'autre. Comment était-ce pour un parent de perdre un enfant, un enfant comme Holly ? J'avais un jour demandé à Cody ce que c'était que d'être un mec. Nous étions assis autour du feu, défoncés. C'était l'automne, il faisait froid, mais grâce à l'absence de vent, les flammes nous réchauffaient. J'étais heureuse. Cody réfléchit quelques instants à ma question. Il avait ce tic quand il essayait de trouver la bonne image, les bons mots, de réfléchir en répétant : « D'accord… OK… d'accord », qui remplissait le vide sonore pour que personne n'interrompe le fil de ses pensées. Il commença par résumer ce que lui et moi avions en commun, des choses basiques : « On chie tous les deux, on bouffe tous les deux, on dort tous les deux. » J'apportai de l'eau à son moulin : « On rit tous les deux, on pleure, on rêve la nuit, on a des aspirations ou, du moins, on aspire à des aspirations. » Il rit à ces derniers mots et reprit : « On tombe malades tous les deux, on meurt. On baise chacun à sa façon, on est malheureux, on se sent coupables, on a des remords, des regrets, on aime la musique, on peut rire et pleurer au même moment dans un film, on aime planer tous les deux. » Alors qu'y avait-il de différent ? Les aspects physiques évidents que Cody passa en revue. Je lui dis que la plupart des femmes s'habillaient différemment des hommes, Cody éclata de rire parce que je portais les vêtements de Jake. Il en arriva aux qualificatifs comme *certains* et *beaucoup*. « Beaucoup de femmes pleurent plus que les hommes, certains hommes sont plus égoïstes que les femmes. Les hommes peuvent être plus cruels que les femmes, mais les femmes sont parfois de vraies garces. » Encore des rires. Puis Cody laissa tomber. La conversation s'étant tarie, nous décidâmes de nous rouler un nouveau joint. Sans doute avions-nous davantage en commun, étions-nous plus ordinaires que nous ne l'imaginions. Je pensai aussi aux parents de Holly qui n'avaient pas dormi, qui, le choc passé, étaient maintenant plongés dans le chagrin. Alors que leur avion descendait vers ce paysage aride, ils essayaient de remettre un pied devant l'autre, ils essayaient de comprendre tous les *pourquoi*.

Tout comme les rues de Baker Lake, la piste de l'aéroport n'était pas goudronnée. Le bâtiment qui tenait lieu de terminal était en préfabriqué et posé sur des piliers trapus. Nous patientâmes dans la cabine de la fourgonnette et regardâmes le petit jet atterrir puis rouler jusqu'au terminal. Une fois le moteur coupé, nous quittâmes l'habitacle. Un marchepied fut déployé du fuselage. Je me tenais à côté d'Yvonne, maintenant consciente de mon apparence. Je portais une chemise qui n'avait pas été lavée depuis des semaines – disons que je ne l'avais pas vraiment lavée depuis des semaines – et un pantalon appartenant à Holly – j'espérais qu'ils ne le remarqueraient pas. Quelques minutes plus tard, les deux parents descendirent les marches. Yvonne se dirigea vers eux, je la suivis.

La ressemblance entre Holly et son père était criante – le même visage long et étroit. Il portait des lunettes de soleil d'aviateur dissimulant ses yeux. Ses cheveux gris étaient peignés en arrière, lui dégageant le front, mais le vent du lac soulevait des mèches. La mère de Holly marchait derrière. Ses lunettes de soleil étaient plus grandes, rondes comme des sous-verres. Holly m'avait décrit sa mère avec un casque de cheveux bombé et permanenté ; aujourd'hui un bandeau lavande écrasait ses cheveux noirs, la même teinte que Holly. Ses lèvres, pareilles à celles de Holly, étaient rouge écarlate. Se maquiller était sûrement pour elle un geste aussi machinal que se laver les mains, et avant, c'était affaire de vanité, mais plus maintenant. Tous deux étaient en jean. La mère de Holly garda les yeux sur les bottes noires d'Yvonne quand cette dernière se présenta, puis me présenta. La mère releva alors la tête. J'essayai de saisir son regard à travers ses lunettes de soleil opaques. Je ne lui serrai pas la main. J'avais réfléchi à mes premiers mots.

– Je suis profondément désolée.

À ces mots, la mère se couvrit la bouche d'une main et se mit à pleurer. Le père passa son bras autour de ses épaules. Nous attendîmes que le chagrin s'apaise, que la mère retrouve son sang-froid. Elle me regarda enfin et je pus voir sa perplexité. Elle se libéra de l'étreinte de son mari.

– C'est vous, Lee ?

Holly avait dit à ses parents qu'elle retournait à la Thelon avec « Lee », sans développer. Ils ignoraient que Lee était une femme et que Holly était lesbienne

– Oui.

Un ange passa. Le père intervint en se présentant lui ainsi que sa femme :

– Je m'appelle Reed, voici Martha.

Je hochai la tête, tentai un faible sourire et répétai :

– Je suis tellement désolée.

Le père dit :

– S'il vous plaît, dites-nous ce qui s'est passé.

Yvonne ne bougeait pas. Elle allait laisser cette scène se dérouler sans interruption. Juste moi face aux deux parents de Holly. Je supposais que cela devait se jouer ainsi. Ce serait la quatrième fois que j'allais expliquer ce qui s'était passé, la plus difficile.

– Cela faisait déjà une semaine que nous avions commencé à pagayer, nous étions à Thelon Canyon, en train de faire le portage. Holly voulait se prendre en photo. Elle se tenait trop près du bord, son pied a glissé. Elle est tombée dans les rapides. Je n'avais aucun moyen pour la rattraper. Elle est décédée deux jours plus tard.

Il m'étudia attentivement, scrutant chaque partie de mon visage.

– Elle se prenait en photo, un selfie ?

– Je suis désolée, monsieur Stone.

Il avait l'air décontenancé. Je saisis l'ironie, ou la tragédie. Comme un soldat qui s'entraîne pour partir à l'étranger, utilise des armes sophistiquées, tue l'ennemi, puis meurt d'une infection quelque part dans le Kentucky. Du gâchis, c'était le cas. Une question : pourquoi.

Il demanda :

– Holly est restée en vie pendant deux jours après la chute ?

– Elle était inconsciente, dans le coma. Elle est morte pendant que je dormais.

Il dit :

– Je suis sûr que ce n'est pas votre faute.

Le commentaire resta suspendu en l'air, pendant plusieurs secondes personne ne parla. J'aurais dû rester éveillée pour m'occuper de Holly. J'aurais pu la ranimer comme je l'avais fait au canyon. Holly était morte pendant que je me reposais. C'est moi qui avais survécu.

Yvonne rompit le silence :

– Je peux vous emmener voir le corps.

La fourgonnette de la GRC avait quatre portes, les parents montèrent à l'arrière. La mère restait silencieuse, j'avais l'impression de sentir son chagrin, sa tension et sa colère. Yvonne ne fit aucune conversation, aucun commentaire touristique sur Baker Lake. M. Stone finit par me demander :

– Vous êtes revenue comment ? En ramant seule jusqu'ici ?

– Après l'accident, j'ai pagayé pendant trois semaines jusqu'à Aberdeen Lake. J'ai rencontré un autochtone et son fils qui m'ont emmenée jusqu'à un groupe de filles du camp Kawishiwi. Elles avaient un téléphone satellite, j'ai été transportée par avion à partir de là.

– Kawishiwi.

L'échange se termina là. *Kawishiwi.* Peut-être la cause profonde de tout ceci, mais je n'en étais pas sûre. Puis j'entendis la mère – il y avait de la colère dans sa voix :

– Pourquoi vous avez décidé de revenir dans ce fichu pays ?

J'essayai de choisir mes mots avec soin. Je ne savais pas si le *vous* était pour moi seule, ou pour Holly et moi. Je décidai qu'il s'adressait à moi – je ne pouvais parler que pour moi.

– Je n'étais jamais venue, Holly m'a demandé de venir.

– Quelle était votre relation ?

Le chemin de terre grondait sous nos roues comme un bruit de fond, comme un robinet qui coule, comme des rapides. Yvonne conduisait, silencieuse. Elle continuait de laisser la scène se dérouler. Elle ne m'avait jamais demandé cela ouvertement, mais j'avais compris qu'elle s'en doutait. Peut-être qu'elle aussi voulait savoir. Je réfléchis : quelle était vraiment notre relation ?

J'avais appris à aimer Holly, elle m'avait emmenée là où je n'étais jamais allée. L'expérience m'avait changée de différentes façons, je chérissais chaque minute passée avec elle. Que ses parents veuillent ou non entendre la vérité, ils la méritaient, et je voulais l'honnêteté.

– Nous nous sommes rencontrées à l'université, nous étions amies et nous étions amoureuses.

Le silence dura jusqu'à ce qu'Yvonne quitte la route et se dirige vers le parking d'un Tim Hortons. À côté du café se trouvait une hutte Quonset avec une pancarte tachée de peinture indiquant CASERNE DES POMPIERS DE BAKER LAKE. Avant que les Stone ne puissent poser la question, Yvonne expliqua :

– Nous avons des ressources limitées à Baker Lake, la chambre froide de l'ancienne caserne de pompiers nous sert de morgue.

Le club de canoë abandonné était presque à côté, à moins de deux cents mètres ; je me rendis compte que j'avais été toute proche de Holly, à côté d'elle, la nuit dernière. Je laissai Yvonne et les Stone en leur disant que je serais au campement. Yvonne fut la seule à me regarder, hochant la tête avec un sourire forcé. Je m'éloignai sans me retourner.

Assise devant la tente, je pratiquai mes accords, puis tentai la chanson de Dylan, *Tangled up in Blue*, en m'attachant à chaque accord, en travaillant lentement la mélodie. Les paroles me frappèrent – « Un jeune homme en fuite, seul, le passé qui le menace est juste derrière ». Je savais que Holly me hanterait pour le reste de ma vie. Je pensai au mot *hanter*. Un fantôme, une apparition, un revenant. Elle serait à côté de moi, en moi, elle apparaîtrait dans mes rêves, elle guiderait mes décisions. Toujours. D'une certaine manière, je *serais* Holly, je deviendrais Holly, ce qui me hanterait serait l'ombre de moi-même qui avais grandi dans le bunker avec un fou comme père, nommé Jake.

46

Le père de Holly vint me rendre visite deux jours plus tard au club de canoë, en fin de matinée. Il n'avait plus ses lunettes de soleil, je pouvais voir la couleur de ses yeux, vert forêt comme ceux de Holly. Alors que je me levais, il me demanda de ne pas le faire et s'assit sur la plate-forme près de moi. En regardant le lac, il me dit que la mère de Holly se reposait – il utilisait cette expression, *la mère de Holly*, parce que voilà ce qu'elle était maintenant, pensai-je. Il regarda la guitare que j'avais placée entre nous. Il devait savoir que c'était la sienne.

Il demanda :

– Vous jouez aussi ?

Je dis :

– C'était Holly qui jouait. J'essaye d'apprendre depuis. Je connais juste quelques accords. Je m'entraîne.

Le père caressa le bois laqué sur toute sa longueur. Il dit :

– Dites-moi quelque chose sur Holly.

Quelque chose sur Holly. Ce que je savais de son père, c'est qu'il avait aussi été au camp Kawishiwi, que père et fille avaient fait du canoë ensemble et que Holly était plus proche de son père.

Je dis :

– Nous nous sommes rencontrées dans un café. Holly s'est assise et a commencé à me parler. Holly était comme ça, sans peur, spontanée. Je la trouvais très belle, je ne sais pas pourquoi elle m'a choisie. J'étais tout le contraire, une solitaire. J'ai grandi au Nebraska dans une ferme, juste avec mon père, je suis plus à l'aise avec les poulets et les chèvres qu'avec les gens. Honnêtement, je ne sais pas pourquoi elle était attirée par moi, pourtant elle est venue s'asseoir en face de moi et s'est mise à parler de ce que nous devrions faire ensuite. Elle m'a emmenée à un vernissage, une fête extravagante. Plus tard au printemps, elle m'a proposé d'aller camper tout un week-end dans le Vermont. Nous avons suivi un sentier le long d'une rivière jusqu'aux Green Mountains. Avant ce voyage, Holly et moi étions souvent ensemble sans vraiment être en couple. Nous nous sommes rapprochées pendant ce week-end-là. C'est peut-être parce que je savais suivre un chemin de randonnée et que ça ne me dérangeait pas de camper dans les bois, qu'elle m'a demandé si j'aimerais passer l'été avec elle dans le nord du Canada. Je lui ai dit que je n'avais pas d'argent, mais cela n'avait aucune importance pour Holly. Je suppose qu'elle ne lâchait jamais le morceau quand elle voulait un truc.

« J'étais déjà très proche de votre fille avant que nous n'arrivions dans les Barrens, mais j'ai appris à l'aimer pendant nos journées de canoë. Elle adorait raconter des histoires, comme celle des trois hommes piégés dans une petite cabane sur les bords de la Thelon pendant les mois d'hiver. L'histoire de trois hommes affamés. Holly disait que la proximité les rapprocherait ou les éloignerait, qu'elle amplifierait leur relation. Les hommes se sont rapprochés, comme Holly et moi.

Je levai les yeux vers le père de Holly. J'ajoutai :

– J'espère que cela ne vous met pas mal à l'aise.

– Non, dit-il, allez-y.

Je voulais continuer, je voulais lui raconter nos journées sur la rivière, mais je savais où cette histoire finirait. Alors je pensai à ce qu'un père aimerait entendre au sujet de sa fille décédée. Que Holly croquait la vie jusqu'au moment où elle était tombée ? Qu'elle était courageuse ? Belle et intelligente ? Il savait tout cela. Ce qu'il n'avait pas besoin d'entendre, c'était l'histoire du transport de Holly sur la rivière, pas maintenant. Cette histoire parlait de moi, pas d'elle. Je ne pouvais pas continuer.

Je lui demandai :

– Vous aussi vous êtes passé par Kawishiwi, n'est-ce pas ?

– Oui, la première fois, j'avais dix ans. Un ami y allait, alors j'ai convaincu mes parents de me laisser partir aussi. Le camp est sur Whiteside Lake près d'Ely et de la frontière canadienne. Un lac éloigné, en grande partie inhabité, profond, et alimenté par une source. C'est beau. J'ai commencé par des excursions en canoë, ensuite je suis passé à l'alpinisme.

« J'ai fait mon premier grand voyage au Wyoming, dans les montagnes Big Horn, les Biggies. Nous étions six, nous avons marché pendant trois semaines le long des cols, des glaciers et des lacs remplis de truites. Cela a l'air idiot, mais un lien se crée entre les participants, un lien différent de l'école ou du foot. Il n'y a rien d'autre à faire que de marcher, camper et parler. On parle de sa famille, de ses amis à la maison. On crée des liens qui durent une vie entière.

« En dernière année de lycée, je suis parti dans le refuge faunique national d'Arctique, une réserve au nord de l'Alaska. C'est à peu près sur la même latitude qu'ici. Holly et moi avons eu les mêmes histoires d'insectes et de lumière boréale à raconter. Notre groupe a randonné pendant huit semaines dans des régions aussi reculées qu'ici. Nous n'avons vu personne du début à la fin. Pas de canoë pour transporter l'équipement, mais nos sacs à dos, avec de la nourriture pour seulement quatre semaines. Un avion devait nous larguer du réapprovisionnement au-dessus d'une rivière appelée Hulahula, un drôle de nom. La troisième semaine, on en bavait d'envie, ça ne parlait que de barres de chocolat, viande ou légumes frais. *Hula-Hula*. Nous avons rejoint le site de largage, mais l'avion n'est jamais arrivé. Au bout de trois jours, nous avons décidé qu'il valait mieux continuer.

« Le rationnement de la nourriture a commencé. Trente grammes de pâtes ou une tasse de riz cuit pour le dîner. Une biscotte et une tranche de fromage pour le déjeuner, une poignée de fruits secs pour le petit déjeuner. On dosait, mais ce n'était pas suffisant pour tenir jusqu'au bout. On espérait rencontrer un autre groupe ou peut-être un des trappeurs qui vivaient dans l'arrière-pays. J'ai perdu douze kilos, dont huit après le largage manqué ; j'en pesais soixante-douze au départ. Au bout de dix jours, comme nous n'avions toujours pas croisé âme qui vive, le groupe a décidé d'arrêter. Nous n'avions pas de téléphone satellite, juste une balise. Notre moniteur, un ami pour la vie, l'a déclenchée, ce qui a prévenu les secouristes de la base navale d'Anchorage à plus de six cents kilomètres. Nous avons été évacués le lendemain.

Il me regarda alors.

– Holly n'avait pas de téléphone satellite ni de balise ?

– Si, nous avions une PLB, elle était accrochée à son gilet de sauvetage. Je l'ai retrouvée, mais elle s'est cassée dans les rapides.

Je lui laisse le temps de digérer l'information. Était-ce le bon endroit pour transporter la balise ? Avions-nous été négligentes ? J'avais compté sur Holly qui en savait plus que moi.

Le père parla d'une voix timide, retenant ses larmes :

– Je voulais que Holly ait la même expérience que moi, qu'elle se fasse des amis pour la vie, ceux avec qui on se lie au fil de semaines dans le désert. Je refusais qu'elle soit juste une fille de la ville. J'ai peut-être eu trop d'orgueil… Mais envoyer Holly à Kawishiwi, c'était lui apprendre à faire de la moto, du deltaplane, de l'escalade sans cordes. Alors que c'est stupide, dangereux. Vous pouvez me dire que la vie sans risque est ennuyeuse ou incomplète, mais je voudrais tellement que ma fille revienne. Je donnerais ma vie en échange sans hésiter une seule seconde.

– Je ne crois pas que vous auriez pu empêcher Holly de prendre des risques.

Le père hocha la tête. Je ne pouvais pas imaginer ce qu'il pensait et ne voulais pas demander. Le P-pack de Holly était derrière moi, je le tirai entre nous.

– C'était le sien. Elle est tombée avec mon sac.

Sans la tente, son matelas de sol et son duvet, le P-pack était à moitié vide. Le père examina ce qui restait. Une sacoche étanche avec son passeport, ses cartes de crédit, de l'argent, les clés de son Audi. Il trouva le couteau pliant de Holly, dit que c'était le même que celui qu'il avait lors de son voyage en Alaska. Il garda tout cela dans les mains. Je lui dis que la voiture était garée à Winnipeg. Il acquiesça. J'ajoutai que la guitare était aussi la sienne ; il me dit de la garder, d'en jouer. Il me demanda de venir dîner avec lui et sa femme à dix-huit heures. Ils logeaient au Nunamiut Lodge.

47

Après avoir trouvé un seau en plastique abandonné, je le remplis dans le lac. Je fis chauffer de l'eau dans une casserole, en versai dans le seau jusqu'à une température presque agréable. Il me restait un petit savon provenant d'un des hôtels où nous avions séjourné avant Yellowknife, l'Airport Motor Inn, à l'extérieur de Winnipeg. Je me déshabillai – bottes, chaussettes, le pantalon qui appartenait à Holly et ma chemise en flanelle. Il faisait froid mais le soleil lumineux me faisait du bien sur la peau. Mon corps était différent maintenant – plus mince, plus musclé. Mes seins avaient rétréci, les mamelons pointant vers le sud. Une honte, vraiment. Holly aimait ma poitrine généreuse, elle aurait souhaité qu'ils reprennent du volume, que je me remplume. J'utilisai la casserole d'un litre pour puiser l'eau du seau et m'arroser le corps. Je me savonnai, me rinçai, puis me séchai avec la serviette Corona « Trouve ta plage ». Je piochai un soutien-gorge dans les sous-vêtements propres de Holly, ainsi qu'un jean propre. Il y avait aussi une chemise à carreaux que je n'avais pas portée, je l'enfilai. Je coiffai mes cheveux emmêlés avec la brosse de Holly. Mes dents étaient recouvertes d'une pellicule granuleuse à laquelle je m'étais habituée, comme un gant en peau de daim usée, mais je les brossai quand même.

Je me donnai une heure pour marcher jusqu'au Lodge mais j'arrivai trente minutes en avance. J'attendis assise dans un fauteuil. Une femme inuite derrière le comptoir me sourit sans rien dire. Je me demandai si tout le monde en ville connaissait mon histoire et savait avec qui je dînais ce soir. La nouvelle d'une touriste décédée sur la rivière avait dû circuler, peut-être avaient-ils appris certains détails par Yvonne ou l'autre officier de la GRC. Sur une table basse, de vieux numéros d'*Outdoor Canada* et de *Wild Guide*. J'attendais en réfléchissant à la façon dont je devais agir et à ce que je devais dire. Le mieux était de rester simple, juste les faits, comme Jake – même si ce n'était plus celle que je voulais être.

Ils entrèrent dans le hall et s'arrêtèrent devant moi. Le père, Reed, portait un pull ras du cou bleu foncé. Ses cheveux peignés en arrière semblaient mouillés. La mère avait attaché les siens, son rouge à lèvres était encore frais. Le père me salua par mon nom et la mère, Martha, ébaucha un sourire pincé. Je me levai, souriante, et dis : « Bonjour », puis je les suivis dans la salle à manger.

Ils s'assirent du même côté d'une table pour quatre. J'étais en face, et face au lac. Martha retira sa serviette de sous le couteau et la cuillère, puis la posa sur ses genoux. J'en fis autant. Je ne savais pas comment entamer la conversation, alors je restai silencieuse. J'attendais. Reed prit enfin la parole :

– Merci d'avoir accepté de dîner avec nous.

– Merci de m'avoir invitée. S'il vous plaît, vous pouvez me tutoyer.

– D'accord, Lee. J'apprécie que tu nous racontes ce qui s'est passé. Je suis sûr que ça doit être dur pour toi – je sais que ça l'a été. Très difficile même de nous avoir ramené Holly, nous t'en sommes vraiment reconnaissants.

– Merci.

Reed s'arrêta un instant pour se ressaisir.

– Pardonne-moi si je suis maladroit ou si je t'en demande trop. Le choc a été rude, nous n'avons pas fermé l'œil de la nuit.

– Je comprends.

Martha me fixait, mais j'essayais de ne pas croiser son regard. Elle laissa son mari mener la conversation jusqu'à ce qu'elle ne puisse plus attendre.

Elle l'interrompit :

– Désolée, mais tu pourrais nous dire tout ce qui s'est passé ?

Je recommençai à raconter ce que je leur avais déjà dit, et à Yvonne, aux filles, au père et son fils inuits. Du par cœur maintenant, une histoire que je répéterais le restant de ma vie.

– Nous étions au Thelon Canyon. Holly se prenait en photo. Elle a glissé et elle est tombée dans les rapides.

Martha m'interrompit. Juste un petit hochement de tête, bouche ouverte, dents serrées.

– Non, raconte-nous toute l'histoire, Lee. Comment vous vous êtes rencontrées, pourquoi vous avez décidé de faire une descente en canoë dans ce désert. Raconte-moi tout – le début, le milieu, la fin. D'où tu viens, qui tu es. Nous avons le temps maintenant, malheureusement beaucoup trop de temps.

Le père avait peut-être été plus proche de Holly, mais la mère avait canalisé ses pensées. Je me souvins de ce que Holly avait dit : *Commence par le début – d'où tu viens, ton parcours, ce que tu as vécu, ce que tu as découvert.*

Alors, je commençai par le commencement. Comme pour descendre une série de rapides, je ralentis pour juger les rochers

– ce que je devrais dire, ce qui causerait une douleur inutile. Une grande partie de l'histoire était celle que j'avais répétée sur la rivière. Je leur racontai comment Holly et moi nous étions rencontrées. Je leur parlai de notre premier week-end de camping. Que je n'avais aucun plan pour mes vacances d'été et pensais rester à College Hill pour travailler, mais Holly avait eu une vision de nous deux, seules sur la Thelon. Parce qu'elle était déjà venue là, dans l'un des derniers endroits reculés sur terre où personne ne vient en voyage. Elle pensait que le temps était compté pour profiter des Barrens avant que les touristes déferlent, ou que nos vies prennent un cours différent, ou qu'elles se remplissent entre activités professionnelles, enfants et responsabilités. Bien sûr, je lui avais dit que je viendrais. Grâce à ses connaissances et ses moyens, Holly avait tout planifié et payé. Je leur relatai l'achat du canoë. Je leur dis comment Holly me racontait des histoires sur son enfance à Saint Paul.

Nous commandâmes à partir d'un menu en trois plats écrit sur un tableau blanc au marqueur effaçable. Je crois que nous voulions tous une boisson alcoolisée, de la bière ou du vin, mais le restaurant n'en servait pas. Ma côtelette de porc et sa poêlée de carottes, oignons et brocoli avaient un goût divin. Nous mangeâmes ; ils me laissaient parler. Les parents s'étaient sans doute persuadés que, s'ils m'interrompaient par des questions, l'histoire prendrait une autre direction, tomberait dans un trou de souris de *mais si* et de *peut-être que*. Leurs questions pouvaient me faire taire, alors ils ne sauraient jamais. Ils me laissèrent parler, je leur racontai notre voyage.

Martha pleura en silence quand je décrivis comment nous avions porté dans Thelon Canyon et comment Holly était tombée dans les rapides en se prenant en photo. Comment elle était morte deux jours plus tard. Je n'avais aucun moyen de contacter le monde extérieur, il n'y avait pas de retour possible en arrière. La rivière coulait vers Baker Lake, je coulais avec elle. Je gardais Holly à l'abri des animaux et de la chaleur des journées. Je pagayais de nuit et protégeais Holly. Je leur racontais la rencontre avec le grizzly et le carcajou. Le billet glissé dans un cairn trois jours plus tôt par l'une des campeuses Kawishiwi. La fumée de leur feu de camp que j'avais vue au loin sans pour autant être capable de rattraper la distance qui nous séparait. Les deux jours de vent qui m'avaient immobilisée sur Aberdeen Lake. Enfin, le bateau de pêche qui était passé et m'avait amenée jusqu'aux filles et leur téléphone satellite.

Je parlai pendant tout le repas jusqu'au dessert, puis au café. Mon histoire, mon voyage, se terminait à Baker Lake. Il y eut un bref silence, tous deux attendaient que je termine, ils me laissaient le temps d'une parole supplémentaire, mais je n'avais plus rien à dire. Je terminai l'histoire avant qu'elle ne soit terminée. J'aurais dû ajouter quelque chose sur ce que j'avais découvert et comment ce voyage m'avait changée. Mais cela aurait été inapproprié car il ne s'agissait pas de moi, mais de Holly. Sur ce que j'avais découvert et comment j'avais changé, j'avais encore besoin de le comprendre moi-même. Mais je savais que j'avais changé.

Puis Martha posa une question :

– Je ne comprends pas pourquoi quelqu'un voudrait retourner dans cet endroit paumé.

Il y avait de la colère dans sa voix.

Ce que je n'avais pas dit aux parents, c'est l'histoire que Holly avait imaginée pour nos vies. Je leur racontai maintenant :

– Holly disait qu'elle voulait avoir un enfant, un garçon. Dans sa vision, il s'appelait Theo, comme *Thelon* – la rivière comptait beaucoup pour elle. Moi aussi je voudrais avoir des enfants. Si j'en ai, je les emmènerai ici. Je reviendrai avec eux.

Cette nuit-là, je veillai tard. Pour la première fois, je vis le soleil disparaître sous l'horizon, puis l'obscurité de la nuit descendre. Les étoiles apparurent, tout le ciel fut submergé d'épingles de lumière. Au nord, je vis une lueur verdâtre et chatoyante qui semblait émaner de nuages bas, bien que le ciel en soit dépourvu. Une aurore boréale. Je n'avais pas vraiment vu le ciel nocturne depuis des lustres, depuis que j'avais quitté le Nebraska. Un cadeau inattendu.

48

Je ne pouvais pas aller à Saint Paul avec les parents sans passeport. Yvonne vint me chercher après leur départ. Je supposai que c'était son jour de congé, elle était en jean, chemise et bottes Muck. On aurait pu nous prendre pour des jumelles. Sa tresse pendait jusqu'au milieu du dos, elle était affublée d'un bonnet ridicule avec des petites oreilles roses. Elle alluma une cigarette, s'assit près de moi et alla droit au but : les Stone avaient laissé quelque chose pour moi. Yvonne me remit une enveloppe brune bombée avec une fermeture à ficelle. J'en sortis son contenu : un trajet *open* sur Calm Air pour Winnipeg, mille deux cents dollars – une liasse épaisse de devises canadiennes et un mot écrit par Reed.

Chère Lee,

Nous connaissons ta situation et savons que tu aurais repoussé notre aide. Mais ceci te permettra de rentrer aux États-Unis et à l'université. Nous te devons beaucoup pour toutes les épreuves que tu as traversées.

Holly était notre puce adorée, si précieuse. Martha et moi avons tendance à prendre la vie trop au sérieux et sommes conscients de l'apparence que nous donnons. Holly nous a montré comment sortir de nos sentiers étroits, et à quel point notre vanité était insignifiante. Elle nous a aussi montré comment profiter davantage de la vie, s'amuser, partager des histoires en cours de route. Peut-être qu'elle a fait de même pour toi, qu'elle t'a montré ce qu'il faut apprécier dans la vie.

Holly nous manquera énormément. Je sais que tu partages cette perte. Je suis sûr qu'elle vivra en nous pour toujours.

Une cérémonie religieuse est prévue à l'église épiscopale Saint-Jean de Saint Paul. Tu es invitée à te joindre à nous, mais si tu trouves que c'est trop difficile, nous le comprendrons aussi. De toute façon, tu seras toujours la bienvenue à la maison, considère-toi comme faisant partie de notre famille.

Bien à toi,

Reed Stone

C'était aussi ce que je ressentais. Holly m'avait montré comment regarder la vie autrement, l'expérience formait le tissu de la vie, rien n'était préétabli par le passé. Elle vivrait en moi pour toujours. Yvonne passa son bras autour de mes épaules, c'était bon d'être tenue et touchée.

Je lui donnai le reste de mes provisions pour elle ou pour qu'elle les distribue. Je lui dis aussi qu'elle pouvait avoir le canoë rouge rafistolé, le Royalex Mad River Quest de quatre mètres cinquante sans banc. Je lui relatai l'histoire qui nous avait été racontée à propos de son propriétaire d'origine, Jack London, et de ses voyages à travers les Barrens, de sa disparition dans les Muskox Rapids de Coppermine River. Je lui dis aussi que le canoë me semblait porter la poisse et le malheur, et qu'il serait peut-être préférable de le laisser à l'envers sur un tas de bois de chauffage pour qu'il reste au sec. Yvonne sourit en allumant une autre cigarette. Elle me dit que l'avion pour Winnipeg décollait tous les jours à neuf heures. Elle me serra encore dans ses bras, puis nous nous saluâmes une dernière fois.

Je pris le P-pack de Holly contenant mes quelques vêtements mélangés aux siens. Je voyageai aussi avec la tente et le sac de couchage. À Winnipeg, je louai une chambre à l'Airport Motor Inn, le même hôtel où Holly et moi avions séjourné des semaines auparavant, en attendant de pouvoir monter dans un vol pour Yellowknife. La boucle était bouclée.

Je quittai Winnipeg quelques jours plus tard avec un passeport émis en urgence qui me permettrait de traverser la frontière. L'autocar roula de nuit, j'arrivai à Saint Paul le lendemain matin.

C'était grâce à Holly et à ses parents que je pouvais assister à l'enterrement. Je trouvai l'église, nichée dans un quartier de maisons victoriennes, proche de la gare routière. J'imaginais l'enfance de Holly dans l'une des vieilles demeures qui bordent Summit Avenue – sa chambre, Noël avec un immense sapin et une flopée de cadeaux, ses amis du quartier qui seraient présents à la cérémonie. J'avais relevé la date et l'heure des obsèques : le lendemain.

Je pris une chambre dans un motel bon marché près du Mississippi et me promenai sur les bords. Les troncs des ormes plantés le long des berges étaient larges comme un bœuf musqué adulte. Le Mississippi n'avait rien à voir avec la Platte peu profonde et boueuse, ou la Thelon transparente qui serpentait dans l'étendue des Barrens. Son courant était rapide dans un chenal profond et suffisamment large pour la circulation des barges. Le simple fait d'être assise près de l'eau mouvante m'apaisait – l'eau me reliait à Holly et à mes racines au Nebraska.

J'arrivai à l'église quelques minutes après le début de l'office. Je m'assis au fond et écoutai les éloges faits sur Holly. Chacun la connaissait à sa façon. Le prêtre se souvenait de l'enfant qui communiait, avant qu'elle n'arrête d'aller à la messe. Une enseignante se souvenait de la fillette assoiffée de connaissance qui lisait deux livres au lieu d'un, une élève précoce qui bombardait de questions, qui obligeait ses professeurs à se remettre en cause. Un ami du quartier raconta une histoire de camping en hiver et de construction d'un igloo. L'igloo s'était effondré au milieu de la nuit. L'assemblée rit. Il la connaissait comme quelqu'un qui n'avait peur de rien. Une tante parla au nom de la famille du chalet au bord d'un lac, près de la frontière canadienne. Elle raconta les soirées autour du feu de camp, quand Holly, pleine de vie, jouait de la guitare et dirigeait les chansons. J'étais assise sur le banc du fond avec mes propres souvenirs et les histoires sur la Holly que je connaissais.

J'avais écrit une carte à l'intention de la famille que j'ajoutai aux autres. Je fus la première à quitter l'église – j'étais tout bonnement incapable de rencontrer ces gens et de raconter l'histoire de notre voyage dans les Barrens. Le mot dans l'enveloppe était ce que je me répétais encore et encore en pagayant sur la Thelon : « Elle me manque tellement. »

49

Après mon retour à College Hill, j'adressai à Jake et à Lonnie un long courriel expliquant ce qui s'était passé. Il me fallut une semaine pour l'écrire, et même alors, je sentais que je n'avais pas vraiment dit ce que je voulais. Mais je m'étais donné sept jours. À la fin, la veille de la reprise des cours, je relus l'histoire. Je pensais avoir décrit les Barrens du mieux que je pouvais et ce qu'ils signifiaient pour moi. Je parlais de notre canoë, le Quest, et je racontais qui était Holly, ce qu'elle était pour moi. Je décrivais les événements survenus à Thelon Canyon et leurs conséquences. Après avoir détaillé par écrit, et pour la première fois, l'accident de Holly, j'eus un cauchemar, la même vision : je tombais avec Holly, les rochers se rapprochaient dans notre chute. Le lendemain matin, je me forçai à écrire sur le cauchemar, puis à réécrire le passage de l'accident. Je suppose que mon idée était d'exorciser le traumatisme de ce souvenir. Le cauchemar me laissa tranquille, mais je n'étais pas certaine qu'il ne me hanterait pas pour toujours. Le dernier soir, je relus le courriel et me rendis compte que tout n'y était pas. Il restait tant à écrire – comment Holly m'avait changée, qui j'étais à présent. Je me donnai jusqu'à minuit mais réalisai que je n'étais pas tout à fait sûre de moi. Je passai les dernières heures à ajouter des mots, à compléter quelques descriptions, à supprimer à contrecœur des paragraphes entiers. Enfin, j'appuyai sur *Envoyer*.

À Brown, je me sentais différente, détachée, avec un large éventail de choix ; le Nebraska me paraissait si lointain. L'une des voies que je choisis fut d'étudier la littérature en plus des mathématiques. Je m'inscrivis à un cours de première année et démarrai l'écriture créative. La professeure, une jeune femme, avait écrit des nouvelles sur les habitants du nord du Minnesota. Je lus un recueil avec une histoire de canoë dans Boundary Waters. Ses descriptions de la vie sur l'eau résonnaient en moi. Elle évoquait la navigation, au petit matin avant que le soleil n'émerge au-dessus de l'horizon, la pénombre. Le bruit de la pagaie qui plonge dans l'eau calme. Je pleurai. Je voulus écrire sur ces mêmes choses mais à ma manière, avec ma propre voix. Pour commencer, je m'en tins aux histoires de vie en marge dans le Nebraska.

Les étudiants présentaient leur histoire à tour de rôle. La nervosité de devoir soumettre ma première nouvelle m'empêcha de dormir la nuit précédente ; le jour même, je fus tentée de sécher le cours. Mais je ne le fis pas. Chaque élève critiqua mon travail alors que je gardais le silence, tête baissée, prenant des notes. Certains étaient gentils, d'autres flatteurs et d'autres le sapèrent carrément. La professeure parla en dernier. Elle se montrait toujours gentille et encourageante. Elle savait très bien que chacun y mettait ses tripes, que nous étions fragiles. Elle disait toujours que ce qui manquait le plus dans les histoires d'un jeune auteur était simplement l'expérience de la vie – il n'avait pas vécu une expérience *unique*, difficile à trouver, qui transcendait le quotidien et menait l'individu dans un endroit inattendu avec des émotions inattendues. Elle me dit pourtant que mon écriture était unique. Ses paroles m'insufflèrent le stimulant dont j'avais besoin pour écrire, honorer Holly et continuer à raconter des histoires.

50

Je reçus un courriel de Martha m'annonçant qu'elle serait à Providence le week-end suivant pour vider l'appartement de Holly. Elle viendrait seule et me demandait si je pouvais l'aider. Je lui répondis par l'affirmative.

En cette deuxième semaine d'octobre, les feuilles commençaient tout juste à changer de couleur. Le soleil était au rendez-vous, c'était l'une de ces journées où les étudiants s'amusent au football près de la rivière, lisent allongés sur une couverture ou marchent main dans la main. J'en profitais aussi, vêtue de mon vieux jean serré à la taille et d'un sweat qui pendait sur mes épaules. Mes vêtements me rappelaient qui j'étais, ma corpulence, une armure contre autrui. Je marchai le long de la Providence, puis traversai le pont de College Street. Au-dessous, l'eau coulait de chaque côté d'un pilier, formant un sillage et une ligne ondulante de velours côtelé. Je restai un moment à l'écouter. Ensuite, je descendis Westminster Street jusqu'au magasin Goodwill. J'achetai un jean à ma taille et un pull bleu foncé à col en V dans lequel j'avais l'air sexy ; cette pensée, avoir l'air *sexy*, était nouvelle pour moi, surprenante comme la tendresse nouvelle des seins bourgeonnants.

Plus loin dans Westminster Street se trouvait un magasin de fripes, plus vintage, pour ceux qui essayaient d'être branché-démodé, chic-pas-cher, rétro-kitch ou je ne sais quoi. Je dénichai un manteau de laine bleu foncé, comme un caban mais plus long, avec des boutons argentés style militaire. En l'essayant, je me trouvai plus cool que sexy, presque chic-avec-de-la-classe. Il me fit penser à Holly et ses tenues, et me coûta cent dollars. Puis je vis ce chapeau, un feutre brun à large bord agrémenté d'une bande étroite de perles indiennes. Il m'allait, maintenait mes longs cheveux. Cinquante dollars. J'essayai le chapeau avec le manteau militaire, le brun et le bleu contrastaient, ou s'opposaient, mais j'aimais le look. Le haut du couvre-chef était pincé comme un chapeau de cow-boy ou celui d'un Indien des Plaines. Le semestre dernier, j'avais regardé *Danse avec les loups* avec Holly dans son appartement, et je me disais maintenant que j'avais ce même look post-guerre civile, le look des plaines de l'Ouest – ma tenue. Appropriée pour une fille du Nebraska. Cent cinquante dollars pour deux articles semblaient extravagants, je payai tout de même. Holly aurait approuvé. Je repris ma marche avec deux grands sacs remplis de vêtements neufs et usagés. Je me disais que je retournerais au même Goodwill la semaine suivante avec les mêmes sacs mais remplis cette fois de mes vieux vêtements qui ne m'allaient plus – les vêtements de Jake.

J'étais assise sur les marches de l'immeuble de Holly lorsque Martha arriva dans une Lincoln Town Car avec chauffeur. Son casque de cheveux gonflés, maintenus par de la laque, était brossé en arrière, ce qui dégageait son front. Elle portait des lunettes de soleil et un manteau de vison – le fameux vison qu'elle portait uniquement à l'intérieur, avait dit Holly. Le coffre de la voiture s'ouvrit tout seul, Martha me demanda de l'aider à transporter les quelques cartons vides. Son accueil était doux, presque contrit. Désarmant.

– Lee, je suis tellement contente de te voir.

Le cirque des embrassades-accolades ne s'étant jamais vraiment propagé à Columbus, je me demandai : *Dois-je la serrer dans mes bras, tendre la main ou juste sortir les cartons ?* Nous ne nous étions jamais embrassées à Baker Lake, ni même touchées. Je décidai de m'occuper des cartons. Martha avait une clé de l'appartement. Elle me demanda comment j'allais, comment se passaient les cours. J'aimais l'université, la routine m'aidait à me focaliser. Je ne m'effondrerais pas, je continuerais d'avancer et d'honorer Holly avec mes choix. Je lui répondis que mes études se passaient bien. Martha nous fit entrer dans l'appartement au sixième étage. Rien n'avait changé. Je lui demandai comment je pouvais l'aider. Elle me répondit qu'elle venait juste chercher quelques effets personnels puis qu'une entreprise passerait pour emballer et livrer ce qui restait à une association caritative.

Elle inspecta le séjour. Sur le meuble télé trônait une photo de famille. Elle la prit, sourit et la reposa sur la table. Je supposai que la table serait l'endroit où Martha placerait ce qu'elle souhaitait expédier à Saint Paul. Je m'agenouillai avec un rouleau de ruban adhésif. Elle parla derrière moi :

– Tu aimerais garder la télé, la chaîne hi-fi ?

J'avais déjà la guitare de Holly sur laquelle je commençais à m'améliorer. J'avais suivi des vidéos YouTube pour pratiquer plus d'accords. Maintenant, je connaissais une demi-douzaine de chansons. En ce moment, j'apprenais *Galileo*. J'avais toujours quelques-uns de ses vêtements de la Thelon, et je ne souhaitais plus vraiment d'autres affaires lui ayant appartenu.

Cela ne me semblait pas correct, et la mère de Holly, Martha, serait peut-être déçue si je me montrais cupide.

– Non, merci. Je partage une chambre assez petite avec une autre étudiante. J'ai à peine la place de poser mon ordinateur portable.

Martha était face à moi maintenant, assise sur une chaise de la salle à manger. Elle parla.

– Nous avons réussi à accéder au compte iTunes de Holly et à télécharger ses photos. Elles remontent au lycée, quand elle était en première. On a reconnu ses amis, ses camarades de classe, ses professeurs. Il y avait aussi les séjours de ski au Colorado, un voyage dans les Caraïbes. Des photos de famille et des selfies, Holly et les grimaces qu'elle faisait dans le miroir. Il y avait aussi des photos totalement inconnues, avec des amis que je ne connaissais pas, une vie que je n'ai jamais comprise. Des photos de toi, Lee, je te les enverrai.

« Peut-être que Reed te l'a déjà dit, mais quand Holly nous a annoncé qu'elle retournait à la Thelon avec “Lee”, j'ai pensé que tu étais un homme. J'étais heureuse que Holly ait un petit ami. Au lycée, elle traînait avec un groupe de garçons et de filles. Ils s'étaient surnommés les Outsiders, comme le film des années 80. J'aurais dû me douter… Deux garçons ont formé un couple et sont allés ensemble au bal de promo. Holly et le reste des Outsiders y sont allés en groupe. Elle sortait avec des garçons, mais ce n'était jamais sérieux. Maintenant que j'ai vu ses photos, j'en sais plus sur elle. Peut-être que je le sentais mais ne voulais pas savoir. J'ai eu cette vision, Holly à l'université, rencontrant l'âme sœur et se mariant. J'avais ce fantasme de voir deux familles réunies dans notre club pour assister au mariage de nos enfants, beaux et pleins d'avenir. Je vois encore la robe. Après, il y avait le fantasme des petits-enfants – mignons, intelligents, qui viendraient dans notre chalet pour les vacances et à Noël. J'imaginais Holly apprenant le canoë à ses enfants, les envoyant à Kawishiwi.

Écouter ses attentes sur la vie hétérosexuelle de Holly me mettait mal à l'aise. Je les connaissais pourtant, mais les entendre était douloureux, je ne pouvais pas laisser les sentiments jaillir, hors de contrôle. Je dis :

– Holly souhaitait que nous ayons des enfants.

– Elle voulait des enfants ?

– Elle avait parlé de notre mariage au country club. Holly souhaitait une famille, un enfant, porter le bébé.

– Tout ce que j'ai toujours voulu, c'est que Holly soit heureuse. Rien d'autre. Cela n'a plus d'importance maintenant, je suis heureuse que ma fille ait trouvé quelqu'un à aimer.

Martha avait repris la photo de famille entre ses mains. Je vis les coins de sa bouche trembler, des larmes se former au bord de ses yeux. Je me levai et vins m'asseoir près d'elle. Je touchai sa main. Martha reposa la photo sur la table. Sa main attrapa la mienne.

– C'est vraiment difficile. Je suis contente que tu sois avec moi.

– Il faut continuer d'avancer.

Je proposai à Martha de lui faire un café et partis derrière le comptoir. J'attendis là pendant qu'elle allait dans la chambre. J'entendis des tiroirs s'ouvrir puis se refermer. J'entendis le grincement de la porte du dressing. Puis le silence. Je savais qu'une des photos de l'exposition était accrochée à l'intérieur. Holly, la poitrine nue. Martha revint dans le séjour en tenant le cadre. Elle me regarda, regarda la photo, sourit.

– Ce sera pour toi.

– D'accord.

Martha posa le cadre près de la porte d'entrée, face contre mur.

– Lee, je ne sais rien de toi. Dis-moi qui tu es.

– Je viens d'une petite ville, Columbus, dans le Nebraska.

– Je connais Columbus. Tu ne le croiras pas, mais j'ai grandi tout près, à David City, une ville encore plus petite. Mon père était procureur. Reed et moi nous sommes rencontrés à l'université. Je suis devenue une Stone. Mais, pardon, c'est ton histoire que je voudrais entendre. S'il te plaît, continue.

Je le fis. Je nous servis du café. Je me tenais derrière le comptoir de la cuisine et parlais pendant que Martha sillonnait l'appartement. J'avais pensé à mon histoire – Holly m'avait fait réfléchir, j'essayais d'ailleurs de la matérialiser dans mes écrits. C'était l'histoire d'une enfant qui grandissait sans mère, avec un père vivant du mieux qu'il le pouvait selon ses idéaux inaccessibles, un père qui pouvait se montrer dévoué mais aussi exigeant, inébranlable, paranoïaque, égoïste, hypocrite. Il entraînait sa fille dans ce monde idéaliste qui s'effondrait sur les bords. L'existence de cette enfant en grignotait les bords et, finalement, brisait sa vie. L'histoire comportait un ensemble de détails : le bunker, la rivière, les bois, la ville, l'école, Lonnie, Cody, l'herbe, l'université et la prison. L'histoire de Jake était tragique jusque-là, mais peut-être était-elle inachevée.

Martha m'écoutait parler, m'encourageait à continuer pendant ses allées et venues. Elle sortit de la chambre au moment où je terminais mon histoire.

– Ton père est toujours au pénitencier ?

– Pendant encore cinq ans au moins.

– Tu pourrais venir à Noël alors ? Je vais arranger ça.

Son invitation me prit au dépourvu. Il y avait Lonnie que je voulais voir, mais peut-être pas avant l'été prochain, et Jake. J'avais un grand-père que je prévoyais de rencontrer enfin à Pâques. Noël était une fête que j'avais toujours voulu vivre. J'avais soudain l'impression que des gens voulaient être avec moi. Et moi je voulais être avec eux – plus de bunker, plus de jeux en solitaire. Je trouvais *les miens*.

Je répondis :

– Ce serait bien, oui.

En fin d'après-midi, Martha n'avait rempli qu'un seul carton. Je le portai à sa voiture, la Town Car, et le rangeai dans le coffre. Je me tenais là, les bras raides, me demandant comment je devrais lui dire au revoir. Ce fut réglé lorsque Martha s'approcha de moi et me prit dans ses bras. Je levai les miens pour l'étreindre en retour, nous nous serrâmes en silence. Quelques instants après, elle s'écarta doucement et passa devant le chauffeur qui lui tenait la portière. Elle me fit signe de l'intérieur. Un sourire qui disait que nous venions juste de commencer.

51

La première neige tomba un vendredi de la deuxième semaine de novembre. Mes maux de tête annonçaient toujours une tempête imminente, mais au matin, la douleur dans mes sinus s'était dissipée. Je faisais partie du club d'aviron de l'université ; à sept heures et demie, j'étais sur la Providence, assise sur le deuxième banc d'un aviron de huit femmes. Le spectacle des flocons tourbillonnant était magnifique et me rappela la traversée d'Aberdeen Lake en août. J'avais appris que la rivière et l'aviron étaient apaisants, méditatifs et que l'exercice me mettait en forme pour le reste de la journée. C'était drôle, voire ironique, qu'après m'être émancipée de Jake, j'aie choisi le sport qu'il pratiquait lui-même à l'université. Et comme Jake, j'étais douée pour ça.

Après l'entraînement, je me rendis dans un café du quartier, le Crema, pour travailler mes cours. Je portais mes bottes Muck, le manteau militaire en laine et le chapeau de cow-boy. Je vis mon reflet dans une vitrine. Une fine pellicule de neige s'attardait sur le bord du chapeau qui m'obscurcissait le visage de son ombre. Je reconnus à peine cette fille. C'était moi et ce n'était pas moi. Je secouai mon chapeau pour en ôter la neige et m'approchai de mon reflet. La cicatrice était là, grosse sangsue rose sur mon front à gauche. Je la touchais parfois involontairement, comme certains élèves font tournoyer un crayon ou une gomme. Je la sentais maintenant. Au début, avec les fibres coupées, la blessure était restée endormie, mais ensuite un côté était redevenu sensible comme le toucher d'une plume.

À l'intérieur du café, je secouai à nouveau mon chapeau, puis trouvai une table libre sur laquelle je posai mes affaires. Je commandai un grand café, y ajoutai de la crème et deux cuillères de sucre. Un goût de bonbon au café. J'ouvris mon ordinateur, sortis un livre et mes notes de cours. La salle était remplie d'étudiants qui faisaient comme moi, essentiellement des femmes.

Installée à une table près de la fenêtre, je reconnus une étudiante que j'avais vue sur le campus, elle pianotait sur son clavier d'ordinateur. Ses collants en laine étaient rentrés dans ses bottes à bouts carrés. Elle avait les cheveux longs, épais et bruns. Sa main vint repousser une mèche tombée devant ses yeux. Elle garda la tête inclinée pour que la mèche reste en place. Le mouvement de sa main, de ses cheveux, de sa tête m'attirait, inconsciemment je suppose, car je n'aurais su expliquer ce qui était attirant. Je n'arrivais plus à me concentrer sur mon travail. J'avais un lointain désir de ne pas être seule. Je souhaitais un contact, un toucher.

Je pensai à Holly le premier jour où nous nous étions rencontrées, dans un café différent, mais familier, avec les mêmes bruits et les mêmes odeurs. Je me souvins l'avoir vue quitter sa place, une tasse de café à la main, puis se diriger vers ma table et s'asseoir sur la chaise vide à côté de moi. J'avais levé les yeux, surprise.

– Oui ?

– Tu fais quoi ?

– Mes devoirs.

J'avais souri avec un faux air agacé. Je portais une chemise en flanelle, de deux tailles trop grande. J'avais refermé l'écran d'ordinateur et attendu dans un silence inconfortable. Holly avait bu une gorgée de café, puis reposé la tasse sur la table. Elle m'avait adressé son plus beau sourire, celui qui disait : *Allez, on le sait toutes les deux*.

Remerciements

Ce roman n'aurait jamais vu le jour sans la conviction et la passion de notre agent, Philip Turner, qui est allé au-delà de l'appel du devoir en sollicitant des ébauches d'auteur lorsqu'il n'y avait pas de contrat d'édition à conclure, puis s'y est accroché jusqu'à ce qu'il y en ait. Ensuite, merci à notre éditeur, Cal Barksdale, pour sa confiance dans le roman et son travail acharné pour faire de *Les Eaux sauvages* une œuvre d'art raffinée. Merci à Kim de L.A., notre publiciste enthousiaste, pour son travail visant à trouver un public plus large.

Un merci particulier à Peter Geye, écrivain estimé, dont l'enseignement d'écriture de roman pendant un an a été catalyseur et a mis celui-ci en mouvement. Peter a lu une première ébauche et apporté des modifications enrichissantes.

Beaucoup nous ont aidés le long du chemin. Les premières lectrices, sœur et tante, Kristi Leer ; mère et grand-mère, Dolores Johnson ; les amies Tricia Schulte, Lori Barghini et Sarah Collins ; et bien sûr, épouse et mère, Stephanie Hansen, dont le soutien indéfectible a maintenu le moral et l'élan. Merci également aux membres du Stone Arch Writers Workshop qui nous ont aidés et soutenus alors que nous poursuivions tous nos rêves d'écriture.

Ellie tient à remercier tout particulièrement le personnel et les organisateurs du camp Widjiwagan qui offrent aux jeunes l'occasion de découvrir le plein air d'une manière qui va au-delà d'une simple expérience de camping, et qui est une immersion totale dans la nature. Merci également à ses compagnes de route lors de son périple à travers les Barrens du Canada : Kate Blankinship, Lucy Soderstrom et Maura Wheelan. Amies pour toujours !

À propos des auteurs

Les Eaux sauvages est une collaboration de Kurt Johnson et sa fille Ellie Johnson. Ellie a pagayé tout le long des 750 kilomètres de la Thelon River avec trois autres femmes durant l'été 2016. Pendant trente jours, elles n'ont vu personne. Le roman est basé en partie sur ce voyage en canoë ainsi que sur ses expériences réelles en tant qu'homosexuelle. Il est écrit par Kurt, avec la perspicacité et les conseils d'Ellie.

Depuis tout jeune, Kurt Johnson a passé ses étés sur une île reculée près de la zone de canoë de Boundary Waters, d'abord avec ses parents, puis avec sa femme, Stephanie Hansen, puis avec leur fille, Ellie. Ellie Johnson est diplômée de l'université du Minnesota et ancienne monitrice de canoë au camp Widjiwagan. Ellie et Kurt vivent à Saint Paul dans le Minnesota.

RÉALISATION : NORD COMPO À VILLENEUVE-D'ASCQ
IMPRESSION : NORMANDIE ROTO IMPRESSION S.A.S. À LONRAI
DÉPÔT LÉGAL : MAI 2023. N° 151518 (2300261)
IMPRIMÉ EN FRANCE